Le Beau Revoir

GUY DE LA VALDÈNE

Le Beau Revoir

ÉDITIONS FRANCE LOISIRS

Traduit de l'anglais (États-Unis) par
Marie-Christine Loiseau.

Édition du Club France Loisirs,
avec l'autorisation du cherche midi.

Éditions France Loisirs,
123, boulevard de Grenelle, Paris
www.franceloisirs.com

ISBN : 2-7441-7385-1

À Lorraine

Je suis là, assis
à la pointe parfaite
d'une étoile

et regarde la lumière
se déverser vers moi.

La lumière se déverse
par un petit trou
dans le ciel.

Je ne suis pas très heureux,
mais je peux voir
comment sont les choses
vues de loin.

Richard Brautigan,
« Trou d'étoile ».

Prologue

Je vis Vincent pour la première fois par une froide nuit de janvier, une nuit silencieuse sans un souffle de vent, idéale pour braconner. J'étais à côté de mon père, les pieds dans la neige, tremblant sous la menace d'un fusil. La pleine lune blanchissait le léger manteau de brouillard qui s'attardait sur les ruisseaux. Au-dessus le ciel était clair, sous nos pieds le sol gelé. Des cerfs descendus de la forêt glanaient les champs de blé appartenant au comte de Costebelle. Quelques acheteurs parisiens attendaient leur heure pour payer comptant une carcasse en bon état.

J'entends encore les jurons de mon père. Je me souviens d'avoir voulu le frapper pour le punir d'être si vieux et si têtu, et surtout de nous avoir fait prendre. En proie à une vive agitation, un petit fox-terrier se jeta entre mes jambes, projetant de la neige dans tous les sens. Vincent se tenait près de son oncle Serge Lebuisson, garde-chasse de Merlecourt. C'était en 1958. J'avais dix-huit ans.

Je m'appelle Jean-Christophe Artaban dit Ragondin, braconnier retraité vivant depuis trois ans dans un périt village des Pyrénées. Dans certains milieux, la précision requise pour la capture illégale du gibier est considérée depuis des siècles comme un art mais dans mon pays les propriétaires terriens jugent déshonorante cette activité qui a façonné ma vie. Enfant, longtemps avant que Vincent et moi ne devenions amis, au lieu de jouer aux billes ou au football avec mes camarades de classe, je filais vers les rivières les plus proches où j'apprenais à piéger le blaireau, assurer l'anguille à la fouine et tâter la truite, suivant une tradition transmise par mon père et le père de mon père. Prédestiné par le sang de mes aïeux, il était écrit que je serais braconnier.

Dès mon plus jeune âge, j'avais acquis les vertus essentielles de la patience et de la ruse et comme j'avais les dents longues et jaunes, mon père me surnomma Ragondin : le rat d'eau, créature rusée aux dents démesurées dont la fourrure brune chatoyante possédait naguère une certaine valeur. J'aurais préféré Loup ou Faucon, mais non, il me surnomma Ragondin et ce sobriquet m'est resté.

Depuis quarante ans, mon père, fervent communiste, convoitait le gibier de Robert de Costebelle. Pour lui, les produits de la nature n'étaient pas la propriété exclusive des riches mais appartenaient aux gens du peuple, particulièrement aux plus démunis d'entre eux. Quelques jours avant ma rencontre avec Vincent, mon père découvrit des empreintes de cerfs venus se nourrir dans un champ de blé proche des bois qui bordent le château. Il fit ses préparatifs pour les embusquer et le lendemain au crépuscule nous nous mîmes en route, mon père, ses deux frères et moi. Tous ensemble dans le break Simca de mon oncle, nous attendîmes la nuit en grignotant du fromage, en fumant et en buvant du vin rouge au goulot. Quand la nuit tomba et que ce fut l'heure de la chasse, l'un de mes oncles passa une bouteille de calvados à la ronde. Je me rappelle avoir penché la tête en arrière et ressenti la chaleur rassurante des pommes fermentées descendre dans ma gorge et se caler dans mon estomac.

Cette nuit-là, au lieu de suivre la harde à pied comme d'habitude, mon père, qui était ivre, décida de poursuivre les cerfs en voiture à la lueur des phares pendant que son frère aîné braquait son fusil par la vitre baissée. Le seul résultat de cette déplorable initiative fut de déplacer des hectares de neige derrière la fuite affolée de la harde. Le lendemain, victime de sa gueule de bois et de fort mauvaise humeur, mon père exigea que nous fissions un deuxième essai. Cette fois, sans vin ni alcool, la voiture était remplie d'une épaisse fumée de cigarette et d'un certain malaise. Ce que nous ignorions, c'est qu'Étienne Verdier, le métayer du comte, avait signalé au garde-chasse notre équipée insensée de la nuit précédente.

Au crépuscule, flanqué de son neveu Vincent et de Jules, leur fidèle fox-terrier à poil dur, Serge Lebuisson s'était mis à l'affût dans le coin du bois qui offrait la meilleure vue sur le champ de blé. Il portait à l'épaule un fusil de chasse de calibre douze chargé à la chevrotine. C'était un homme irascible aux réactions imprévisibles. On disait qu'une fois caché, le garde-chasse s'immobilisait quel que soit le froid, ou l'inconfort de sa position, et qu'en dehors du petit nuage qui s'élevait de ses lèvres quand il expirait, il se confondait avec l'écorce de l'arbre qui lui servait de cachette.

Les biches entrèrent dans le champ les premières, hésitantes et féminines sous la lueur pâle de la lune. Le cerf, un solide animal à la ramure asymétrique, émergea de la forêt quelques minutes plus tard et, la démarche raide, rejoignit les femelles. Sa silhouette se détachait sur le paysage ; il se figea, l'oreille aux aguets, prêt à fuir, l'œil fixé sur la progression silencieuse de ses biches dans la neige. Tandis que mes oncles restaient dans la voiture, mon père et moi gagnions l'extrémité du bois à pied pour approcher la harde. Nous ne nous attendions à aucune difficulté. La neige tombait de branche en branche sur nos épaules et se tassait confortablement sous nos pieds. Grand et fort, mais ravagé par les excès de toute une vie, mon père avançait d'un pas lent en soufflant, écartant avec son fusil les branches chargées de neige. Je le suivais, furieux qu'il fasse autant de bruit. Au moment où nous arrivions à l'orée du bois, un pigeon jaillit d'un arbre dans un grand claquement d'ailes. J'aperçus le cerf hors de portée de tir au moment même où il sentit notre présence et leva la tête. Plus proches de nous, les oreilles dressées, la queue frétillante, les biches ne bronchaient pas. Mon père me fit signe de sa main libre de ne pas bouger et, plié en deux, le fusil armé, approcha la harde. Le cerf se replia vivement vers la futaie.

C'est alors que le faisceau d'une torche électrique nous découvrit. Serge nous cria d'arrêter et de lâcher le fusil. Ses mots secouèrent toute la forêt. Mon cœur s'arrêta de battre, Jules aboya et mon père jura. Il hésita un instant avant de lâcher son arme. Serge surgit de derrière un sapin, tenant son fusil d'une main et sa torche électrique de l'autre. Jules courait en rond, aboyant, le poil hérissé. Vincent trébucha sur une branche, reprit son équilibre et resta un moment sans bouger, un adolescent de quinze ans, gêné et glacé.

La sueur s'était transformée en gelée blanche sur les joues de mon père. Ses yeux se cachaient sous d'épais sourcils blancs et la cicatrice en dents de scie qui balafrait le côté gauche de son front avait viré au rouge. Serge renifla : « Jérôme Artaban », dit-il sur un ton de dérision. Le garde-chasse braqua sa torche électrique sur moi. « Ton père est un imbécile. La première règle du jeu d'un braconnier, c'est de ne pas se faire prendre. Tout le reste est secondaire. »

À cette époque, je faisais plus jeune que mon âge et la tuberculose m'avait rendu rachitique. J'étais courbé en deux comme si quelqu'un m'avait frappé en pleine poitrine. Vincent ramassa le fusil de chasse et son regard indécis s'arrêta sur mon nez crotté.

J'avais entendu parler du bâtard vivant au château mais je ne m'attendais pas à ce qu'il fût si jeune et si vulnérable. Dans la pénombre, je ne distinguais pas ses yeux; on disait que personne n'en avait de semblables au village. Néanmoins, je remarquai son visage fin, presque délicat, tout le contraire du mien, et l'épaisseur brune de sa chevelure bouclée sous sa casquette.

Serge nous demanda où étaient nos complices. Comme nous ne répondions pas, il dit à son neveu de tirer en l'air. Vincent paraissait désemparé et mal à l'aise. Son regard se porta sur le fusil entre ses mains, puis sur Jules, le terrier, comme s'il eût attendu un conseil de sa part.

« Ça va faire venir les autres », expliqua Serge.

Le fusil de chasse était un calibre seize à un seul canon conçu pour être utilisé à courte distance et fabriqué sur commande pour se démonter en deux parties et se glisser à l'intérieur d'un pantalon. La cartouche introduite dans le canon était chargée de chevrotine à gros grain. Vincent l'épaula et pressa sur la détente. La détonation se répercuta dans la forêt, provoquant l'envolée soudaine d'une douzaine d'oiseaux. L'air glacé de la nuit se glissa sous ma chemise. Lorsque les battements d'ailes s'apaisèrent, Serge nous ordonna de nous allonger sur le sol, les mains croisées derrière la nuque. Il appliqua le canon de son fusil contre les fesses de mon père puis éteignit sa torche :

« T'as pas intérêt à péter », dit-il.

De toute ma vie, je n'ai jamais rencontré un garde-chasse plus coriace que Serge Lebuisson. Ses colères frisaient la folie. Cette nuit-là, je le soupçonne d'avoir pris un malin plaisir à forcer mon père à s'allonger à plat ventre, le visage dans la neige. Serge haïssait les braconniers.

J'entendis d'abord le bruit du moteur. Je me retournai et aperçus les phares de la Simca qui contournait le bois et s'approchait de nous. Elle rebondissait sur le terrain mal nivelé et les phares dansaient à travers champs. Serge indiqua notre position à l'aide de sa torche et l'éteignit aussitôt. J'en profitai pour bondir sur mes jambes et décamper sans demander mon reste.

Serge dut dire à Vincent de me rattraper car presque tout de suite je le sentis derrière moi dans le sous-bois. Poussé par la peur, je me mis à courir à toute allure, zigzaguant entre les arbres, les mains tendues en avant, priant pour que mes jambes ne me lâchent pas.

Une nouvelle détonation se fit soudain entendre, je m'arrêtai court et me retournai. Le clair de lune filtrait à travers les branches et éclairait la neige qui tombait. Un moteur d'auto s'emballa et finit par caler. Je brûlais de reprendre ma course mais le silence et la peur me clouaient sur place. Un chien aboyait au loin dans la cour de la ferme Verdier.

J'avais bien dû couvrir une centaine de mètres mais la voix retentissante de Serge me parvenait toujours. Cette fois, c'est à mes oncles qu'elle s'adressait.

Vincent s'était arrêté lui aussi au second coup de feu. J'aurais dû attendre qu'il bougeât le premier mais terrifié je me remis à courir. L'angoisse me poussa d'arbre en arbre et j'étais incapable de la dominer même si je savais, pour avoir chassé le gibier, que la peur se sent et que cette odeur rendait Vincent plus invincible que jamais. Quand ses longues jambes me rattrapèrent, ce fut comme s'il avait mis ses pieds dans chacune de mes empreintes, prolongeant la poursuite plus que de raison. Puis il m'attrapa par le col et me jeta à terre. Je restai hors d'haleine allongé sur le dos. Vincent Lebuisson me dominait de toute sa taille et, quand je levai les yeux vers lui, il me donna un coup de pied au visage. Je me recroquevillai, les bras derrière la nuque.

« Je n'ai pas voulu faire ça », dit-il, et il me tendit la main. Méfiant, je reculai en me protégeant la tête avec les bras. Je le suppliai de me laisser partir. J'avais froid et peur d'aller en prison. Vincent tourna la tête comme s'il s'attendait à ce que Serge fût derrière lui et murmura qu'il n'avait pas le choix et qu'il était obligé de me livrer à son oncle.

Je lui dis que mon père et moi irions en prison. Qu'il ne resterait personne pour s'occuper de ma mère. Un fieffé mensonge puisqu'elle était partie lorsque j'avais six ans pour s'engager dans un cirque où elle gagnait sa vie comme avaleuse de sabres.

Vincent secoua la tête. Il se pencha pour ramasser une branche morte et me la jeta dessus. Mes lèvres n'arrêtaient pas de trembler. « Je t'emmène voir Serge », cria-t-il furieux. Il se rapprocha.

Je protégeai mon visage du coup qui allait venir. Comme il ne venait pas, je regardai Vincent à travers le creux de mon coude. « Ma mère va mourir de faim », suppliai-je.

Vincent faillit me frapper à nouveau, non parce

qu'il en avait envie, mais parce que c'était ce qu'on attendait de lui. Je sentis qu'il faiblissait et me relevai tant bien que mal. « Tu me revaudras ça, Artaban! » l'entendis-je crier tandis que je disparaissais dans la nuit. Je compris au son de sa voix qu'il s'en voulait d'avoir eu un geste de compassion.

Je retrouvai Vincent Lebuisson au bistrot du village vers la fin du printemps. Il buvait un panaché sur le zinc et parut heureux de me voir. Il me fit signe de le rejoindre et me serra la main tandis que je m'asseyais sur le tabouret à côté de lui. Il me raconta qu'à peine rentrés chez eux, cette nuit-là, Serge l'avait plaqué contre la porte et lui avait dit que je l'avais roulé, que j'avais dix-huit ans et avais déjà été condamné à trois mois de prison avec sursis pour braconnage l'année précédente. La prochaine fois, ce serait l'incarcération.

Je commandai un cognac-soda et payai le verre de Vincent. Mon père et mes oncles avaient passé un mois sous les verrous et, huit jours après sa sortie, mon père se fit arrêter pour conduite en état d'ivresse. Les gendarmes découvrirent une biche qu'il avait tuée dans le coffre de sa voiture. Elle y était depuis la semaine qui avait suivi sa libération.

« Il est mort en prison d'une crise cardiaque quelques semaines plus tard », dis-je en avalant mon cognac. Vincent baissa la tête et dit qu'il en était attristé.

« Ne t'en fais pas! je m'esclaffai. Tous les matins, depuis mes dix ans, il me filait des claques comme les

Arabes à leurs femmes quand ils partent en voyage. "C'est pour être sûr que tu ne feras pas de conneries pendant mon absence", disait-il. Puis il s'en allait vaquer à ses affaires. »

À partir de ce jour-là, je fis tout ce que je pouvais pour remercier Vincent de m'avoir laissé filer. Je lui prêtais mes livres et mes magazines de femmes nues, je lui payais à boire et je lui racontais les histoires dont mon père se vantait : braconnage et pêche illicite dans toutes les propriétés de la vallée. Nous commençâmes à nous voir plus souvent et, après m'avoir fait jurer de ne plus jamais pénétrer en fraude sur les terres du comte, Vincent prit l'habitude de m'inviter chez lui, au vieux moulin, quand Serge était absent.

Jamais il ne me reprocha ce qu'il avait subi après m'avoir relâché et jamais je ne lui rappelai ses origines. Je me rends compte aujourd'hui à quel point nous étions l'un et l'autre peu adaptés au monde qui nous entourait et avions inconsciemment substitué à nos familles les animaux de la forêt et les poissons des rivières. Chacun de nous retrouvait chez l'autre cette forme particulière de solitude. Serge devait l'avoir senti lui aussi car, s'il se plaignait de ma mauvaise influence sur Vincent, il n'essaya jamais de nous empêcher de nous voir. Avec le temps, nous devînmes inséparables.

Au cours de la première nuit du nouveau millénaire, la forte tempête qui avait ravagé le nord de la France au lendemain de Noël s'étendit jusqu'aux

Pyrénées. Le froid s'abattit sur le village où je vis actuellement et le vent s'installa, léger et glacial – en rien comparable aux grosses tempêtes de ma Normandie natale – et, pour la première fois depuis que je m'étais retiré dans ce village, je regrettai de ne pas avoir un chien au pied de mon lit pour me tenir chaud.

Au petit matin, j'enfournai un sandwich dans la poche de ma veste de chasse et j'escaladai pendant un kilomètre le chemin qui grimpe derrière la maison. Je suivis les sentiers de gibier jusqu'à la prairie qui relie les deux sommets neigeux les plus proches du village. C'est alors que j'assistai à un spectacle depuis longtemps disparu en Normandie : un couple d'aigles royaux planait, leurs longues ailes portées par le vent ; leurs serres jaunes recroquevillées dans le vide ressemblaient à des mains de vieillard enlacées. Des lambeaux de nuages glacés frôlèrent les rapaces. Je fumai une cigarette, battis des bras et fermai les yeux. Toute ma vie j'avais rêvé de pouvoir voler et ce matin-là, pendant une heure, j'étais l'empereur du ciel. Lorsque je regardai à travers les jumelles que Vincent m'avait offertes pour Noël, je vis des moutons dans la vallée, le soleil qui caressait les versants et les silhouettes des aigles qui dansaient.

En montagne, le soleil se lève et se couche avec une soudaineté implacable. Bientôt les ombres rattrapèrent mon ombre et le vent, toujours en quête de corridors, descendit des cols en sifflant. On attendait la neige. Quand je me retrouvai au bas de la montagne, j'avais froid et mal partout. Mais plutôt que de m'attarder sur mes défaillances physiques, j'ajoutai l'excuse de mon âge à toutes celles qui justifiaient ma visite au bistrot du village. Quand je m'apprêtai à rentrer chez moi, Michel le barman me servit l'habituel commentaire sur le ciel couvert et le crachin permanent de ma Normandie bien-aimée : « C'est le pot de chambre de la France », me dit-il.

J'habite une maison de trois pièces aux abords d'un petit village des Pyrénées-Orientales à trente kilomètres de la frontière espagnole. En été, les versants du pic du Canigou s'habillent de bruyère en fleur. Des touffes d'azalées se mêlent aux rhododendrons et aux baies sauvages. Les prés vert émeraude parsemés de gentianes bleues s'étendent devant chez moi à perte de vue et les parfums de la Méditerranée montent de Perpignan, excitant les filles du pays qui, pendant les nuits chaudes, se retrouvent secrètement dans les herbages où elles dansent en chemise de nuit, les bras levés vers le ciel.

L'hiver dernier, alors que j'hésitais encore et n'étais pas tout à fait résigné à renoncer au braconnage, je creusai une tranchée en travers de la coulée d'un gibier montant vers la gorge du Fou et la recouvris de branches de pin. La nuit suivante il neigea et un isard mâle, ou chamois des Pyrénées, se cassa les pattes de devant en tombant dans mon piège. Je mis sa chair à mariner dans du vin rouge et à cuire à feu doux comme j'accommodais naguère les sangliers de Normandie. J'ai eu beau lui couper les bourses et le faire mijoter toute une jcurnée, je ne réussis pas à lui enlever le goût du rut.

Aujourd'hui je regrette d'avoir quitté les terres grasses de ma jeunesse et songe à rentrer au pays. Je pense aux doux nuages gris, aux rideaux de pluie et aux petits verres de calvados. Quand je songe au beurre en motte et aux fromages moelleux doux comme les lèvres d'une femme, l'eau m'en vient à la bouche. Ici, les fromages sont durs comme les os des chèvres qui en sont l'origine.

Maria de Maillol, la veuve qui vient une fois par semaine faire le ménage dans ma modeste maison, frappe puis entre, et laisse ses sabots devant la porte avant d'enfiler une paire de baskets sans lacets Dans sa jeunesse, Maria était danseuse de flamenco. À présent, les beaux traits anguleux de son visage vieillissant défient les montagnes qui nous entourent. Nous sommes amants.

Elle veut savoir pourquoi au lieu d'être dehors je suis pelotonné dans un fauteuil, une couverture autour des épaules. « Les petits bonshommes comme toi ne tombent pas malades, affirme-t-elle. Ce sont les grands costauds comme ton copain qui s'écroulent et meurent sur place. »

J'entoure de mon bras sa taille généreuse et lui dis que c'est ce vent persistant et les femmes fatales de son genre qui me tourmentent. Elle secoue la tête et me dit que tout est ma faute. « C'est notre force qui te mystifie », ajoute-t-elle en envoyant sur son épaule sa longue tresse de cheveux noirs.

Avec ses baskets je ne l'entends pas marcher derrière moi. Elle borde les draps de mon lit et met de l'ordre dans la cuisine. Puis elle s'arrête, espérant que je vais tenir ma promesse et lui raconter l'histoire de Vincent. La visite de ce dernier un peu avant Noël a excité sa curiosité. Son regard la trouble encore. Mais je dis : « J'ai la tête pleine de vent. »

Elle glousse, verse de l'eau bouillante sur un mélange de jus de citron frais et de miel. « Pour chasser ta fièvre, dit-elle en y ajoutant de l'eau-de-vie.

— La fièvre ne me gêne pas, dis-je, me souvenant d'avoir fumé pendant toute une semaine de l'opium qu'un copain avait rapporté du Cambodge.

— Alors raconte-moi votre histoire ce soir », dit-elle.

Je ferme les yeux et revois le visage de Vincent, jeune, mince, voilé de mélancolie, une chevelure brune et rebelle, des yeux qui hésitaient entre le bien et le mal. Il peut sembler bizarre de s'accrocher au souvenir de quelques semaines de toute une vie mais dans ce cas l'invraisemblable se détache clairement du reste. Parce que je suis un vieux romantique, on doit me pardonner mes exagérations. Je n'éprouve aucun scrupule à remplacer tel ou tel détail ambigu par quelque argument convaincant mais les événements que retrace cette histoire n'ont nullement besoin d'être enjolivés. Alors que le présent se confond avec un demi-siècle de souvenirs, ce qui subsiste est une histoire d'amours interdites, de meurtre, de vengeance et la saga du grand cerf qu'on appelait Monsieur. J'invite Maria à s'asseoir près de moi. Je lui précise que, pour lui raconter l'histoire de Vincent, il va me falloir remonter au temps où je ne le connaissais pas encore. Elle sourit et approuve d'un signe de la tête puis rapporte de la cuisine un plateau garni de tranches de jambon de serrano, un pain de campagne, une bouteille de rioja et deux verres. « Pour plus tard, souligne-t-elle. Quand on aura faim »

En 1949, Vincent avait cinq ans. Cette année-là, il quitta avec sa mère la ferme familiale située près du village de Merlecourt pour s'installer au château. Ils entraient tous deux au service de la comtesse, elle en qualité de femme de chambre, et lui, Vincent, comme compagnon de jeu des deux enfants du comte.

Vincent tenait la main de sa mère et tous deux traversèrent la place pavée du village. Elle portait une valise marron, lui un balluchon rempli de vêtements. Ils passèrent devant la petite épicerie, longèrent les portes de chêne sculptées de l'église puis la boulangerie où ils furent accueillis par l'odeur de la pâte chaude.

Ils franchirent le portail en fer forgé du domaine. À l'ombre d'une voûte de feuillage vert, ils remontèrent l'avenue de gravier bordée d'arbres qui menait au château. Dans le sous-bois, les ronces géantes formaient des grottes profondes et des tunnels où se cacher. Vincent sursauta quand il aperçut un homme portant une veste de velours côtelé surgir d'un fourré. La tête penchée en avant, il semblait suivre les empreintes d'un animal.

Sa mère le rassura : « C'est ton oncle Serge », dit-elle. Mais l'homme que Vincent venait de voir, obscur et inquiétant, semblait différent de l'oncle qu'il fréquentait à la ferme.

Elle écarquilla ses yeux noirs et lui dit en le taquinant que Serge avait le pouvoir de se transformer en loup-garou. Vincent serait reparti en courant vers la ferme qu'ils venaient de quitter si les tourments que lui avait fait subir la sœur aînée de sa mère ne l'en avaient dissuadé. Celle-ci avait pris l'habitude de lui taper sur le crâne avec une règle en métal et de lui tirer l'oreille jusqu'à ce qu'il s'agenouillât sur le dallage pour demander à Dieu le pardon de ses péchés. Ce souvenir l'effrayait plus que tous les loups-garous du monde.

Quand ils arrivèrent à un croisement proche du château, Marie Lebuisson s'arrêta un instant pour laisser son fils reprendre son souffle. Inquiet, il refusa de lever les yeux car il avait entendu dire que les châteaux n'étaient que des donjons où des hommes masqués pendaient les enfants par les pouces. L'allée ombragée, la silhouette insaisissable de son oncle et sa propre imagination ne faisaient que renforcer ses frayeurs. Il serra fort la main de sa mère et garda les yeux fixés à terre. Marie posa sa valise et lui releva le menton.

Vincent s'attendait à voir des tourelles, des piloris et des corbeaux aux têtes violettes mais au lieu de cela il fut accueilli par des pelouses impeccables qui se déployaient comme des tapis d'émeraude entre des rangées de chênes gigantesques. Le soleil matinal illuminait une succession de jardins en contrebas, resplendissants de fleurs rouges et jaunes, des topiaires, des statues de marbre tachetées de lichen, des fontaines coulant à flots et un superbe couple de cygnes nageant dans les douves.

Au bout de l'allée, un pont de pierre menait à une vaste cour de graviers encadrée de pelouses et d'arbres. Les enfants, Roland et Nicole, jouaient sur le pont. Ils se retournèrent et les saluèrent de la main.

Le regard de Vincent se porta un instant sur les deux enfants mais retourna au plus vite vers le château qui, pour lui petit garçon de cinq ans dont la chambre à coucher n'avait été qu'un box d'écurie reconverti, possédait la magie d'un conte de fées. Il se présentait à lui comme un magnifique prisme de verre et de pierre. D'étroites cheminées s'élevaient du toit d'ardoises et les façades en brique étaient rosies par le soleil. De chaque côté du château, les deux grandes portes étaient ouvertes et Vincent aperçut une autre pelouse et, plus loin, les champs et les pâturages qui s'étendaient jusqu'à l'Eure.

Lorsque Vincent et sa mère arrivèrent sur le pont, Roland se présenta et tendit à Vincent un nougat poussiéreux. Plutôt grassouillet, la peau blanche parsemée de légères taches de rousseur, des cheveux blonds en bataille, le jeune maître portait un short déchiré et des chaussures pleines de boue. Instinctivement Vincent s'inclina devant lui.

Sa sœur était mince avec de longs cheveux auburn. Elle s'approcha de Vincent et l'embrassa sur la joue. La veille, la comtesse de Costebelle avait engagé Marie Lebuisson après avoir appris que la jeune sœur de son garde-chasse avait un fils né le même jour que sa fille. Nicole regarda Vincent droit dans les yeux, se présenta et battit des mains. C'était la première fois que Vincent se faisait embrasser par une fille.

La comtesse les accueillit dans le hall du château où, sur les dalles de marbre, elle triait des paquets de fleurs enveloppées de journaux. Elle choisit celles qui lui plaisaient et les arrangea en jolis bouquets dans des vases de cristal. Elle sourit en caressant la joue de Vincent avec un doigt et lui souhaita la bienvenue. La comtesse avait été autrefois danseuse de ballet. Ses cheveux blond vénitien, ses joues creuses et son teint pâle révélaient une jeunesse passée dans les brumes anglaises. Elle parlait couramment le français et collectionnait les statuettes de jade assorties à la couleur de ses yeux. Ses ongles étaient roses comme les pétales de la fleur du même nom.

Ce soir-là, après que Vincent et sa mère se furent installés dans le grenier de l'aile nord du château, Marie Lebuisson alla dans la chambre de son fils et l'écouta dire ses prières. Quand il lui demanda s'ils allaient vivre dans ce lieu magique, elle murmura : « Abracadabra », se pencha pour l'embrasser et lui souhaita bonne nuit.

Sur le pas de la porte, elle se retourna et lui dit qu'il lui faudrait respecter Roland et Nicole. Il apprendrait beaucoup de choses à leur contact. « Ils sont tout ce que nous ne sommes pas », dit-elle.

La chambre de Vincent au quatrième étage du château était meublée simplement d'un petit lit, d'une chaise et d'une table pour faire ses devoirs. Bien que le plafond fût bas et que la tuyauterie fît du bruit toute la nuit, il était heureux. Lorsque la comtesse lui donna le papier peint orné de clowns qui restait en surplus de la chambre de Nicole, il oublia pour de bon sa vie à la ferme.

En rentrant de l'école il jouait avec Roland ou descendait travailler aux cuisines dans le sous-sol du château. Construites au-dessous du niveau des douves, on y trouvait des pièces sombres où étaient stockés les racines et les tubercules, un garde-manger pour le grain et les conserves, une chambre froide, la salle à manger des domestiques et des toilettes. La cuisine proprement dite, grande comme la remorque plate d'un camion, était équipée d'un double évier à chaque extrémité, d'une grande table en billot de boucher et d'un poêle à bois en fonte. Pendant les années qui précédèrent l'accident, les repas se succédaient, copieux et réguliers. Pour un gamin élevé au lard et aux pommes de terre avec la poule au pot traditionnelle du dimanche préparée par sa grand-mère, une telle immuabilité était inimaginable. Vincent travailla ainsi huit ans sous la tutelle du chef Gaston, un Bourguignon corpulent dont les soufflés au chocolat étaient légers comme l'air et qui buvait chaque jour ses quatre litres de vin rouge.

Sept domestiques étaient employés au château : une femme de chambre à chaque étage, le chef, le sous-chef et François, qui cumulait les fonctions de majordome et de maître d'hôtel. Certains logeaient au village et d'autres occupaient l'annexe des écuries mais tous mangeaient la cuisine du chef. Deux fois par semaine, Vincent dînait avec Roland et Nicole et, les autres jours, prenait ses repas aux cuisines avec sa mère et les autres membres du personnel. Leurs conversations souterraines portaient invariablement sur le comte Robert et sa famille, la politique et la vie sexuelle des domestiques.

Les rapports de Vincent avec sa mère changèrent après leur installation au château. À la ferme, leur relation avait été celle de mère à fils, de parent à enfant. Au château, ils devinrent indépendants l'un de l'autre et leurs rapports se transformèrent peu à peu en ceux de frère et sœur. Tantôt exubérante et coquette, Marie Lebuisson se montrait tout à coup agacée et morose. Pour Vincent, il s'agissait là d'un jeu compliqué qu'il ne comprenait pas mais acceptait car il aimait sa mère. Quand il eut sept ans, elle lui expliqua comment on faisait les enfants. Et lorsqu'il lui demanda s'il pouvait toucher ses seins, elle ouvrit sa blouse.

Chapitre premier

Les pluies torrentielles qui tombèrent sur la Normandie durant l'été de 1963 grossirent toutes les rivières de la vallée. Les prés avoisinants furent inondés et les pâturages noyés. Le bétail, repoussé vers les hauteurs, se rassembla en beuglant sous les arbres pour y ruminer, serrés les uns contre les autres, les flancs souillés de bouse. De profondes saignées défiguraient les champs. Les cultivateurs s'étaient résignés au mauvais temps et capitulaient en se lamentant devant la quantité de boue. À la décrue, le soleil assécha la terre et les sillages laissés par les tracteurs sur les chemins de la vallée de Merlecourt tressaient de solides ornières

À l'époque, les bals du samedi soir coïncidaient dans tous les villages du département avec l'apparition des premiers lilas. Ils se perpétuaient dans la chaleur orageuse de l'été jusqu'à ce que le climat incertain de l'automne décourageât les amateurs et l'enthousiasme des organisateurs. La dernière danse de l'année était prévue pour le deuxième samedi du mois d'octobre.

Le jour du bal, Vincent et Ragondin se mirent d'accord pour se retrouver au moulin à la nuit tombante et gagner le village à bicyclette. Une fois au bistrot, ils prévoyaient de prendre part aux festivités, d'engager la conversation avec les filles du village et plus tard, après la dernière danse, d'aller se promener sur les rives de l'Eure avec leurs cavalières. La dernière phase de ce programme était malheureusement illusoire. Tous les week-ends ils rentraient chez eux bredouilles, parfois ivres et toujours le cœur lourd. Jamais découragés, ils recommençaient immédiatement à faire des projets pour le samedi suivant.

Ragondin avait une double réputation auprès des femmes : celle, qui les divertissait, de l'idiot savant pouvant citer des passages entiers des nombreux livres qu'il avait lus et celle d'un être lubrique au discours truffé d'obscénités. Bien qu'intriguées par son esprit, aucune des filles du village ne voyait en lui un fiancé possible, encore moins un mari. De plus, son air de vagabond mal coiffé ne jouait pas en sa faveur. Il avait beau être charmant, il ne pouvait s'empêcher de caresser les fesses des filles qu'il essayait de séduire. Ses gestes étaient plus impulsifs que salaces ; ce qui l'amusait vraiment, c'était la surprise des filles au moment où il leur pinçait le derrière. Sa conduite avait provoqué au cours des années des gifles et des coups de poing de la part de tous, hommes, femmes, jeunes et moins jeunes, mais aux yeux indulgents de Vincent celle-ci était justifiée par les refus dont Ragondin était l'objet plutôt que par un réel désir de débaucher la chair tendre.

Vincent, au contraire, était incontestablement le jeune homme le plus séduisant et le mieux élevé de toute la région. Il n'avait pas pour autant davantage de succès auprès des filles du village dont certaines devaient se demander plus tard pourquoi elles s'étaient refusé le plaisir de souvenirs agréables. Celles qui l'avaient écouté avec fascination quand, enfant, il racontait ses histoires d'éperviers, de chauves-souris et de renards mangeurs de crapauds, étaient à présent séduites par les fanfreluches et la vie des acteurs de cinéma. Vincent, qui ne s'intéressait ni à la mode ni aux magazines de ciné-club, n'était désormais plus qu'un rustre à leurs yeux. Il était vrai que la plupart d'entre elles lui auraient volontiers pardonné son manque de raffinement si leurs parents ne leur avaient interdit de fraterniser avec un bâtard.

Ragondin et Vincent avaient compris depuis longtemps que, pour se donner le courage d'affronter ces refus prévisibles, il leur fallait avaler suffisamment de cognacs – de bières pour Vincent – pour aiguiser leur imagination et leur délier la langue.

Physiquement, ils avaient beaucoup changé depuis leur première rencontre nocturne dans le champ de blé derrière la ferme des Verdier quatre ans plus tôt. Pour compenser une calvitie précoce, Ragondin arborait dans un esprit de rébellion mal avisée une longue moustache clairsemée qui s'enroulait sur sa lèvre et lui entrait dans la bouche. Sorti du lycée professionnel trois ans plus tôt avec des notes acceptables, il travaillait depuis pour le seul maréchal-ferrant de la vallée. À force de battre le fer ses bras avaient pris du muscle et ses dents, selon Vincent, ressemblaient moins à celles d'un ragondin mais de plus en plus à celles d'une mule.

Vincent, pour sa part, s'était fabriqué des jambes puissantes en jouant au football dans l'équipe de son pensionnat. Travaillant désormais à plein temps pour Robert de Costebelle, il s'était développé en maniant le foin à la fourche et en coupant le bois à la hache. Il aimait le contact lisse du manche de la hache, le transfert du poids sur ses épaules et le choc en retour du métal dans ses poignets ; plus que tout, il aimait la sensation de chaleur qui montait de ses reins et se répandait dans tout son corps à la fin d'une longue journée de travail.

Vincent était plus grand que la plupart des hommes de la vallée. N'eût été une lueur d'incertitude dans son regard, il aurait pu paraître sauvage, un homme disposé à vivre dans une cabane au milieu des bois. Néanmoins, sur son beau visage, Ragondin pouvait lire le fardeau pesant de son passé.

Le soir du bal, Ragondin descendit de l'appartement de sa tante chez qui il habitait aux alentours de Bourneuil pour se rendre à bicyclette au moulin. Il était encore tôt lorsqu'il quitta le bruit et le désenchantement de la banlieue. Sur l'étroite route départementale qui sillonnait la campagne, la lumière était adoucie par les clairs-obscurs qui envahissent les creux et les vallons à la tombée de la nuit. C'était une lumière tendre et grise et de plus en plus tamisée à l'approche de la vallée de l'Eure et de sa forêt.

Vincent occupait avec Serge et Jules l'aile d'un moulin reconverti construit trois cents ans plus tôt au confluent de deux rivières. Pendant des siècles, l'une des rivières avait approvisionné le moulin en eau courante tandis que l'autre lui fournissait juste assez d'électricité pour éclairer sa partie habitable. Les murs de torchis étaient recouverts d'un lierre qui grimpait des fondations en silex jusqu'au toit de chaume. Il n'y avait ni téléphone ni réfrigérateur dans la maison. Les denrées périssables étaient conservées sur des pains de glace dans un garde-manger construit sous les branches inférieures d'un sapin près de la cuisine. À l'arrière du bâtiment, un bosquet de bouleaux créait de l'ombre en été et servait de coupe-vent en hiver.

Ragondin arriva au moulin sur son vélo, très contrarié. Il venait de perdre son emploi. Madame Leblanc, la femme de son patron, lui avait fait des avances la veille alors qu'il la conduisait au marché de Bourneuil. Elle avait ôté le foulard qui couvrait ses cheveux blonds et courts et lui avait demandé s'il la trouvait désirable. Depuis trois ans qu'il travaillait pour son époux, c'était la première fois que sa patronne, une Alsacienne plantureuse de trente-six ans aux narines caverneuses et aux yeux bleu pâle, lui adressait directement la parole. Surpris par la vigueur de ses avances, il hésita avant de répondre ; la franchise n'étant pas une option, il lui dit qu'il la trouvait belle.

Pendant deux heures, Ragondin attendit Suzanne Leblanc en face du salon de beauté, assis à la terrasse de son bistrot favori en lisant *Le Figaro.* Édith Piaf venait de mourir à Paris et Jean Cocteau avait tout juste eu le temps de faire une déclaration à la presse célébrant l'âme et la voix de la Môme Moineau avant de succomber à son tour. Ce matin-là, à Bourneuil, tous les journaux étaient en deuil et pleuraient le cœur et le génie de la France. Ragondin se souvenait des chansons déchirantes de Piaf et des images d'*Orphée,* son film préféré de Cocteau. Il calmait sa nostalgie à grand renfort de bière et de croque-monsieur.

Sur le chemin du retour, madame Leblanc se pencha vers lui, frôlant le levier de vitesse de sa cuisse. Pour la première fois de sa vie, la crainte eut sur Ragondin plus d'effet que la sensualité. C'était une forte femme, aussi redoutable que son mari, et lorsqu'elle posa la main sur son genou il n'osa pas broncher.

Suzanne Leblanc gloussa, exhibant des petites dents féroces et déclara : « Mon mari a les couilles grosses comme des patates. » Puis, le regard d'une intensité ne souffrant pas la contradiction, elle demanda : « Ça te plairait de coucher avec moi ? »

Jean Leblanc avait un jour comparé le lit conjugal à une enclume usagée et bien que Ragondin disposât depuis l'âge de la puberté d'une aptitude infinie à la dépravation, ce jour-là, en regardant droit devant lui, il répondit à la femme de son employeur qu'il préférait garder son emploi.

Mèches blondes fraîchement bouclées au-dessus de ses yeux bleus furibards, elle siffla : « Salaud », et retira sa main.

Le lendemain, Jean Leblanc attendit que Ragondin terminât sa demi-journée du samedi et le congédia en lui promettant un séjour à l'hôpital si jamais il s'avisait d'adresser de nouveau la parole à son épouse.

Assis devant la cheminée dans l'un des deux vieux fauteuils affaissés, les pieds posés sur la table basse, Ragondin attendait que Vincent ait fini de se changer après une longue journée de travail et descendît de son pigeonnier. Les bois blanchis d'une douzaine de chevreuils et la tête d'un sanglier aux défenses recourbées longues comme des couteaux de chasse trônaient au-dessus de la cheminée. Des cannes à pêche, une 22 long rifle, quelques pièges à vermine et une corne de cuivre s'entassaient pêle-mêle dans les coins de la pièce. Le bruissement de l'eau berçait le moulin, mélodie continue ponctuée au printemps par le coassement des grenouilles amoureuses et en automne par le caquetage du gibier d'eau. Une odeur d'huile à fusil et de bois brûlé occupait la pièce.

Ragondin appréhendait l'arrivée de l'oncle de Vincent ; il savait que Serge lui demanderait ce qu'il avait fait, où il était allé et qui il avait vu. De tels interrogatoires déconcertaient Ragondin car, depuis que Vincent était son ami, il n'avait plus jamais braconné sur les terres du comte de Costebelle. Dès qu'il fut assuré que le garde-chasse ne reviendrait pas, il s'enfonça profondément dans le fauteuil et s'efforça de ne pas penser à Suzanne Leblanc

Vincent lui avait raconté l'histoire macabre du moulin habité au début du siècle par une famille de Bayonne. Le meunier, un colosse qu'un canon prussien avait amputé de sa jambe gauche, était un alcoolique qui terrorisait les siens par ses comportements imprévisibles. Un soir, après avoir bu plusieurs bouteilles d'absinthe, le meunier alla chercher sa hache dans le hangar à bois et assassina sa femme, ses quatre enfants, son chien et un cochon, massacre pour lequel il fut guillotiné. La légende voulait qu'à certaines phases de la lune l'esprit de la malheureuse épouse revînt par la cheminée pleurant la perte de ses enfants.

Le regard de Ragondin se promena sur les étagères au-dessus du bat-flanc qui servait de lit à Serge et qui faisait face à l'Avre. Lorsque Vincent s'installa au moulin, son oncle lui lisait chaque soir les légendes de Roland à Roncevaux, de Tristan et Iseut et les romans d'Alexandre Dumas. Sa voix résonnait dans tout le moulin. C'est ainsi que Vincent s'était initié à l'honneur et à la chevalerie et que ses rêves étaient peuplés de femmes exquises qui s'abreuvaient de rosée et portaient des violettes dans les cheveux. Vincent avait prêté ces volumes à Ragondin plus d'une fois et ils passaient des heures à revivre les aventures de chevaliers partis pour les croisades, de dames d'honneur, de braconniers et de leurs putains.

À l'étage au-dessus, assis sur son matelas, Vincent enfilait ses chaussettes. Jadis encombré de roues dentées et d'armatures métalliques, le « pigeonnier » donnait sur un platane centenaire. Au-delà s'étendait un champ de blé au milieu duquel deux peupliers s'élevaient comme des clochers d'église. Une échelle de bois clouée au plancher lui permettait d'accéder à son matelas étalé sous une lucarne percée dans le toit. Tous les matins avant l'aube, Vincent partageait ses rêves avec les étoiles et regardait la lune déambuler dans le ciel.

De son lit Vincent demanda à Ragondin de ses nouvelles. Ils ne s'étaient pas revus depuis le dernier bal; Ragondin répondit qu'il avait ferré onze chevaux, façonné au marteau une grille de fer forgé d'une quinzaine de mètres et perdu son emploi. Puis il raconta ses démêlés avec madame Leblanc et son mari aux testicules hypertrophiés. Vincent déplora la perte de ses revenus et la rapacité des Alsaciennes d'un certain âge qui, même jeunes, n'avaient sans doute jamais été désirables.

Emporté par son discours, Ragondin se plaignit également des caprices de la sœur de son père, Tantine Artaban, qui vendredi, au moment même où madame Leblanc lui faisait part de ses désirs, avait accusé les enfants du voisin de l'espionner par la fenêtre de sa chambre. Très énervée, elle avait reçu le facteur en tenant dans sa bouche l'ourlet de sa robe relevée. Parce que celui-ci avait ri en lui présentant le chèque de sa pension de retraite, elle lui avait mordu le pouce jusqu'à l'os.

Vincent frémit à l'évocation de Tantine Artaban avec son visage étroit, ses lèvres molles, ses yeux incolores qui flottaient dans des orbites tachées de mauve et la verrue grosse comme une fève qui lui pendait à côté du nez. Il regarda Ragondin et leva les yeux au ciel. La blancheur de ses dents contrastait avec sa peau dorée par un été de travail au soleil. Il descendit l'échelle, portant une chemise marron à manches longues et son pantalon gris du pensionnat qui s'arrêtait aux chevilles. Dans la lumière diffuse qui filtrait à l'intérieur du moulin, ses vêtements se confondaient avec la cheminée de brique et le bois sombre des meubles. Les deux amis se serrèrent la main.

Ils enfilèrent veste et casquette et partirent à bicyclette pour Merlecourt, bavardant et zigzaguant sur la route non goudronnée, changeant de position, tenant et lâchant alternativement leur guidon. Les deux kilomètres de route bordée de hêtres qui reliaient le moulin au château serpentaient à travers champs et bosquets, franchissant des cours d'eau sur des ponts de bois qui, six ans plus tôt, résonnaient encore sous les sabots des chevaux.

C'était la mi-octobre. Un soupçon d'automne rafraîchissait l'air et Vincent frissonna. Du coin de l'œil il repéra un lièvre aux oreilles noires qui s'échappait d'un buisson pour aller grignoter le chèvrefeuille près des ronces. Il le montra à son ami qui fit semblant de lui tirer dessus. Ragondin soudain affamé imagina qu'il écorchait la bête et faisait du charme à sa tante pour l'encourager à faire dorer la chair rouge dans du beurre puis à la laisser mijoter dans une cocotte en fonte sur un lit de lardons et de petits oignons. Il se voyait même suçant la moelle des os jusqu'à ce qu'ils fussent bien blancs et parfaitement vidés de leur contenu.

Le soleil couchant colorait les nuages de reflets cannelle et projetait une lueur de feu sur les chaumes. Tout l'été, les deux amis avaient fait dériver des sauterelles vivantes dans la rivière, laissant le courant guider les insectes vers les trous profonds où patientaient les truites. En juillet, ils avaient ferré beaucoup de gros poissons dans l'attente du crépuscule. Ils parlaient peu mais leurs silences n'étaient jamais pénibles.

Vincent et Ragondin continuaient à pédaler sur la route qui bordait les douves du château, entrant et sortant de l'ombre des grands châtaigniers. Les derniers rayons de soleil se reflétaient sur le toit d'ardoise du château et dans l'obscurité grandissante les criquets chantaient. Vincent montra du doigt la lumière dans la bibliothèque de Robert de Costebelle.

Le château avait été bâti en 1624 par un riche gentilhomme de la cour de Louis XIII à l'intention de son épouse autrichienne. Femme opiniâtre, elle détestait la campagne et sans en faire part à son mari s'était juré de ne jamais y mettre les pieds. Son vœu fut exaucé lorsqu'une péritonite aiguë la délivra de ses obligations matrimoniales.

Le château de Merlecourt changea deux fois de propriétaire avant que le grand-père de Robert de Costebelle n'en fît l'acquisition en 1847 pour sa maîtresse, une courtisane qu'il finit par épouser puis par expédier dans l'au-delà pour cause d'adultère en ajoutant de l'arsenic à son cordial du matin.

Le domaine avoisinait la forêt domaniale de Crotais et s'étendait le long d'une colline abrupte dans une vallée crayeuse peu profonde à dix kilomètres au nord de Bourneuil. Au sud de la propriété se lovait le village de Rebours, au nord le village de Merlecourt d'où le château tenait son nom. Les Costebelle étaient les plus gros propriétaires terriens du département. Ils possédaient huit cents hectares de cultures, deux cents hectares de bois et de pâturages, un parc de trente hectares avec jardin d'eau, piscine et des écuries adjacentes au château. Un mur de pierre de trois mètres de haut et d'un kilomètre de long abritait les châtelains des regards des villageois. L'Eure et l'Avre arrosaient le cœur du domaine, le protégeant et le nourrissant de leurs eaux, ce qui excitait la convoitise de tous les fermiers de la vallée.

À l'extrémité d'une longue prairie, la brise agitait les feuilles d'un rideau de peupliers qui ombrageait la route. À l'ouest, les nuages étaient saturés de lumière pourpre. Derrière les peupliers, les écuries couvertes de lierre restaient vides. Encore visible dans ces derniers instants avant la nuit, la peinture mal entretenue des stalles était ternie par le temps et l'humidité persistante de la Normandie.

Vincent se souvenait avec nostalgie du temps où les pâturages étaient remplis de juments pleines et de poulains frottant leurs naseaux contre leur mère, où les chevaux de selle passaient la tête par les portes des stalles en hennissant pour attirer l'attention. Combien de fois avait-il sellé le poney de Nicole tandis que les lèvres gourmandes des chevaux cherchaient les morceaux de sucre dans la paume de sa main ? Il se souvenait aussi de l'avoir suivie des yeux avec envie sur son poney, le dos droit, sa chevelure auburn dansant sur ses épaules.

« Nicole va bientôt revenir à Merlecourt », dit Vincent.

Ragondin regarda son ami, se demandant si la nouvelle était bonne ou annonçait de nouveaux ennuis. Les relations entre Vincent et les enfants du comte lui avaient toujours semblé fragiles.

Quelques heures plus tôt, pendant qu'il ratissait la cour et songeait au bal, Vincent avait vu la DS 19 du comte Robert s'arrêter devant les écuries désaffectées. Le comte s'était avancé vers lui en balançant sa canne de Malacca, lui avait serré la main et s'était enquis de la qualité de ses vers de terre. Vincent lui avait montré la boîte pleine de mousse sur laquelle rampaient les lombrics. Il avait l'intention de s'en servir cette nuit-là après le bal comme appât pour ses lignes de fond. Le comte Robert, lui, comptait sur de l'anguille pour le dîner du lendemain.

Il avait commenté l'air rêveur : « On dit que les anguilles retournent à la mer des Sargasses pour y déposer leur frai et mourir. »

Il avait caressé de l'index de sa main droite sa moustache de vieux militaire courte et grisonnante et suggéré à Vincent de faire mariner les anguilles dans un côtes-du-rhône qu'il trouverait chez Serge. Vincent avait observé les traits du vieil homme burinés et sombres comme ceux d'une statue, ses lèvres minces et son nez busqué, ses petits yeux au regard mobile comme celui d'un blaireau. Le comte avait allumé une cigarette et dit à Vincent d'ajouter à la marinade quelques carottes coupées en lamelles, des échalotes, un demi-verre de vinaigre, du thym frais et un bouquet de persil.

La matelote d'anguille était l'un des plats préférés du comte. Vincent avait appris à préparer la sauce au vin rouge du temps où il travaillait à la cuisine du château. Il savait qu'il fallait également ajouter à la recette une feuille de laurier, du poivre en grains et une pincée de sucre, mais s'était gardé de le mentionner.

Puis, prenant Vincent au dépourvu, le comte avait annoncé : « Nicole va rentrer sur un de ces nouveaux Boeing 707. »

Déconcerté, Vincent s'était emparé de la main du comte et l'avait serrée jusqu'au moment où le vieil homme s'était dégagé en disant : « Ça va, ça va mon petit. »

Pour Vincent, Nicole de Costebelle demeurait la petite fille aux cheveux roux et aux lèvres minces qu'il aimait comme une sœur et qui l'avait embrassé sur la joue avant de quitter Merlecourt.

Il y avait cinq ans que Nicole et Roland étaient partis, près d'un quart de la vie de Vincent, et pendant tout ce temps, hormis le comte et François, son majordome, le château était resté vide. Vincent avait appris à se passer de ses compagnons de jeu mais au-delà de la solitude qu'il éprouvait en pensant à eux, la personne qu'il regrettait le plus n'était autre que son patron, ce vieillard orgueilleux qui ne s'accordait même pas la compagnie d'un chien.

Vincent se retourna sur la selle de sa bicyclette et dit, la voix pleine d'angoisse : « J'ai peur que Nicole ne se souvienne de moi que comme le fils bâtard de la femme de chambre de sa mère.

— Tais-toi, dit Ragondin que les propos de son ami mettaient mal à l'aise. Elle se souviendra de toi exactement comme tu te souviens d'elle. »

L'inquiétude provoquée par le retour de Nicole et le rythme de la course avaient rougi le visage de Vincent. Il glissa une main entre les boutons de sa chemise et ferma les yeux. « Je donnerais un mois de salaire pour sentir la main d'une fille sur ma poitrine », dit-il.

Par une chaude soirée d'août il avait pour la première fois, à la foire de Bourneuil, touché les seins ensoleillés d'une jeune Marocaine. Ce fut un moment bref et mémorable. Lorsqu'il était retourné la voir la semaine suivante, un frère maussade en djellaba l'avait accueilli sur le seuil du modeste appartement de leurs parents. Il lui avait dit que sa sœur était rentrée à Agadir et qu'il ferait bien de ne pas revenir. Depuis, il était hanté par des rêves érotiques et se réveillait souvent frustré par ses désirs inassouvis.

Quand la nuit envahit le sous-bois et tomba sur le champ, Vincent lâcha guidon et pédales, étendit ses bras et ses jambes, exposant l'usure inégale de ses chaussures. Depuis que Roland avait laissé tomber un couteau de cuisine sur son pied nu dix ans auparavant et que l'un de ses orteils avait été sectionné à la jointure, toutes ses chaussures étaient ainsi déformées. Dans l'équipe de foot de son école, il avait dû abandonner son poste d'avant-centre pour celui de gardien de but. Ni lui ni Roland n'avaient oublié le spectacle du doigt coupé rebondissant sur le sol de la cuisine. En marchant dessus Roland avait éclaté de rire et avait remarqué, sans se départir de son charme habituel, que le doigt sanglant se comportait comme un asticot. Le jeune vicomte le conserva dans son laboratoire jusqu'à sa mort, dans une fiole remplie de formol.

Au-dessus de l'allée centrale qui menait au village, les branches des chênes formaient une voûte épaisse et sombre. Ragondin sentit les ailes d'une chouette frôler son visage. L'oiseau de nuit poussa un cri strident. Ils pédalèrent plus vite, franchirent les grilles du domaine, tournèrent à droite après la boulangerie et descendirent ensuite vers l'église et les petites maisons aux tuiles rouges et plates du village de Merlecourt.

Une douzaine de garçons et de filles fumaient, bavardaient et buvaient de la bière devant le bistrot.

Les garçons aux doigts tachés de nicotine étaient maigres et boutonneux. Les filles avaient appliqué trop de maquillage sur leurs visages ternes ; Vincent songea avec nostalgie au teint égal et lumineux de sa petite Marocaine.

Les jeunes gens accueillirent Vincent et Ragondin avec une indifférence feinte, les mains profondément enfoncées dans les poches et se balançant d'un pied sur l'autre.

« Hé, châtelain, va nous chercher une bouteille de ce pinard que ton oncle aime bien s'enfiler », ricana Claude, le fils d'un des jardiniers du comte.

« Parle à mon cul, ma tête est occupée », riposta Vincent en contournant Claude et la grosse fille qui le tenait par la taille.

Ragondin ajouta un commentaire sur le cidre et l'hérédité mais personne ne releva. Le métier de forgeron avait doté Ragondin de mains puissantes et de bras musclés. Malgré sa petite taille et son côté hâbleur, tout le monde savait qu'il avait les moyens de se défendre.

Claude n'était pas le seul villageois qui en voulait à Vincent d'avoir des relations privilégiées avec le château. D'autres étaient jaloux parce que le comte l'avait envoyé faire des études secondaires dans un pensionnat réputé de Rouen et qu'il avait réussi ses deux bacs. À l'esprit de tolérance le Normand moyen préfère la méfiance et l'envie. Au cours des siècles, la surabondance des pluies et le manque de soleil ont encouragé chez lui un solide scepticisme. Certains, surtout les vieilles du village, se méfiaient d'autant plus de Vincent qu'il avait un œil vert et un œil bleu. C'était pour elles le signe du mal incarné. Ce qui troublait le plus les matrones de la vallée, c'était que ces yeux dépareillés brillaient, tels deux beaux cabochons, sous les lumières de la piste de danse et captivaient l'imagination de leurs filles.

Comme preuves supplémentaires de son excentricité s'ajoutaient son goût pour la baignade nocturne dans l'Eure et son habitude de bavarder avec les oiseaux. Cette dernière information avait été rapportée par le curé du village qui avait vu Vincent un soir d'été allongé dans un pré entouré de perdrix. Alors que certains villageois étaient convaincus que cette conduite bizarre devait signifier quelque chose, aucun d'entre eux ne savait quoi, ce qui, dans la France rurale, constitue un motif suffisant pour supposer le pire. En vérité, Vincent s'était simplement endormi et ne savait pas qu'une compagnie de perdreaux l'avait choisi comme point de repère.

Mais la raison profonde et largement reconnue pour laquelle les villageois se méfiaient de Vincent Lebuisson n'avait rien à voir avec la qualité de son éducation, ses yeux ou son rapport particulier avec la nature. Ce que les résidents de la vallée lui reprochaient le plus, c'était d'être un bâtard allemand, une progéniture illégitime et un rappel constant d'une guerre qu'il leur aurait fallu plus d'une vie pour oublier.

On racontait qu'au lendemain de la Libération une femme avait rapporté au comité de la Libération que Marie Lebuisson, la mère de Vincent, aurait été vue en situation compromettante avec un major de Dusseldorf dans la forêt, puis dans le domaine, et même dans le château. Elle nia farouchement cette accusation et refusa de divulguer l'identité du père de Vincent. Elle avait promis à son fils de la lui révéler le jour de ses vingt et un ans, mais victime d'un accident de voiture peu de temps après les quatorze ans de son fils, Marie Lebuisson ne put tenir sa promesse. On racontait qu'elle et son compagnon étaient ivres le soir où ils avaient tenté de traverser la voie avant le passage du train de Paris, erreur qui leur avait été fatale.

Le rythme précipité d'une polka traversait les murs de la salle de danse, ajoutant une dimension nouvelle aux conversations habituelles. L'approche de la saison de vénerie avec son rituel et ses fanfares, la présence des jeunes filles, le rythme rapide de la musique, tout cela excitait les hommes qui, échauffés par le vin, buvaient abondamment et parlaient plus fort que de coutume.

Vincent et Ragondin s'approchèrent du bar. Les bouteilles multicolores étaient alignées le long du miroir qui couvrait le mur. Ragondin commanda son cognac-soda habituel tandis que Vincent demanda à Arnaud, le gros barman au teint olivâtre, une bouteille de Kronenbourg. Dans l'atmosphère enfumée, le bruit du baby-foot et l'entrechoc des boules de billard faisaient concurrence à l'orchestre qui jouait dans la pièce voisine.

Les vêtements de travail de Ragondin étaient sales

et tachés de sueur. « Tu pues comme un vieux bouc », dit Vincent. « Et alors ? répondit Ragondin. Tu crois que tu sentirais la rose si tu avais battu le fer toute la matinée ? »

Il leva la tête et se lissa la moustache. « Je suppose que je devrais dépenser mon indemnité de licenciement en fringues pour attirer les filles », dit-il avec ironie. L'idée le remplissait d'allégresse.

« Sans aucun doute, mon pote. » Vincent lui tapa gentiment dans le dos et sourit.

Ragondin commanda un autre cognac. « Le cognac me fait rêver », dit-il. Il sentit descendre la chaleur réconfortante de l'alcool.

« Rêver à quoi ?

— À la boisson et aux femmes, répondit Ragondin. Plus je bois, plus j'aime les filles dont je rêve. » Il leva son verre et porta un toast aux quelques femmes avec qui il avait couché et à toutes celles qu'il n'avait pu séduire.

« Le comte m'a dit cet après-midi que j'étais officiellement inscrit à l'École des eaux et forêts à la rentrée, dit Vincent. Il compte sur moi pour lui parler de ses arbres quand je reviendrai à Noël. Il dit que la mort d'un arbre, c'est comme la mort d'un homme. On a un gros chagrin et puis on oublie. »

Une telle mission faisait sourire Vincent. « Tu t'imagines, dit-il à Ragondin, comme si moi je pouvais apprendre à Robert de Costebelle quoi que ce soit sur ses arbres. Il les connaît même mieux que Serge, le meilleur garde forestier de la région. »

Vincent chercha son reflet dans le miroir derrière

les bouteilles et se demanda si Nicole le trouverait changé. Il s'imaginait que le vrai motif de son retour était sans doute lié à la santé défaillante de son père. Au cours de l'année précédente, le comte était tombé deux fois dans un coma diabétique. Chaque fois, il en était revenu affaibli et moins alerte.

Ragondin se roula une cigarette. Grâce au cognac, il était entré dans un autre monde. Il posa le papier maïs rempli de tabac sur le zinc, appuya son front sur ses poignets et parla à Vincent de sa dernière acquisition. Les revues de femmes nues qu'il avait l'habitude d'acheter à Bourneuil provenaient essentiellement d'Afrique et récemment Vincent s'était plaint de leur flou anatomique. Ragondin lui assura que ce dernier numéro importé de Suède était d'une précision stupéfiante. Vincent sourit mais le retour imminent de la jeune maîtresse du château éclipsait largement tout plaisir qu'il aurait pu trouver au spectacle de nymphettes cabriolant sur les pages d'un magazine.

Ragondin leva les yeux au plafond et amorça un commentaire sur les amours innocentes de l'enfance mais en perdit le fil et consacra toute son attention à ne pas tomber de son tabouret. Vincent se leva et se dirigea vers la salle de danse. À mi-chemin, il se retourna et invita Ragondin à le suivre.

Simple entrepôt pendant la semaine, la salle de danse était un vaste local rectangulaire adjacent au bar, décoré pour la soirée de serpentins aux couleurs passées, d'ampoules tachées et de tables rondes recouvertes de nappes à carreaux blancs et rouges.

Chargées de plateaux, une demi-douzaine de serveuses en tablier blanc et robe noire décolletée faisaient le va-et-vient entre les tables et le bar.

Fermiers et commerçants venant de toute la région dansaient au son d'un orchestre composé d'une contrebasse, d'une batterie et de deux accordéonistes qui se disaient « beaux-frères » sans doute pour souligner que chacun avait couché avec la femme de l'autre. Les filles portaient des robes courtes. Les plus jolies dansaient près des ventilateurs qui relevaient leurs jupes et révélaient leurs fortes jambes de paysannes. Plus correctes, les femmes mariées portaient des corsages de dentelle blanche et dansaient avec leurs époux guindés et mal à l'aise dans leurs costumes du dimanche. Assises sur des chaises pliantes, les matriarches du village coiffées du traditionnel bonnet noir entouraient les danseurs, échangeant à mi-voix des commentaires malveillants sur les comportements de leurs voisins.

Vincent et Ragondin s'adossèrent au mur qui séparait le bar et la salle de danse, et commandèrent des bières à Lisette Moulin, cousine de Vincent, une fille de dix-sept ans portée sur les fromages à pâte molle et les hommes mûrs. Elle se plaignit qu'on lui pinçât les fesses et désigna un groupe de jeunes durs assemblés dans un coin. L'un d'eux remarqua son geste et lui fit un signe de sa cigarette.

Lisette ajouta qu'à la fin de la soirée elle irait avec ses amis se promener dans les ruines et invita Vincent à se joindre à eux. Il haussa les épaules, sachant très bien que les filles feraient semblant de se perdre dans les tunnels souterrains sous les vestiges d'un ancien Dieu des templiers. Plus tard, à grand renfort de rires hystériques et de promesses alléchantes, elles supplieraient les garçons de venir à leur secours. Une fois à l'air libre, elles reviendraient sur leurs promesses et s'enfuiraient dans la nuit. Toutes sauf Lisette. Lisette aimait payer comptant.

« Serge m'a dit que les cerfs étaient en rut, dit-elle. Toi qui sais imiter leurs grondements bizarres, tu devrais venir avec nous. »

Vincent secoua la tête, et rétorqua : « Quand un cerf brame, soit il veut t'attaquer, soit il veut te baiser. » Elle fit la grimace en direction des garçons dans le coin.

L'orchestre jouait *La Vie en rose* en hommage à Édith Piaf.

Germaine, la fille du plombier, leur souriait de l'autre bout de la salle. Lors d'une expédition au village l'été précédent, Vincent et Ragondin l'avaient espionnée par la fenêtre de sa chambre et avaient admiré ses petits seins constellés de taches de rousseur. Quatre garçons l'entouraient y compris son frère. Lorsque Vincent les rejoignit, Ragondin regagna le bar et s'assit à l'extrémité du comptoir. Il n'avait aucune envie d'affronter le frère. Pauline, la cousine retardée de Germaine, s'était entichée de Ragondin pendant le feu d'artifice du 14-Juillet. Tandis qu'assise sur la pelouse, derrière le bistrot, elle admirait de son regard opaque le festival de couleurs, il lui avait ôté sa culotte. Elle s'était mise à hurler et le frère de Germaine lui avait donné un coup de poing derrière la tête.

La concurrence pour les faveurs de Germaine dans la salle de danse se révéla plus ardue que prometteuse. Au bout de quelques minutes, Vincent rejoignit Ragondin au bar. Il se plaignit de ce que Germaine lui eût tourné le dos au moment où il l'avait saluée. Arnaud lui offrit une bière et Ragondin constata que l'ardeur de Vincent, comme la sienne, commençait à faiblir.

Au milieu d'un tango, Adorée Painvin, la petite amie de Serge, vint les embrasser tous les deux sur la joue. Elle sentait bon la pâte chaude. Ragondin inspira profondément tandis qu'elle se ménageait une place entre eux deux.

« Tu as l'air tellement sérieux », dit-elle à Vincent en s'installant. Elle but la moitié de sa bière. « À quoi tu penses ? » Elle rectifia d'un geste lent le désordre de son épaisse chevelure brune. Sa robe rouge était froissée à force de danser.

« À la rivière », répondit Vincent.

Adorée posa sa main sur la sienne. « Tu te caches du monde dans la rivière. Tu te réfugies chez les poissons parce que tu n'as confiance en personne. Serge fait pareil dans la forêt. Tu te caches sous l'eau, il se cache derrière les arbres. Vous avez chacun votre lit où dormir. » Vincent repoussa la main d'Adorée.

Ragondin posa son menton sur l'épaule d'Adorée et demanda si elle savait où lui, Ragondin, se cachait. Il aimait l'entendre parler surtout quand elle s'adressait à lui. Elle pivota sur son tabouret, lui adressa un sourire canaille et dit : « Dans une auge. »

À trente-neuf ans, Adorée était propriétaire de la meilleure boulangerie-pâtisserie de Bourneuil Elle avait le teint d'un blanc laiteux et le regard de ses yeux marron était aussi doux que celui d'un jeune veau. Avec ses lèvres charnues et veloutées et sa poitrine opulente, elle inspirait les rêves érotiques de toute la vallée.

L'oncle de Vincent et la boulangère se fréquentaient depuis deux ans. Bien qu'elle couchât également avec le docteur Jobard, médecin du comte, ni le garde-chasse ni le médecin ne remettaient en question cet arrangement, ce qui ne faisait que renforcer l'opinion de Serge selon laquelle les femmes ne valaient pas mieux que les hommes et les hommes pas mieux que les chimpanzés. Quant au docteur Jobard, il se souciait peu de ce que la belle Adorée eût un ou plusieurs amants. Il tenait simplement à ce que toute la région, sa femme exceptée, soit au courant de sa liaison.

Une goutte de sueur coula le long du cou d'Adorée, s'arrêta un moment sur sa clavicule avant de disparaître sous sa robe. Elle en retraça le chemin avec son doigt et surprit le regard de Vincent.

« Toi, tu as besoin d'une fille », dit-elle en lui pressant la cuisse d'une main taquine. Vincent croisa le regard de Ragondin dans le reflet du zinc et rougit. Il ne pensait qu'à une chose : rentrer au moulin pour retrouver son chien Jules. Ragondin, pour sa part, aurait tout fait pour qu'Adorée le touchât. Mais elle passa son bras autour des épaules de Vincent et lui demanda s'il voulait qu'elle aille lui chercher une fille dans la salle de danse. « Tu vas voir, quand elles vont comprendre qu'il s'agit du beau ténébreux timide dont tout le monde parle, l'intrépide Lebuisson qui se baigne la nuit nu dans la rivière, elles vont toutes se battre pour s'approcher de toi et le bal va s'arrêter. »

Serge, incapable de garder un secret, avait parlé à Adorée des baignades nocturnes de Vincent tout comme il avait dit à Vincent qu'Adorée hennissait comme une jument quand ils faisaient l'amour.

Ragondin aurait bien aimé qu'elle lui cherchât une fille mais quand il le lui dit, elle riposta qu'il n'avait qu'à s'en trouver une tout seul. Lorsque Vincent annonça qu'il allait pêcher l'anguille, elle déclara qu'à son âge ce n'était pas naturel qu'un homme fût sans femme. « Ça explique pourquoi tu te balades tout nu », dit-elle. Mais Adorée n'était pas de nature à s'acharner sur quiconque. Dès que Vincent se retourna tout rouge vers elle, elle se leva et l'embrassa gentiment. « Pardonne-moi de te materner comme ça. C'est plus fort que moi. »

Elle lui posa la main sur la joue et dit : « Comment c'est de voir le monde du fond d'une rivière ? Tu dois voir de drôles de choses. » Elle termina la bière de Vincent.

« Le mois dernier j'ai nagé jusque devant chez le vieux Gravic. Il pelotait sa nièce sur un tas de foin, dit Vincent. Sa femme était dans la cuisine à trente mètres de là.

— Gravic a au moins soixante-dix ans ! » s'exclama Adorée. Vincent sourit.

Elle regarda la foule. Les rires et les voix amplifiés par l'alcool n'étaient plus qu'une cacophonie de sons rauques. Elle se tourna vers Vincent et lui demanda comment allait Serge.

« Il fait sa ronde.

— Dis-lui que je t'ai demandé de ses nouvelles. »

Elle les embrassa tous les deux. « Seigneur Dieu, dit-elle en s'éloignant, la nièce de Gravic n'a que quinze ans ! »

Les deux amis rentrèrent au moulin par le sentier qui longeait la rivière. L'air frais les dessoûla. Vincent sentit le vent gonfler sa chemise, tirer sur sa ceinture et tourbillonner dans son dos. Vers les eaux profondes, là où les anguilles chassaient, la rivière était envahie par les branches des saules pleureurs. Un éclair illumina la vallée voisine et ils comptèrent jusqu'à quinze avant que le grondement du tonnerre ne les atteignît. Sur l'autre rive, sur les terres du fermier Étienne Verdier, une machine vrombissait. Les phares d'un tracteur perçaient l'obscurité dans un champ lointain. Les pluies n'étaient annoncées que pour le surlendemain mais Verdier ne voulait pas prendre de risques. Il continuerait jusqu'à ce que le temps changeât ou que toute la terre fût labourée.

Au carrefour, Ragondin prit la route de Bourneuil tandis que Vincent rentrait seul au moulin. Quand il arriva à la rivière, il releva la ligne de fond, l'étendit dans l'herbe et, à la lueur de sa torche électrique, amorça les hameçons avec les vers de terre. La lune projetait un faisceau de lumière blanche sur la rive. En aval, un colvert cancana lorsque l'extrémité plombée de la ligne plongea dans l'eau. En réponse à son avertissement, d'autres canards lui firent écho tout le long de la rivière. Mais l'intrusion de Vincent dans leur monde fut brève. Lorsque minuit sonna au clocher de l'église, il était dans son lit au moulin et rêvait de Nicole.

Chapitre 2

Le dimanche matin à l'aube, Vincent releva sa ligne de fond. Un léger voile de brouillard dissimulait les eaux de la rivière. Le poids de la ligne et sa courbe inhabituelle annonçaient une pêche fructueuse. Bientôt deux corps bruns d'un mètre de long, épais comme les poignets d'un homme, projetaient leur ombre sur l'herbe. Les anguilles s'étaient débattues pendant la nuit et avaient enchevêtré la ligne et les avançons en pelotes compactes. Quand il retira les hameçons, elles se tordirent violemment entre ses mains. Accrochée au dernier hameçon une belle perche sortit de l'eau, engourdie et dorée par le soleil du petit matin.

Il lâcha ses prises dans un seau et les emporta derrière le moulin à côté de la porte de la cuisine. Enroulées les unes sur les autres, les anguilles le fixaient de leurs petits yeux noirs. Il les sortit du seau une par une, leur introduisit une ficelle dans les branchies puis les suspendit à la plus basse branche du sapin près de la cuisine. À l'aide d'un entonnoir, il leur versa dans la bouche du vinaigre blanc pour éliminer le goût terreux de la boue dans laquelle elles avaient vécu. Il les regarda se débattre au bout de leurs cordes.

Vincent recouvrit d'un torchon humide le seau qui contenait la perche pour qu'elle ne se desséchât pas et grimpa dans son pigeonnier. Fatigué par sa semaine de travail, il se laissa tomber sur son matelas et s'endormit. Cette fois il rêva de Roland avec qui il avait partagé toutes les aventures de son enfance, un rêve qui le ramena à ses douze ans et à un matin de plein été où le comte et la comtesse avaient emmené Nicole en Vendée rendre visite à leur famille.

Dès que la Chambord du comte eut franchi le portail du domaine, Roland entraîna Vincent jusqu'au garage. Dans l'atelier, il souda une centaine de mètres de câble électrique à deux plaques de métal grandes comme des cahiers d'écolier, coupa le câble, introduisit les extrémités dans une douille et attendit que sonnât midi et que Gaston, François et le reste du personnel fussent installés à la cuisine pour déjeuner. De l'une des fenêtres de la bibliothèque du comte, il jeta les deux plaques métalliques dans les douves puis brancha la douille dans une prise électrique à 220 volts.

L'eau se mit à bouillonner. Perches et brochets, tanches et gardons remontèrent à la surface, ventre en l'air. Les anguilles s'agitaient dans la boue, troublaient l'eau et envoyaient des torrents de bulles à la surface. Les plus gros poissons et ceux qui se trouvaient à la limite extérieure du champ électrique se ruaient hors de l'eau, retombaient sur le flanc, bouche et branchies grandes ouvertes avant de replonger en force dans l'eau sombre des douves. Tous les poissons se trouvant entre les deux extrémités du câble remontaient tous tôt ou tard à la surface dans un tremblement convulsif. L'eau des douves étincelait. Roland était content de lui.

Ils électrocutèrent le plus de poissons possible puis fixèrent les extrémités du câble à l'avant et à l'arrière d'une barque de quatre mètres de long. Pendant que l'un ramait, l'autre ramassait les poissons avec une épuisette et les entassait au fur et à mesure sur la rive. Ils parcoururent ainsi l'ensemble des douves, allant d'une pièce à l'autre, d'une prise électrique à l'autre, riant aux éclats, inconscients du danger qu'ils couraient.

Quand ils atteignirent l'office, un fusible sauta et les flammes firent gondoler la peinture du placard où la comtesse rangeait ses plus belles porcelaines de Sèvres. Ils éteignirent le feu avec l'aide du personnel. Le lendemain matin, les poissons avaient été vendus au marché de Bourneuil et le bénéfice qu'ils en avaient tiré, mis à part les cinq coups de canne administrés par le comte, avait été entièrement consacré à réparer les dégâts.

Vincent se réveilla au son des cloches appelant les paroissiens de Merlecourt à la messe du dimanche. Debout sur son matelas, il ouvrit la lucarne et y passa la tête. Des nuages s'étendaient au-dessus de la forêt. Une brise matinale balayait la rivière, dispersait des nuées d'insectes et ridait la surface des eaux peu profondes le long des rives. Les anguilles pendaient au sapin, le pourtour de leur bouche blanchi par le vinaigre.

Étienne Verdier, que Vincent et Ragondin avaient entendu la nuit précédente à leur retour du bal, entra dans la cour au volant de son camion et s'arrêta sous le platane. Il aperçut Vincent à sa lucarne, le salua d'un geste de la main et lui demanda s'il avait vu ses fils.

« Ils sont sûrement à l'église à cette heure-ci, plaisanta Vincent.

— Le jour où j'les y verrai, je gagnerai au tiercé », répondit Étienne en frappant de la main la portière de son camion.

Verdier, un homme fort au visage boucané et à l'épaisse tignasse noire, était veuf. Ses deux fils, Louis et Titi, occupaient une aile de la ferme familiale avec une Polonaise nommée Salomé Vénard, quarante-sept ans, ancienne prostituée de la rue Saint-Denis à Paris. La femme d'Étienne, rongée par le cancer, avait supplié ses fils de la congédier. Mais insensibles aux prières de leur mère, Louis et Titi paradaient avec Salomé dans toute la ferme, jusque dans la chambre de la malade quand leur père était au travail. Tout le village savait que madame Verdier était morte les yeux fixés sur le visage vérolé de la putain.

Louis, l'aîné, plus connu sous le nom de Gros-Louis, trente ans et bâti comme un taureau, avait la tête aussi grosse qu'un ballon de football. Quand il était ivre, il cherchait la bagarre et s'échauffait tellement à la perspective d'esquinter un adversaire qu'il lui arrivait d'en mouiller sa culotte, une singularité dont personne ne parlait en sa présence.

Titi avait deux ans de plus que Vincent; il était aussi mince que les lames des couteaux qu'il portait sur lui depuis l'âge de sept ans. Renvoyé de l'école à onze ans pour avoir gravé ses initiales sur le talon d'un camarade de classe, il avait été condamné cinq ans plus tard à trois mois de maison de correction pour avoir tranché les pis d'une vache appartenant au maire de Merlecourt.

En plus de leur prédisposition à la violence, Titi et Gros-Louis partageaient trois traits physiques : des cheveux fins et noirs, des sourcils en forme de moules et de petites dents jaunâtres.

Verdier qui avait labouré une bonne partie de la nuit était épuisé. Il grogna qu'un de ses fils aurait déjà dû prendre le relais. « Je retourne à mon tracteur, dit-il à Vincent, si jamais tu vois l'un ou l'autre, envoie-le-moi. Je serai de l'autre côté de la rivière. » Il ouvrit ses grandes mains dans un geste de lassitude et de dégoût : « Je vais quand même pas rester assis sur mon cul à les attendre. » Puis il lui demanda quand il allait pleuvoir.

Vincent Lebuisson était bien connu dans la vallée pour son aptitude à prévoir le temps. Ainsi, quand il scruta le ciel et annonça qu'il pleuvrait avant la nuit, Étienne ne douta pas de sa parole. À ses talents de météorologue Vincent ajoutait celui très envié de sourcier. Parce qu'un paysan tient plus à sa terre qu'à sa patrie, la faculté qu'avait Vincent de détecter les nappes d'eau souterraines lui avait valu d'être moins persécuté pour ses origines allemandes qu'il ne l'aurait été autrement. Depuis l'âge de dix ans, il avait aidé Étienne et d'autres paysans de la vallée à localiser leurs puits. Il promenait au-dessus du terrain un rameau de saule fraîchement coupé, sorte de fourche que le magnétisme de l'eau courbait vers le sol, désignant ainsi l'endroit à creuser. Les paysans soupçonnaient sans jamais l'admettre que son don de pressentir l'eau sur le flanc des collines les plus sèches tenait de la magie.

Étienne fit un signe de la main à Vincent et prit la direction de la rivière. Pour un paysan, les pouvoirs d'un sourcier sont divins.

Vincent s'habilla et regarda un vol de corbeaux se former derrière le tracteur d'Étienne. Il comparaît les oiseaux macabres à des notes de musique qui s'élevaient dans le ciel et redescendaient pour se disputer bruyamment les vers et les limaces déterrés par les lames de la herse. Il plaignait Étienne qui n'avait personne pour lui tenir compagnie et entretenait son tracteur comme il eût soigné une maîtresse. Une maîtresse au cœur dur qui, tout en lui accordant le plaisir de tracer à travers champs des sillons parfaitement rectilignes, imposait à son vieux dos des perversités laborieuses. Verdier était un homme fatigué qui ne nourrissait plus aucune illusion sur l'avenir. Sa seule passion, outre la trompe de chasse, consistait à poursuivre le cerf derrière la meute de chiens appartenant à l'équipage de Haute-Normandie dans la forêt de Crotais. De temps à autre, quand la lune était pleine, Étienne sonnait de la trompe en virtuose et quand le vent soufflait de l'ouest la mélodie plaintive du vieil homme solitaire parvenait jusqu'aux oreilles de Vincent.

Vincent alluma le gaz. La cuisine était une petite pièce meublée d'une table ronde et de quatre patères fixées aux murs pour accrocher les chaises vides. Une fenêtre donnait sur le platane. Il posa la bouilloire pleine d'eau sur la flamme et se rendit dans la cabane qui servait de lieux d'aisances à l'orée du bois. Serge n'était pas rentré depuis la veille et Vincent souhaitait qu'il prît son temps, s'attardât au bistrot et ne rentrât qu'après le déjeuner. Pour autant qu'il appréciât la compagnie de son oncle, le moulin lui semblait parfois trop petit pour contenir toute l'énergie de Serge, tendu en permanence comme un ressort.

La première battue de perdreaux de la saison devait avoir lieu la semaine suivante. Par précaution Serge patrouillait le domaine toutes les nuits car les jeunes perdrix grises étaient de nouveau vulnérables. En effet, pendant la journée, les braconniers cachaient dans leur carnier de petits épagneuls bretons qu'ils lâchaient l'obscurité venue. Ceux-ci humaient le vent et décelaient la moindre présence d'une couvée endormie. Une fois les chiens à l'arrêt et les perdreaux figés sur place par un instinct aussi vieux que le monde, les hommes, tenant chacun le bout d'un filet, en reccuvraient les oiseaux pris au dépourvu et leur brisaient le cou.

À son retour de la cabane, Vincent sortit la perche de son seau. Dans la cuisine il la posa sur une planche à découper et en leva les filets. Les écailles s'éparpillaient en éclats brillants sur l'évier de faïence. Quand l'eau commença à bouillir il se fit un café à la chicorée, le versa dans un bocal à conserve et le but avec du lait et du sucre.

Un peu plus tard, il se déshabilla et sortit. À l'est, le plafond nuageux qui s'était installé sur la forêt tombait dans la vallée. La brise avait disparu et des nuées de moucherons s'affairaient autour du lierre. Il maintint le tuyau d'arrosage au-dessus de sa tête et ouvrit le robinet. L'eau coula d'abord chaude, puis froide comme la rivière.

Secrètement satisfait des allures qu'avait prises son corps au cours de l'été, Vincent referma le robinet et s'approcha du platane ; il arracha un bout d'écorce et l'émietta. C'était un arbre colossal dont les ramures démesurées et les vastes feuilles ombrageaient la pelouse. Cent fois il l'avait escaladé et s'était même endormi sur ses branches les plus basses. Un martin-pêcheur apparut comme un éclair bleu sur le fond vert d'un saule et disparut derrière une courbe de la rivière.

Vincent s'étira jusqu'à ce que sa peau brûlât. Exposer ainsi son corps nu l'excitait. Les rayons de lumière qui filtraient à travers les feuilles projetaient des ombres grises sur l'herbe. Il se soulagea, traçant des dessins autour des silhouettes, se souvenant du temps où, tout jeune, sa mère le prenait entre le pouce et l'index pour « viser » des objets comme il le faisait à présent « Pan ! On l'a eu ! » s'exclamait-elle. Il la regardait fièrement tandis qu'elle secouait la dernière goutte et le félicitait.

Vincent rentra dans le moulin et se rhabilla, affûta la courte lame d'un couteau de cuisine et se dirigea vers les anguilles suspendues. Il glissa le pouce le long du corps de la plus proche, trouva la petite dépression vulnérable de sa cage thoracique, appuya fort et fit éclater le cœur. En prenant soin de ne pas couper trop profondément, il pratiqua une incision circulaire sous le cou et tira la peau vers le bas. Lorsqu'il en eut pelé une bonne partie il l'entoura d'un papier journal pour affermir sa prise et, tenant le papier des deux mains, se laissa tomber sur le sol. Toute la peau vint en une seule pièce à l'envers, blanche et terne comme une écorce de citron.

Il dépouilla la deuxième anguille de la même manière, apporta la chair gris-rosé de ses deux prises dans la cuisine où il les vida puis les coupa en tranches épaisses. Après avoir préparé une marinade avec laquelle il les recouvrit, il poêla les filets de perche dans du beurre et s'en régala avec un verre de cidre brut. La perche avait le goût frais du poisson qui vit dans le courant le plus vif de la rivière. Il se promit de visiter son coin de pêche favori au cours de l'après-midi.

Depuis le mois de juin, Vincent remplissait régulièrement de morceaux de viande une boîte de métal pendue à une branche au-dessus d'un bassin profond alimenté par les ruisseaux du jardin d'eau. Les mouches pondaient leurs œufs sur la charogne et les asticots qui en sortaient tombaient dans l'eau par des trous percés au fond de la boîte. Cette pluie d'asticots circadienne maintenait les alevins dans un état de perpétuelle anticipation. Vincent pêchait dans le bassin avec une canne et des petits hameçons dorés. Serge adorait ces petits poissons argentés qu'il mangeait par poignées comme des frites.

Vincent se redressa quand il entendit la voiture de son oncle franchir le pont près de la vanne. Le véhicule roulait vite ; il se dit que Serge devait être d'une humeur détestable. Il ralluma le gaz et remplit à nouveau la bouilloire pour refaire du café.

La voiture s'arrêta sous le platane. Maurice Corneille, un garde-chasse national dont l'épaisse moustache envahissait le visage, et son assistant, un petit homme chauve, descendirent d'une camionnette 2 CV identique à celle de Serge mais en meilleur état. Corneille aperçut Vincent dans l'encadrement de la porte et lui fit un signe de la main. « Viens vite, dit-il, ton oncle est blessé. »

Tandis que l'assistant de Corneille abaissait la ridelle de la camionnette, Vincent accourut vers eux, saisi par le même pressentiment que le jour où il avait appris la mort de sa mère.

Serge gisait sur une bâche, la tête à l'ombre posée sur un coussin de paille. Un lambeau de chaussette raidi par le sang séché saillait de la semelle déchiquetée de sa chaussure droite. Les deux hommes tirèrent Serge de la voiture avec précaution. Ses vêtements étaient souillés de taches d'herbe, un filet de sang coulait de sa bouche et s'arrêtait au creux de son menton.

Aussitôt que le corps de Serge fut entièrement sorti de la voiture, Vincent relaya l'assistant de Corneille. Il se sentait comme s'il avait été plaqué au sol par un adversaire sur un terrain de foot. La main gauche de Serge, enflée et sanglante, était d'un bleu qu'il n'avait jamais vu auparavant Elle n'avait plus rien d'une main humaine et Vincent eut soudain envie de vomir.

Ils transportèrent Serge dans le moulin et Corneille envoya son second au château. « Va dire au comte Robert ce qui est arrivé et appelle le docteur Jobard. Dépêche-toi. »

Quand ils allongèrent Serge sur son lit il poussa un gémissement. Vincent lui ôta ses chaussures et déboucla sa ceinture car il avait lu quelque part que c'était la première chose à faire.

« Merde ! » grogna Corneille en voyant au-dessous du blessé le drap se teinter. Vincent recula et regarda la tache se répandre lentement sur le côté du lit. Serge pissait le sang. Vincent se souvint d'avoir vu des chiens de chasse pisser rouge après s'être fait botter par un cheval. La plupart en mouraient.

« Qu'est-ce qui s'est passé ? » Vincent ne reconnaissait pas sa propre voix déformée par la peur.

« J'ai repéré sa voiture vide au sud du bois Robert On est allé voir et on l'a trouvé dans le fossé entre la route et le champ de blé. J'en suis pas sûr, mais je crois que ceux qui ont fait ça à ton oncle lui ont fermé la vitre sur la main et l'ont traîné jusqu'à ce que ça lâche. » Corneille demanda de l'eau chaude.

Vincent alla chercher la bouilloire qu'il avait préparée pour le café. Il regarda le corps de son oncle couvert de bleus et de protubérances qui semblaient sur le point d'éclater. Ils retirèrent le drap souillé et nettoyèrent ses plaies de leur mieux. Corneille ne pensait pas que la main droite de Serge fût brisée, mais la grande meurtrissure violette à la base de sa cage thoracique l'inquiétait.

« Je ne crois pas que la voiture lui soit passée dessus, dit-il. Ils ont dû rater leur coup. Mais cette enflure, ça c'est pas bon signe. »

Quand Corneille posa sa main sur le ventre de Serge, le blessé ouvrit brusquement les yeux. « Arrêtez ! » cria Vincent, s'interposant entre les deux hommes. Corneille prit Vincent par les épaules de ses grosses mains robustes et le serra contre lui jusqu'à ce qu'il cessât de trembler. Puis il se dirigea vers la cheminée et s'assit.

Vincent recouvrit Serge d'une couverture, le regard fixé sur son petit visage pincé. Les boucles noires de son oncle lui collaient au front et des gouttes de sueur perlaient sur les taches de tabac à priser sous ses narines. Vincent se pencha vers lui et chuchota son nom. Les paupières de Serge frémirent mais il ne répondit pas.

« Il peut pas t'entendre, dit Corneille doucement. Attends le docteur Jobard. »

Vincent se retourna vers le garde-chasse et lui demanda s'il avait relevé quelque indice. « Des empreintes de pneus, dit Corneille, et quand mon assistant reviendra on ira faire des moulages. Maintenant écoute-moi. Il n'y a pas plus coriace que Serge. Il va s'en tirer. »

Vincent pencha la tête et fixa Corneille de son œil vert, son mauvais œil, celui qu'il appelait son œil de boche. Avec un tremblement dans la voix, il dit : « Je n'aimerais pas être dans la peau du salaud qui a fait ça à mon oncle. »

Chapitre 3

La respiration irrégulière de Serge rappelait à Vincent celle du chevreuil qu'ils avaient découvert tous deux un jour, abandonné par un braconnier avec une balle dans le ventre. Un voile recouvrait les yeux noirs de la bête dont les muscles tétanisés tressaillaient de façon incontrôlée sous son pelage fauve. Serge avait maudit la négligence du chasseur. Il s'était accroupi pour caresser la nuque du chevreuil. « Je te demande pardon », avait-il dit avec compassion. Puis il lui avait coupé la gorge avec son couteau.

Incapable d'affronter le regard angoissé de Maurice Corneille, Vincent ferma les yeux et récita à voix basse le Notre-Père que sa mère lui avait appris. Il ne pouvait s'empêcher de penser au corps de Serge brusquement soulevé du sol et rebondissant comme une marionnette contre le pare-chocs d'une voiture. Il pria donc de plus en plus vite dans l'espoir d'attendrir le cœur de Dieu.

Enfin il sortit derrière le moulin pour être seul un moment. Le parfum de la pluie imminente emplissait l'air du matin. Il vit les nuages lourds d'orage s'assembler au-dessus de la forêt, prêts à se déverser sans merci sur la vallée. Il respira profondément pour chasser de ses poumons l'odeur d'urine et de douleur qui avait envahi le moulin.

Stimulés par l'évaporation des deux rivières, de violents orages étaient fréquents à Merlecourt. Quand il vivait au château, Vincent, le visage collé contre le carreau de la fenêtre de sa chambre, regardait souvent émerveillé les motifs dessinés sur la pelouse par les peupliers italiens qui se pliaient et s'entrelaçaient sous les rafales de vent. Plus d'une fois il avait été le témoin de ces moments de pure révélation lorsque la nuit s'embrasait blanche et violente au cœur des nuages et que la foudre dévoilait l'espace d'un instant tous les secrets de leurs ombres.

Le front pluvieux suivait la voiture du comte dans la cour du moulin et en un instant tout le paysage disparut derrière un rideau de pluie. Vincent courut vers la Peugeot, un parapluie au poing et le comte, l'air émacié en costume gris et cravate, se baissa pour s'y abriter.

Au chevet du blessé, le comte lui toucha le front du bout des doigts. Il demanda des explications à Corneille. Celui-ci ne savait pas très bien comment Serge avait pu se faire coincer la main dans une portière mais il était sûr d'une chose : Serge s'était bel et bien fait traîner dans le champ de blé près du bois Robert. Il mentionna les traces de pneus dans le chaume, dessina un huit dans l'espace et affirma que le chauffeur de la voiture était parti en laissant

Serge pour mort. Le comte regarda le corps brisé et meurtri de son garde-chasse et jura. Corneille regarda Vincent : Robert de Costebelle ne jurait jamais.

Le comte serrait le pommeau de sa canne. « Qui aurait pu faire une chose pareille ? » demanda-t-il.

Corneille haussa les épaules et enfonça ses mains dans les poches de son pantalon de velours. « Moi je dirais des braconniers ou peut-être une voiture pleine d'ivrognes, histoire de rigoler après le bal. »

Le regard du comte fit le tour de la pièce, absorbant chaque détail du décor familier. Il savait très bien que des professionnels ne traîneraient jamais un homme derrière une voiture par plaisir. « Les braconniers n'ont pas de temps à perdre. Ils n'agiraient pas ainsi », dit-il en fermant les yeux à demi.

Le docteur Jobard, un petit homme entre cinquante et soixante ans, chauve et ventripotent, entra d'un pas vif, fuyant la pluie, une sacoche noire à la main. Au mépris des superstitions, il posa à terre son parapluie ouvert puis serra solennellement la main de chacun avant de s'approcher du lit de Serge sans dire un mot.

L'orage se déplaça vers l'autre bout de la vallée, et un coin de ciel bleu se glissa entre les nuages. La pluie cessa tout d'un coup et une brume s'éleva du sol, rafraîchissant la terre en une lente et inévitable soumission à l'automne.

Corneille se retourna vers Vincent. « Et c'est pas tout, dit-il, Jules est mort. J'en suis désolé. »

Vincent sentit la main du comte se poser sur son bras. La gorge serrée, il se dirigea vers la fenêtre et regarda la cour se remplir de lumière.

Corneille secoua la tête et dit que Jules avait dû se faire renverser par la voiture en essayant de protéger Serge et que, malgré ses reins brisés, il avait traîné son arrière-train sur toute la longueur du champ dans la nuit pour s'allonger près de son maître.

« J'ai dû l'achever, dit le garde-chasse, mal à l'aise. Je suis désolé mais il n'y avait plus d'espoir. Seulement de la souffrance. »

Fuyant les visages atterrés, Vincent courut se réfugier sous le platane. Le soleil avait reparu et inondait la cour de ses rayons. Lorsqu'il avait emménagé au moulin Serge avait autorisé Jules, qui n'était alors qu'un chiot, à dormir dans le lit de son neveu. Vincent enlaça le tronc de l'arbre, la joue pressée contre l'écorce, et regarda les nuages rouler au-dessus de la vallée, emportant avec eux le rayonnement qu'avait été la vie de Jules.

L'assistant de Corneille et François, le majordome du comte, arrivèrent dans des voitures séparées. François, dont le nez jaillissait du visage comme un jonc du marais, s'approcha de Vincent et lui donna les clefs de la 2 CV de Serge. Corneille sortit du moulin en secouant la tête. « Serge est réveillé et il est furibard », dit-il. Corneille jeta un œil sur la voiture et reprocha à François de l'avoir déplacée. Il lui expliqua qu'il lui faudrait dire à la police exactement où il l'avait trouvée. Gris et maigre, momentanément décontenancé, François cligna des yeux, toussota, regarda Corneille, puis Vincent, et balbutia une excuse pour avoir ainsi compliqué l'enquête.

Corneille rassura le vieux domestique. « T'en fais pas mon gars, dit-il, lui mettant la main sur l'épaule. Serge est dans le moulin en train de jurer tout ce qu'il sait. » Puis il se retourna et d'un geste fit signe à Vincent de le suivre jusqu'à la voiture. « Je vais enterrer Jules au cimetière des chiens », dit-il.

Vincent détourna son regard du véhicule qui avait transporté son oncle. Quelque part sous une bâche à l'arrière reposait Jules, son meilleur ami. Il voulut savoir si son oncle avait dit quoi que ce soit sur ses agresseurs mais Corneille secoua la tête et se glissa derrière le volant. Il répondit que Serge lui avait simplement dit de revenir le lendemain et qu'il avait acquiescé, sachant qu'il perdrait son temps s'il insistait.

À l'intérieur du moulin, l'air était imprégné de l'odeur métallique du sang et de l'alcool. Le comte et le médecin se tenaient au pied du lit. « Garde ton souffle pour péter, Jobard ! Pas question que j'aille à l'hôpital », vociférait Serge à l'instant où Vincent entrait dans la pièce. Indigné, le médecin se mit à arpenter la pièce et dit au garde-chasse qu'il n'avait pas le choix, qu'il n'était qu'un imbécile et qu'il risquait de mourir s'il ne se laissait pas soigner. Le comte leva la main et pria qu'on le laissât seul avec son garde-chasse. Vincent et le médecin allèrent dans la cuisine. Ils s'assirent à la table l'un en face de l'autre et restèrent silencieux. Soulagé de ce que son oncle ait retrouvé son humeur normale, Vincent éclata subitement de rire en pensant à la façon dont Serge avait vertement repoussé les conseils de Jobard.

Nullement amusé, le médecin dit à Vincent qu'il était un peu trop âgé pour ce genre de plaisanterie. Mais Vincent ne pouvait contrôler son fou rire. Il se retrouvait soudain dans l'un de ces moments cauchemardesques où, au château, Roland et lui, gagnés par une hilarité incontrôlable, finissaient par se faire renvoyer de la pièce. Vincent s'excusa et sortit.

La pluie avait lavé les arbres du pollen de l'été et le bleu profond du ciel était d'une intensité que Vincent n'avait pas vue depuis le printemps. François, le seul employé du château qui ne chassait ni ne possédait de fusil, s'adossa à la voiture de Serge et pencha la tête. « C'est moche ce qui s'est passé cette nuit. Ça me rappelle la guerre. »

François avait été témoin de trop de violence pour ne pas la haïr. Déporté en Tchécoslovaquie en 1941, il y avait travaillé dans une aciérie qui fabriquait des blindages pour les chars allemands. Il avait été persécuté non pas tellement par les soldats allemands, qui ne faisaient qu'exécuter des ordres, mais par les enfants de la Jeunesse hitlérienne, petits monstres armés qui commettaient couramment des atrocités. Un jour, cinq d'entre eux, dont le plus vieux n'avait que seize ans, avaient sous ses yeux arrêté une femme juive avec son bébé dans les bras et lui avaient rasé la tête. Ils avaient ensuite étranglé l'enfant avec les tresses de sa mère.

Le docteur Jobard sortit du moulin en proférant qu'il reviendrait avant la nuit pour conduire Serge à l'hôpital. Puis ce fut le tour du comte qui dit à Vincent que son oncle ne voulait voir personne mais qu'il allait quand même appeler Adorée. Il demanda à Vincent d'attendre qu'elle arrivât puis de le retrouver au château. Il désigna Jobard d'un geste de la tête. « Le docteur a raison, Vincent. Essaie de faire comprendre à Serge la gravité de son cas. » François lui ouvrit la portière. Le comte replia son long corps vieillissant et s'installa dans la voiture. Il remonta la vitre. Son profil était la caricature de l'autorité.

Couché sous les draps, la couverture repoussée au pied du lit, Serge avait les paupières closes. Les bras croisés sur la poitrine, il fredonnait un air sans mélodie, une série de sons confus comme ceux que Vincent entendait la nuit quand, en terminale, il était chargé de surveiller les dortoirs des jeunes du pensionnat. Fredonner de la sorte ne ressemblait en rien à son oncle et Vincent fut alarmé. Puis il se rendit compte que le docteur Jobard avait dû lui faire une piqûre de morphine.

Serge ouvrit les yeux et promena dans la pièce un regard vague. Ses pupilles étaient dilatées, il parlait lentement comme s'il avait un poids sur la langue Il dit qu'il avait rêvé et que, chaque fois qu'il se rendormait, le rêve reprenait là où il l'avait laissé. Serge regardait son neveu avec un sourire ahuri.

Vincent souffrait de voir son oncle à ce point diminué et affaibli sur son lit étroit. Pour la première fois depuis qu'il vivait au moulin, il se trouvait gêné en sa présence. Serge dut le sentir car il posa sa main sur celle de son neveu et lui dit de ne pas s'en faire, qu'il allait bientôt se remettre, que tout allait s'arranger. Vincent ne put effacer le souvenir du soir où rien ne s'était arrangé, un soir marqué pour toujours par la mort de sa mère.

Cette nuit-là, Vincent s'était réveillé alors que la lumière grise du petit matin filtrait entre les plis des rideaux et éclairait le visage de la comtesse penchée sur son lit. Elle portait une robe de chambre beige et ses fins cheveux blonds tirés en arrière transformaient son visage. Il ne la reconnut pas tout de suite.

Elle lui disait en français que sa mère avait eu un accident la veille et qu'elle était tellement désolée. La comtesse s'était assise au bord du lit et lui avait caressé la tête. « Elle a eu un accident de voiture, avait-elle dit. Elle n'a pas souffert. » Son visage pâle ressemblait à un masque nacré ; une brise matinale avait entrouvert les rideaux et ces paroles lui avaient déchiré le cœur. Les yeux de la comtesse étaient si tristes qu'il s'en était détourné, envahi par la peur, et s'était caché le visage dans son oreiller. Elle lui avait caressé la nuque et murmuré à quel point elle était peinée et avait aimé sa Marie. Submergé par la douleur Vincent s'était redressé et l'avait prise dans ses bras. Il avait sangloté sur son épaule et, lorsqu'elle s'était allongée, il s'était couché sur elle et avait forcé ses hanches contre les siennes.

Vincent rougissait à l'évocation de ce souvenir. Il

revoyait la comtesse de Costebelle, la plus belle femme que l'on ait vue dans la région, la tête enfouie dans son oreiller. Elle l'avait gardé dans ses bras sans dire un mot. Plus tard, lorsqu'il s'était calmé, elle avait remonté la couverture sur lui, l'avait embrassé sur le front puis, sur la pointe des pieds, s'était retirée sans bruit.

Peu après l'enterrement, on avait descendu les affaires de Vincent dans une chambre du troisième étage qui donnait sur une allée de tilleuls. Roland lui avait offert son plus beau couteau et Nicole toute son attention. Une semaine plus tard, François lui avait confié avoir entendu le comte discuter avec Serge d'une adoption possible et Vincent avait passé des nuits entières éveillé, s'imaginant qu'il faisait partie de la famille Costebelle.

Vincent entendit le tracteur du château et ouvrit la porte pour accueillir Jacques et Hubert, les jardiniers du comte, deux hommes bornés et solitaires qui avaient l'habitude de se plaindre ouvertement de leur travail derrière le dos de leur patron. En temps normal, les deux jardiniers évitaient tout contact avec Serge qui ne supportait pas qu'on critiquât Robert de Costebelle. Ce jour-là, les deux hommes avaient dû savoir que le garde-chasse n'était pas en état de leur tenir tête. Ils s'approchèrent de lui et contemplèrent longuement le corps meurtri sans dire un mot.

Jacques Labuche était un petit bonhomme qui avait l'apparence et l'odeur de quelqu'un ayant passé la nuit sur un tas de fumier. Ses yeux bruns clignotaient dans un visage marqué et violacé par l'usage excessif du Pernod. Fier de ne s'être jamais couché sobre en vingt ans, Jacques se vantait volontiers de mettre trois fois moins de temps que quiconque à faucher un champ de blé « à ras comme un billard », disait-il.

Hubert Muserole était deux fois plus grand que son collègue mais s'inclinait devant le petit homme. Il avait des yeux bleus cernés de rouge, un long nez qui se terminait par un petit nœud de cartilage et une lèvre inférieure épaisse qu'il léchait constamment comme une truie. Il occupait le pavillon du gardien à l'entrée du domaine avec sa femme et son fils de trente-trois ans. Le régime quotidien d'Hubert consistait en une livre de lard, un pain et demi et deux litres de vin d'Algérie. Il se déplaçait aussi lentement que possible et, s'il ne traînait pas dans le sillage de Jacques, il arrivait qu'on l'aperçût au loin accroupi froc baissé derrière un tronc d'arbre.

Les jardiniers rejoignirent Vincent dans la cuisine. Jacques montra du doigt la bouteille de calvados; Vincent leur en servit deux petits verres et leur raconta ce qu'il savait. « Il a baisé toutes les femmes mariées entre ici et Calais, déclara Jacques. C'qui m'étonne, c'est qu'ça lui soit pas arrivé plus tôt. » Quand ils eurent vidé un deuxième verre les deux jardiniers repartirent comme ils étaient venus, Jacques au volant et Hubert sur le strapontin à l'arrière du tracteur.

Serge appela son neveu d'une voix faible et attendit qu'il revînt avec une chaise de la cuisine. Vincent s'assit à la tête du lit, le visage tout près de celui de son oncle. « J'ai fait mine de dormir pendant qu'ils étaient là, dit Serge. J'suis tellement mal foutu que c'était facile. J'ai l'impression que tout mon corps, y compris ma bite, macère dans de l'essence. »

Vincent lui demanda le nom de ses agresseurs mais en vain. Serge reconnut qu'il ne s'agissait pas d'un accident et qu'il avait vu deux hommes dans la voiture. Mais il ajouta que, s'il divulguait leurs noms, Vincent serait obligé de mentir à la police et il ne voulait surtout pas que celle-ci se mêlât de ses affaires. Serge détourna son regard et regarda dans le vide, dans un espace qui était le sien. « Mais, dit-il, je te jure qu'on leur fera regretter d'être en vie bien avant qu'ils crèvent. »

Le garde-chasse reposa la tête sur son oreiller, demanda à son neveu de se taire et ferma les yeux. Vincent inspira profondément, sachant par expérience que rien ni personne ne forcerait Serge à parler s'il n'en avait pas envie.

« Imagine un matin de mars quand le brouillard se lève sur les ruisseaux, dit Serge d'une voix basse et mélodieuse. Un matin où les premiers crocus de l'année sortent de terre et s'ouvrent dorés sous le soleil encore jeune. Imagine les martins-pêcheurs chassant dans la rivière et la rivière qui déborde sur l'herbe bleu-vert du printemps. » Il s'arrêta un instant pour s'assurer que Vincent l'écoutait. Puis il referma les yeux et continua :

« Je me réveille dans une grotte où des rangées de

stalagmites poussent comme des cornes de narval sur un tapis de mousse. Debout devant moi se tient une femme magnifique. Une tunique bleue, vaporeuse, lui tombe jusqu'aux pieds. Elle s'approche de moi et me dit qu'elle s'appelle Lanner. Elle a les pommettes saillantes, un nez bien droit et la peau si transparente que je vois le sang courir dans les veines de ses mains.

« Elle me fait signe et je la suis dans un couloir qui conduit à une pièce où vingt autres femmes sont assises sous un immense cristal en forme d'oiseau aux yeux topaze. Une fille me tend une gourde pleine de vin tandis qu'une autre me couvre les épaules d'une couverture de plumes. Il n'y a rien à dire, alors je regarde toutes ces femmes aux visages d'oiseaux me regarder. Je bois à la gourde et m'endors immédiatement. Quand je me réveille, je suis nu sous la couverture de plumes dans une pièce circulaire qui dégage une odeur de champignons. Le sol est recouvert de peaux de bêtes. Une porte s'ouvre et Lanner vient vers moi, un bol d'étain entre les mains. "C'est du lait de chèvre, dit-elle. Bois, ça va te donner des forces." Elle s'approche de la couverture. "Tu peux te lever, dit-elle. Nous t'avons examiné. Ton corps m'est déjà connu."

« Je me lève et elle me tend le bol. Le lait est caillé. Lanner se retourne vers la porte et claque des mains. Les autres femmes entrent et me font face. Les femmes-oiseaux me regardent dans les yeux et lentement, à l'unisson, laissent glisser leurs robes à leurs pieds. Elles sont nues devant moi, splendides et sans pudeur, leurs longues jambes blanches comme de la neige et leurs seins polis comme des coquilles d'œuf. Lanner me dit : "Nous te voulons toutes pour amant." »

Serge ouvrit un œil, sourit à son neveu et le referma. Il dit qu'il retournait dans son rêve, que sa mission était de baiser toutes les femmes-oiseaux et qu'il lui raconterait tout après. Sa voix commença à faiblir et Vincent se pencha plus près pour l'entendre. « Mon garçon, murmura Serge, elles ont de longues plumes couleur de jais sur la tête, et du duvet noir entre les jambes. Mieux encore, elles se bichonnent du matin au soir. Je te jure qu'elles te plairaient. »

La morphine avait libéré en Serge un morceau de son âme et lui révélait une vision de son paradis personnel. Vincent se frotta la tête et essaya d'imaginer la caresse des plumes sur sa peau. Son oncle soupira et s'enfonça dans un profond sommeil. Vincent rapporta la chaise dans la cuisine et entendit dehors le coup de frein de la Fiat d'Adorée. « Oh! Serge! dit-elle en courant vers lui. Quelle tête tu as! »

Chapitre 4

Vincent arrêta la 2 CV près d'une pierre en granit qui servait de piédestal à un sanglier de bronze grandeur nature. L'animal surplombait le jardin d'eau, un enchevêtrement de petites îles, de pièces d'eau et de ruisseaux qui, l'été, se remplissaient de nénuphars blancs. Il passa la main sur le flanc vert-de-gris du solitaire puis se mit à chercher la tombe de Jules. Il trouva facilement le petit rectangle de terre fraîchement retournée à l'ombre d'un saule pleureur sur la rive d'une eau dormante. Un grand héron bleu surgit des joncs et s'envola vers le ciel.

Lieu de beauté et de recueillement, le jardin d'eau avait été le théâtre de sa seule vraie bagarre avec Roland. Ils s'étaient battus près de la statue du sanglier l'été où l'épagneul king-charles de Nicole s'était noyé dans les douves. Huit jours après que les enfants l'eurent enterré, Roland, au grand émoi de Nicole, avait voulu l'exhumer pour pratiquer une autopsie. Vincent avait pris la défense de Nicole et la lutte avait été brève. Roland, plus vieux et plus lourd que lui, n'en était pas moins gros et lent. Une trêve avait été conclue sur la tombe de Blanche, une petite chienne griffon bien-aimée ayant appartenu au comte Henri, père de Robert, et Roland s'était résigné à disséquer une grenouille.

Cet incident mis à part, Roland avait été le seul véritable ami de Vincent depuis leur première rencontre sur le pont au-dessus des douves. Meneur de jeu incontesté, il avait entraîné le fils de la femme de chambre de sa mère dans une longue suite de complots, de blagues et de conspirations qui, la plupart du temps, se terminaient pour les deux comparses par un rendez-vous avec la canne du comte. Le temps embellit les souvenirs d'enfance et Vincent ne pouvait donc évoquer sa brève complicité avec le jeune maître sans en exagérer les charmes.

Les catastrophes s'étaient pourtant succédé au château comme en Normandie se succèdent les intempéries. Vingt-sept jours après la mort de la mère de Vincent, Roland de Costebelle glissa dans un bassin proche du château. La chute fut violente, il perdit connaissance et se noya dans quinze centimètres d'eau. Il avait seize ans, lisait les romans de Frank Slaughter et passait tout son temps libre dans une alcôve du troisième étage convertie en laboratoire. Là, avec l'aide d'ouvrages scientifiques, de scalpels et de bouteilles d'éther, il disséquait les lapins et les serpents que, grâce aux leçons de Serge, Vincent avait appris à piéger.

Quelques jours avant l'accident, Roland avait

anesthésié un faisan et, à l'exception de la queue, l'avait plumé vivant. L'oiseau se réveilla nu, épouvanté et prisonnier dans un bocal de verre. Vincent supplia Roland de le tuer mais celui-ci refusa au nom de la science. Le faisan vécut quarante-huit heures. À l'aube du troisième jour, Vincent lui tordit le cou et le porta à la cuisine où chef Gaston le mit à braiser pour ce qui devait être le dernier repas du vicomte.

Le matin de l'accident, Vincent trouva la comtesse agenouillée près du bassin devant l'aile sud du château, soutenant de ses mains délicates la tête de son fils. Quand il voulut toucher son camarade, elle laissa échapper une plainte déchirante, comme celle d'un lapin pris au collet. Le souvenir de ce cri et l'image du visage de Roland inerte et bleu sur les genoux de sa mère devaient hanter pour toujours les rêves de Vincent.

Pendant des semaines, il partagea en silence le chagrin et les larmes de la comtesse mais chaque fois qu'il tentait de la consoler elle refusait de le recevoir. Un soir, avant le coucher du soleil, il trouva le courage d'entrer dans sa chambre. Enveloppée dans un châle, elle était assise près de la fenêtre qui ouvrait sur le bassin dans lequel s'était noyé son fils. Le regard de la comtesse fixait au-dessus des arbres un point choisi d'elle seule. Il tomba à genoux puis s'avança maladroitement jusqu'à elle. Succombant à son chagrin, il posa sa tête sur ses genoux.

« Madame la comtesse, pardonnez-moi. J'aurais dû être avec lui », supplia-t-il.

Vincent sentit les jambes de la comtesse se raidir.

Elle se détourna et laissa échapper un sanglot puis un long gémissement. Ne supportant plus de l'entendre souffrir, Vincent se leva et quitta la chambre en fermant la porte sur cette étrangère qu'il aimait et qu'il ne reverrait plus jamais.

Quelques jours après la mort de Roland, pour des raisons restées à ses yeux mystérieuses, Vincent fut de nouveau installé à la ferme familiale. François le prit à part et lui expliqua que sa présence bouleversait la comtesse et que le comte avait décidé de l'envoyer pour quelque temps vivre auprès de son oncle et de sa tante. Mortifié, les yeux pleins de larmes, le jeune homme voulut savoir quelle offense de sa part méritait une telle décision.

« Rien, Vincent, répondit François. Tu n'as rien fait du tout. »

Monique Moulin, qui prêchait la valeur de la prière et du labeur acharné, assigna immédiatement son neveu aux corvées quotidiennes les plus lourdes : nettoyage de la cour, de l'étable, du poulailler et toutes tâches qu'elle jugeait bon d'exiger de lui. Après le repas du soir il devait lire à haute voix des extraits du livre des Lamentations. Les conversations de sa tante tournaient invariablement autour des Saintes Écritures, des péchés de ses contemporains et plus volontiers encore de l'hérédité honteuse de Vincent qu'elle ne cessait de lui rappeler.

L'accident de Roland amplifia l'angoisse que la mort de sa mère avait installée en lui et ne trouvant personne à qui se confier il perdit l'appétit et la santé. Le rejet de la comtesse, la honte d'être allemand, le sentiment de culpabilité de ne pas avoir été présent au moment de la chute de Roland le rendirent si malade qu'il dut garder le lit pendant plusieurs semaines. Confiné seul dans un réduit sans fenêtre attenant à la porcherie, son état fut aggravé par les obscures condamnations de sa tante, la puanteur du fumier et l'absence du moindre geste de compassion.

Pendant dix ans, Merlecourt avait défini les limites de son monde d'enfant et il n'avait jamais pensé que sa vie pût être à la merci des caprices des autres ; ainsi, lorsque le destin le ramena aux siens, son cœur se brisa.

Vincent ignorait que Serge et François tenaient régulièrement le comte au courant de son état. Quand celui-ci apprit le traitement que subissait Vincent, il l'envoya dans un pensionnat à Rouen et exigea qu'il passât toutes ses vacances au moulin, loin de sa tante.

Pendant les trois mois qui suivirent la mort de Roland, la comtesse ne quitta pas sa chambre. En octobre, elle emmena Nicole à Londres et peu après convainquit son époux de s'installer à New York où elle avait décidé qu'ils commenceraient une vie nouvelle. Il l'y rejoignit au printemps et, pendant un an, le château resta inoccupé.

Dans ses lettres à ses amis européens, le comte ne cachait pas son aversion pour New York. Les femmes, écrivait-il, y parlent comme des petites filles, les petites filles comme des femmes, et les hommes de leur argent. Quant à la nourriture, elle ne méritait même pas ce nom. Par amour pour sa fille, il tenta de se conformer aux mœurs locales mais ni Nicole ni la comtesse ne purent lui faire apprécier les charmes de cette ville. Plus il exprimait son désir de rentrer en Normandie, plus sa femme demeurait ferme dans sa décision de rester à New York. La nouvelle du divorce ne fut donc une surprise pour personne. Robert de Costebelle rentra en France et sa fille resta auprès de sa mère. Nicole avait fait trois brefs séjours au château depuis le retour de son père mais à chacune de ses visites Vincent se trouvait à Rouen.

Vincent quitta le cimetière des chiens et regagna le château où François l'attendait dans le hall d'entrée. Son haleine dégageait une forte odeur de vin rouge. Vincent remit au maître d'hôtel les anguilles marinées et montra du doigt la tache violacée qui souillait le revers de sa veste blanche. François repoussa l'index accusateur et demanda des nouvelles de Serge.

« Il rêve de femmes belles comme des oiseaux », dit Vincent, fier des visions oniriques de son oncle.

Vincent et François traversèrent le grand salon où les tapis d'Aubusson avaient naguère été foulés par le comte et ses invités sous la lumière de lustres en cristal. Dans la bibliothèque, les seuls vestiges d'origine étaient les boiseries de chêne du XVIIe siècle. Le reste avait été vendu aux enchères et remplacé par des reproductions de fabrication régionale. Les canapés et les fauteuils d'époque Louis XV, les chenets de bronze, les tables et les commodes en marqueterie, les Courbet, les Millet et les deux études à la plume de Degas ornaient désormais l'appartement d'un riche homme d'affaires de Chicago.

Lors du divorce, le comte avait volontairement cédé la moitié de sa fortune à la comtesse. Quand il était revenu à Merlecourt il avait fermé les deux tiers du château, vendu les chevaux, réduit le nombre de ses domestiques de douze à cinq, cédé des parts de chasse et s'était retiré dans sa bibliothèque. Quelques amis intimes lui rendaient encore visite mais les déjeuners d'autrefois, les réceptions, l'atmosphère d'opulence qui avaient baigné l'enfance de Vincent, tout cela appartenait au passé.

Vincent se tenait dans l'encadrement de la porte, la casquette entre les mains. Il attendait que François l'annonçât. Installé devant son bureau, le comte travaillait sur ce qui, disait-on, devait être ses mémoires. Des panneaux en treillis de cuivre protégeaient des centaines de livres encaissés dans les murs. Une odeur de cuir et de parchemin imprégnait la pièce. Elle renvoyait Vincent à son enfance.

D'un geste de la main le comte l'invita à prendre place sur le canapé en face de son bureau. Puis il se retourna vers François, lui commanda un whisky-soda et un verre de cidre pour Vincent. « François est aussi bouleversé que moi, dit-il après le départ du majordome. La seule différence c'est qu'il est rond comme une bille et que je ne le suis pas. »

Lieu légendaire et quasi mythique dans lequel on n'entrait que sur invitation, la bibliothèque était la pièce favorite de Vincent. Il repéra dans le mur le panneau que l'on faisait pivoter en déplaçant deux faux ouvrages médicaux et qui donnait accès à un passage souterrain.

De temps à autre, lorsqu'ils étaient enfants, le comte ouvrait cette porte secrète et laissait Roland, Nicole et Vincent pénétrer dans le tunnel obscur. Le père du comte avait pour des raisons de sécurité fait condamner le passage avant qu'il n'arrivât aux douves mais les enfants n'en avaient cure. La galerie humide et fraîche était suffisamment profonde pour exciter leurs rêves. Trop orgueilleux pour avouer qu'ils étaient terrorisés par les histoires de moines en robe et de chevaliers vêtus de noir, les trois enfants se tenaient par la main, serrant fort les bougies qui finissaient toujours par s'éteindre. Vincent rêvait d'être le comte de Monte-Cristo escortant Nicole et la comtesse sous les douves avant de faire demi-tour pour venger le double meurtre du comte et de son fils.

Robert de Costebelle intercepta le regard du jeune homme. « Personne n'y est descendu depuis la mort de Roland », dit-il en soupirant. Vincent, toujours assis sur le canapé, n'éprouvait pas le besoin de parler. Le comte se leva et lui tendit une longue boîte rectangulaire enveloppée de papier d'emballage.

« Il y a longtemps qu'il n'a pas servi mais je l'ai fait nettoyer. Il fonctionne », dit le comte en s'asseyant.

Vincent posa la boîte sur ses genoux et sortit un couteau de sa poche. Sous le papier se cachait un étui de cuir à l'intérieur duquel reposaient la crosse et le double canon d'un Robust de calibre seize. Il respira l'odeur douceâtre de l'huile de fusil qui tachait le feutre de l'étui. Le bois était rayé et l'acier des canons terni mais le bruit que fit le fusil quand il verrouilla la culasse le remplit d'émotion. Il se leva et épaula.

« Mets ta main plus en avant. De ton œil jusqu'au bout du canon tu dois avoir une ligne parfaitement droite », dit le comte qui tournait autour de lui, rectifiant la position de ses bras et de ses épaules.

Le comte lui remit plusieurs boîtes de cartouches numéro sept. « Tire quelques corbeaux, dit-il, ils sont faciles à toucher mais difficiles à tuer. »

Vincent le remercia et replaça l'arme dans son étui. Debout et maladroit au milieu de la pièce il regarda par la fenêtre. Les hirondelles qui plus tôt avaient chassé les moustiques au-dessus des douves avaient cédé la place aux chauves-souris friandes de moucherons attirés par les lumières de la bibliothèque. Lorsque l'une d'entre elles apparut près de la fenêtre, Vincent se souvint que Roland, pendant les nuits d'été, faisait tournoyer une cuillère au bout d'une canne à lancer pour exciter les chauves-souris. Elles prenaient le métal qui brillait à la lumière de la lune pour un insecte et plongeaient dessus. Il se rappela leurs cris stridents et pathétiques quand, happées par les triples crochets, elles étaient impitoyablement traînées vers le sol.

Plongé dans ses souvenirs, Vincent fut surpris par le ton furieux du comte. « C'est la première fois depuis la fin de la guerre que de tels événements se produisent. Rien ne peut se comparer à l'agression dont Serge vient d'être victime, dit-il en marchant de long en large. Des bagarres, oui, mais rien d'aussi ignoble. » Il s'arrêta et secoua son doigt vers le visage de Vincent : « Je ne tolérerai pas qu'on me cache la vérité », et il ajouta que, si Serge n'était pas sur pied le lendemain matin, il le conduirait lui-même à l'hôpital.

François frappa à la porte et entra avec les boissons. Il regarda le fusil avec le dégoût qu'il réservait à toutes les armes. Le cidre pressé l'année précédente avec les pommes du domaine était dur et brun. Vincent en but une gorgée et demanda au comte si Serge lui avait révélé des détails sur l'agression. « Ton oncle m'a affirmé qu'il en prend toute la responsabilité, dit s'être montré négligent et désire éclaircir la situation dès son rétablissement. » François secoua la tête et quitta la pièce

« Serge a entendu des rires sortir de la voiture pendant qu'il se faisait traîner, ajouta le comte, mais quand je lui ai proposé de m'en occuper il m'a répondu qu'il avait de la famille pour ça. C'est à toi qu'il pensait, fils. »

Le son irrégulier d'un monomoteur volant à basse altitude attira l'attention du comte. Il s'approcha de la fenêtre et regarda vers les étoiles. « Je me demande toujours qui sont ces pilotes de nuit, où ils vont et pourquoi ils éprouvent le besoin de naviguer sous le couvert des ténèbres », dit-il. Vincent suivit son regard et repéra les lumières de l'appareil. Il savait que l'intérêt du comte pour les avions n'était pas vaine curiosité mais provenait de son expérience de pilote pendant la Première Guerre mondiale.

Le comte retourna s'asseoir à son bureau.

« Certains deviennent pilotes parce qu'ils aiment les oiseaux, dit-il. Pour moi, ce fut le contraire. Je commençai par devenir pilote et c'est plus tard que j'appris à aimer les oiseaux. »

En 1915, Robert de Costebelle, à l'âge de dix-huit ans, avait été envoyé au combat alors qu'il n'avait que quatre heures d'instruction de pilotage. Lors de cette première sortie, il avait été engagé dans un duel qu'il aurait perdu si l'appareil de son adversaire n'était tombé en panne de carburant, chose courante pendant la Grande Guerre. Par la suite, le jeune vicomte avait remporté onze victoires mais un an plus tard, le 14-Juillet – fête qu'il dédaignait de célébrer –, la chance l'avait trahi au-dessus des plaines de Picardie. Il avait tout à coup senti son Spad se cabrer sous une rafale de mitrailleuse provenant d'un Fokker allemand à l'affût dans les nuages. Ce n'est qu'après avoir effectué un atterrissage forcé au milieu d'un champ de blé qu'il avait pris conscience du sang dans sa botte. Étienne Verdier, âgé de douze ans, avait sauté de son cheval de labour et arraché le pilote au cockpit peu de temps avant que l'appareil ne prît feu. Il avait enveloppé la jambe fracassée de l'aviateur dans un sac à pommes de terre et l'avait aidé jusque chez lui. La jambe s'était gravement infectée et le jeune vicomte avait lutté pendant huit mois contre l'ostéomyélite dans un hôpital militaire de la région parisienne. Après la guerre, Henri de Costebelle avait retrouvé le jeune garçon qui avait sauvé la vie de son fils et avait fait don à sa famille d'un bail à vie sur les terres cultivables de Merlecourt. Étienne Verdier exploitait la propriété depuis lors et Robert de Costebelle ne se déplaçait plus sans l'aide de sa canne.

Le comte but une gorgée de whisky et alluma une cigarette. Bien que son premier souci fût la guérison de Serge, il se devait d'organiser la battue de perdreaux prévue pour la semaine suivante. Au cas fort probable où Serge ne serait pas encore remis, il demanda à Vincent de remplacer son oncle. Depuis dix ans, le jeune homme assumait par intervalles la fonction de rabatteur et bien souvent aussi celle de chargeur des fusils du comte. Il était à l'aise des deux côtés de la ligne. Comme Vincent semblait hésiter, le comte leva la main et lui dit que Serge serait là pour l'informer de tous les détails nécessaires.

« Ce sera ton premier travail important pour moi, dit-il. Je sais que tu t'en tireras très bien. »

Vincent était flatté que Robert de Costebelle l'eût choisi mais se demandait comment il allait dans huit jours transporter, nourrir et donner des ordres à trente hommes qu'il connaissait depuis son enfance. Diriger une chasse était un travail ingrat, surtout après le repas de midi quand la bière et le cidre alourdissent les corps des rabatteurs et diminuent leur vigilance. Vincent savait que, même si ses hommes réussissaient à dénicher les oiseaux, le succès de la battue serait à la merci de l'apparition soudaine d'un renard, d'un changement de temps et surtout de la chance.

« Je te conseille de conduire tes hommes à partir

du flanc gauche, dit le comte, et de trouver quelqu'un de confiance pour tenir l'aile opposée. Fais attention à ton choix. Les battues se mènent comme les manœuvres d'infanterie. Elles commencent et se terminent sur les flancs. » Le comte tira pensivement sur sa cigarette, puis expira lentement la fumée. « Qu'est-ce que tu penses du fils Verdier, Titi, le plus jeune ? »

Vincent hocha la tête mais ne répondit pas ; il se doutait qu'une fois sur le terrain Titi enrôlerait son frère Louis et qu'à eux deux ils prendraient les rênes de la battue. Il demanda au comte de lui permettre de réfléchir jusqu'au lendemain et prit congé de son hôte.

Vincent quitta la bibliothèque avec le fusil dans son étui et traversa le salon plongé dans l'ombre. Il était impatient de montrer son cadeau à Serge. François se tenait à la porte qui donnait sur l'antichambre. Il hésita un instant puis traversa à grands pas le salon. Vincent leva la main pour lui parler mais le majordome secoua la tête, passa devant lui et entra sans frapper dans la bibliothèque. Surpris que François ne se fût pas annoncé comme il se devait de le faire, Vincent le suivit jusqu'à la porte. Le comte se retourna sur sa chaise et écrasa sa cigarette dans un cendrier.

Le majordome se tordit les mains. Il pencha la tête et parla vite comme s'il voulait se débarrasser de quelque chose de sale. « Monsieur le comte, dit-il, le docteur Jobard vient de téléphoner. Serge est mort. »

Chapitre 5

Depuis la mort de son frère, le père de Ragondin, le comportement de Tantine Artaban était devenu de plus en plus imprévisible. La plupart du temps elle se conduisait comme une enfant, cédant aux désirs de son neveu. Mais par moments elle semblait possédée par le démon. Ragondin se demandait si ses accès de rage provenaient d'anciennes humiliations, de vieilles jalousies, ou si elle était simplement en train de devenir folle ; de toute façon, ses agissements le perturbaient. Au fil des années, il avait appris à anticiper les situations qui provoquaient ses crises. Elle avait beau lui promettre de bien se tenir, il continuait de la conduire à l'église en prenant les petites routes communales où les occasions de sortir la tête de la voiture pour injurier les passants étaient plus rares.

Ce dimanche-là, vêtue d'une robe noire, un fichu gris couvrant ses cheveux en désordre, la tante de Ragondin reçut la sainte communion tandis que son neveu attendait au bistrot que la messe se terminât.

Moyennant une contribution hebdomadaire au denier du culte et une dévotion fidèle au Saint-Esprit, le père Ménardeau, curé du village, se chargeait volontiers de la rassurer sur ses chances de salut.

Après la messe, elle prépara pour le déjeuner de Ragondin une épaule d'agneau farcie aux épinards. Entre la salade et le fromage, elle lui reprocha son penchant pour le braconnage et lui rappela que son père en était mort. Puis, à sa manière de petite fille, elle lui prit la main, lui dit qu'elle l'aimait et, ignorant que son frère avait déjà largement pillé ses économies, promit à Ragondin de lui léguer tout l'argent cousu dans son matelas. Plus tard, elle lui lut des poèmes de Musset qu'il adorait. Enfin, alors que le soir approchait, elle but une bouteille de vin chaud épicé et s'endormit sur sa chaise.

Ragondin retourna au bistrot du village où les hommes discutaient de la chasse à courre dont la saison approchait et de la condition des jeunes chiens. Arnaud essuyait les verres derrière le bar. Il avait l'air inquiet. « Il y a eu un accident, au moulin, dit-il au moment où Ragondin entrait. Tout ce que je sais, c'est qu'on a fait venir le docteur Jobard. » Ragondin sortit du bar en courant, sauta sur sa bicyclette et pédala de toutes ses forces vers le moulin.

Un soleil bas jetait son dernier rayon sur les carrés de foin alignés comme des tombes dans les champs près de la rivière. L'ombre du platane s'étendait sur le toit de chaume du moulin silencieux. Il frappa à la porte, rassembla son courage et entra. Il appela

Vincent sans grande conviction. Dépouillée de sa literie, la couche de Serge dégageait une odeur âcre. Ragondin monta l'échelle conduisant au pigeonnier. Vincent n'y était pas. Il redescendit, sortit et se dirigea vers le garde-manger. Entre deux pains de glace il aperçut une bouteille de vin blanc débouchée, songea à la boire mais y renonça. Il retourna dans la maison et décida d'attendre le retour de Vincent ou celui de Serge. Après avoir empilé le bois dans la cheminée, il s'assit devant le foyer sous le regard imperturbable du sanglier empaillé. Il imagina tous les scénarios possibles.

Quelques minutes plus tard, Vincent entra en trombe et courut vers le lit de son oncle en criant le nom d'Adorée. Son visage était crispé par la peur. Il traversa la pièce et sortit par la porte arrière du moulin. Ragondin le suivit. Vincent trébucha sur le tuyau d'arrosage qui gisait au pied du garde-manger et dont l'extrémité plongeait dans le lavoir. Il tira prudemment l'embout de l'eau. Les draps de Serge remontèrent lentement à la surface avant de disparaître à nouveau dans un bouillon d'excréments et de sang.

Les phares de la 2 CV éclairaient le chemin de terre menant à la route goudronnée qui les conduirait jusqu'à Bourneuil. Dans la voiture, l'odeur de Jules, de tabac à priser et de graisse décuplait le sentiment de finalité qui lui serrait le ventre. Vincent poussait la voiture au maximum, prenant les virages à la corde. Un homme qui promenait son chien bondit en arrière et leva le poing. Vincent frotta son avant-bras droit pour le débarrasser des résidus de sa macabre lessive qui, en séchant, lui collaient à la peau. Il récitait à toute allure des « Je vous salue Marie » les uns après les autres. Il s'interrompit lorsqu'il sentit la main de Ragondin se poser sur son épaule. D'une voix saccadée il raconta ce qui s'était passé. « Je ne croirai à sa mort que lorsque je l'aurai vu de mes propres yeux », dit-il, cherchant à se rassurer auprès de son camarade. Ragondin retira sa main et la remit sur ses genoux, regardant fixement devant lui. Il n'y avait rien à dire.

La lumière des lampadaires décolorait les façades des immeubles XIXe de la ville. Le clignotement des écrans de télévision noir et blanc filtrait entre les lattes des volets fermés, projetant une lueur insolite sur les pots de géraniums posés sur les rebords des fenêtres. Les bourgeois de la ville jouissaient de leur confort respectable, les yeux rivés sur les nouvelles du jour, le dos tourné aux souffrances de Vincent. Dans le quartier commerçant, des hommes d'âge mûr entraient et sortaient des cafés près de la gare, s'arrêtant sous les porches pour plaisanter avec les prostituées. Les odeurs de mouton grillé, de parfum et de fumée de cigarette pénétraient dans la voiture, évoquant les plaisirs sensuels de la nuit. Vincent gara la 2 CV devant l'hôpital bien éclairé sur la colline qui domine la ville de Bourneuil.

Ils poussèrent les portes battantes en courant et se frayèrent un chemin dans la foule des urgences jusqu'au comptoir des admissions. Une religieuse d'âge mûr en habit noir remplissait des formulaires et s'efforçait d'écarter une mère tenant une fillette dans ses bras. Vincent se pencha vers elle et parla d'une voix mesurée. « Où puis-je trouver Serge Lebuisson ? » demanda-t-il. La bonne sœur, sans lever les yeux, lui dit d'attendre son tour. Vincent répéta sa question ; cette fois il éleva la voix. Elle émit un sifflement et fixant sur lui ses petits yeux noirs lui dit d'aller s'asseoir ou de sortir.

« Dites-moi ce que vous avez fait de Serge Lebuisson ! » cria Vincent. La religieuse se leva, le visage pincé et méchant. La file d'attente commença à pousser en protestant et en proférant des menaces. Un gros fermier dit à Vincent que s'il ne se taisait pas il lui casserait la figure. Quelqu'un d'autre suggéra d'appeler la police. Le fermier s'avança vers Vincent mais Ragondin se retourna et le menaça du poing.

La bonne sœur appela à l'aide. Des personnes dans la queue criaient à Vincent et à Ragondin de s'en aller ; un aide-soignant noir et une petite infirmière blonde accoururent. L'aide-soignant, homme mince aux pommettes saillantes, saisit Vincent par le bras et avec son accent africain lui ordonna de le suivre. Vincent se dégagea et se mit en position de combat. Une main toucha la sienne. Il baissa son regard et vit la petite infirmière. Elle avait un joli visage et les paupières de ses yeux bleus battaient comme celles d'une poupée de porcelaine. « Je vais vous conduire auprès de votre oncle », dit-elle. Sa voix était calme et rassurante. Vincent fit signe à Ragondin de l'attendre et suivit l'infirmière dans un long couloir violemment éclairé. Il ne la quittait pas des yeux, hypnotisé par les boucles blondes qui sortaient de son bonnet blanc. En passant sous deux rampes de lumière fluorescente, il lui posa des questions sur son oncle.

« Ils l'ont amené il y a peu de temps, monsieur », dit-elle. Il la regarda, stupéfait. C'était la première fois qu'on l'appelait monsieur. Elle se retourna vers lui et lui dit doucement qu'elle était désolée, que c'était la morgue. Elle ouvrit la porte.

Assis derrière un bureau, un homme émacié mangeait un sandwich, un litre de bière à portée de main. Sa pomme d'Adam proéminente montait et descendait chaque fois qu'il avalait. À l'arrière-plan, la lumière du plafond se reflétait dans le chrome d'une table d'opération équipée d'un tuyau d'écoulement en métal qui disparaissait dans le sol. À côté se trouvait une table roulante sur laquelle reposaient scalpels, forceps, récipients et une scie électrique. À part quelques cheveux restés accrochés aux dents de la scie, la pièce était d'une propreté impeccable. Une forte odeur de produits chimiques fit éternuer Vincent.

Le médecin légiste leva les yeux, visiblement contrarié. L'infirmière lui dit qu'il s'agissait du neveu de monsieur Lebuisson. L'homme parcourut du doigt une liste de noms sur une feuille de papier et déclara qu'il ne s'était pas encore occupé de Serge Lebuisson. Il s'essuya la bouche du revers de la main, se leva et se dirigea en traînant les pieds vers une seconde porte qui s'ouvrait derrière la table d'opération. Plus grand que Vincent, il portait des bottes de caoutchouc noir qui lui arrivaient aux genoux.

Ils le suivirent dans la salle voisine. Vincent avait l'impression de marcher au ralenti. Deux cadavres recouverts de draps verts étaient allongés sur des tables métalliques. L'homme se gratta la tête comme s'il avait oublié où il avait mis le corps. Il releva un drap et exposa la tête d'une femme au visage boursouflé et violacé. Sa bouche entrouverte était envahie par une langue gonflée et noirâtre. Il se retourna vers Vincent l'air amusé. « Étouffée par un os de poulet », dit-il, imperturbable. Puis il écarta le drap du deuxième cadavre.

Quand Vincent vit le corps tuméfié de son oncle il se sentit gêné. Il s'avança pour le recouvrir mais réalisa avec soulagement que l'infirmière avait quitté la pièce. Rigide et glacé sous la lumière blanche impitoyable, Serge avait une érection. Soudain muet, Vincent regretta d'être venu.

« Il avait une grosse bite, dit le docteur. C'est souvent le cas chez les hommes de petite taille. » Vincent sentit l'amertume lui venir à la bouche. Il foudroya l'homme du regard et le traita de salaud. Le médecin légiste lui renvoya un geste obscène et quitta la pièce.

Vincent regarda longuement l'homme sous le toit duquel il avait vécu pendant plus de cinq ans et se sentit mal. Il recouvrit le corps et se retourna pour partir lorsque surgit de son enfance le souvenir d'un geste de paix, d'une concession aux morts. Il souleva le drap et, avec son pouce, traça une croix entre les yeux froids de son oncle. À l'époque où Vincent vivait au château, le comte avait parfois, avant de l'envoyer se coucher, tracé sur son front ce signe qui promettait de le protéger des menaces de la nuit.

Vincent parcourut seul le long couloir qui menait à la salle des admissions. La jeune infirmière aux boucles blondes était derrière le comptoir avec l'aide-soignant noir. Quand elle lui présenta ses condoléances, l'homme se détourna comme si le chagrin était contagieux. Ragondin rejoignit Vincent et, sans rien dire, posa la main sur l'épaule de son ami. L'infirmière les raccompagna jusqu'à la sortie, leur expliqua que Serge avait été amené à l'hôpital par le docteur Jobard et madame Painvin, et qu'Adorée était repartie en larmes.

Vincent lui toucha le bras. « Vous connaissez Adorée ? » demanda-t-il. Elle avait la peau douce.

Elle le regarda de ses yeux ronds et brillants. « C'est chez elle que j'achète mon pain », répondit-elle. Elle lui arrivait à peine au menton.

Il sentait sous sa main la chaleur de son bras et lui demanda son nom.

« Mélanie », répondit-elle en se détournant. Il lui lâcha le bras.

Vincent la remercia de son aide. Il savait que, sans son intervention, la police aurait été appelée. Il lui dit son nom puis présenta Ragondin.

Elle émit un petit gloussement et toucha la manche de sa chemise. « Je sais qui vous êtes, dit-elle. Madame Painvin m'a souvent parlé de vous. »

Il se dirent au revoir.

« Appelez-moi un de ces jours », murmura Mélanie, debout sous la lumière fluorescente.

Vincent descendit vers la ville, déposa Ragondin chez sa tante et se gara devant la boulangerie d'Adorée. Elle vivait au-dessus de la boutique mais il ignorait à quel étage. Il cria son nom plusieurs fois, sans succès. Furieux, il frappa de ses poings le rideau de fer puis l'appela de nouveau. Des fenêtres s'éclairèrent ici et là. Une voix d'homme l'invectiva mais Vincent se moquait de réveiller toute la ville. Il vociféra jurons et blasphèmes jusqu'à ce qu'il entendît des pas dans l'escalier. Adorée en robe de chambre l'empoigna par la chemise et l'attira dans le couloir de l'immeuble.

Lorsqu'ils arrivèrent sur le palier du deuxième étage la minuterie s'éteignit. Adorée fit entrer Vincent dans le salon où ils se réfugièrent un moment dans une étreinte maladroite. Puis elle le prit par la main et le conduisit dans sa chambre.

Il s'assit sur le bord du lit pendant qu'Adorée retournait fermer la porte à clé. Serge lui avait décrit la chambre : une pièce tout en longueur, moquette au sol, haute de plafond, des rideaux couleur bordeaux, des dessins de jeunes filles en robes diaphanes accrochés aux murs et un seul fauteuil à côté du lit. Ce même lit que Serge et le docteur avaient partagé pendant des années. Un prie-Dieu d'ébène incrusté d'une vierge sculptée occupait un coin de la pièce et les vêtements qu'elle avait portés au moment de la mort de Serge se trouvaient soigneusement pliés sur l'accoudoir; sa petite culotte était posée au sommet de la pile sous le regard de la Vierge Marie.

Adorée s'assit et posa la tête sur l'épaule de Vincent. Il lui demanda ce qui s'était passé : il ne s'était absenté qu'une heure. Elle se leva pour s'installer dans le fauteuil et expliqua qu'après son départ Serge avait parlé un peu puis s'était reposé jusqu'au retour de Jobard. Le docteur voulait qu'il allât à l'hôpital mais Serge s'était mis en colère. Puis son expression avait changé. « Quelque chose vient de lâcher là-dedans », avait-il dit en se touchant le ventre. Il s'était mis à vomir du sang. Jobard avait essayé de le ranimer, en vain.

Les yeux d'Adorée se remplirent de larmes, elle détourna son regard. Vincent s'assit par terre et posa la tête sur ses genoux. Elle était chaude et douce comme sa mère. Pendant quelques minutes, il crut qu'elle se calmait. Mais après avoir versé quelques grosses larmes, elle fut prise de sanglots incontrôlables. Il lui entoura les jambes de ses bras. Peut-être parce que la comtesse l'avait jadis tenu ainsi, il trouva la force de la consoler. Elle sembla s'apaiser, le fit s'allonger sur le lit, le couvrit, éteignit les lumières et s'enferma dans la salle de bains. Il entendit la chasse d'eau et des pleurs étouffés.

Cette nuit-là, Vincent rêva qu'il était au pensionnat dans le dortoir qu'il avait partagé avec onze autres élèves. C'était un rêve hideux qui l'avait poursuivi pendant des années. Il était malade et cloué au lit car le règlement n'autorisait pas l'usage des toilettes après l'extinction des lumières. Il avait de tels maux de ventre qu'il avait fini par se lever. Il avait trébuché entre les lits métalliques, s'était glissé inaperçu devant la chambre du surveillant et avait réussi à atteindre les toilettes. Mais, à peine avait-il franchi la porte, qu'il était tombé à genoux et n'avait pu se retenir. Jamais il ne s'était senti si mal. Il s'était recroquevillé, le visage contre le carrelage, et avait prié Dieu qu'on ne le découvrît pas dans cet état.

La crainte d'être surpris l'avait poussé à se servir de ses mains et de son pyjama pour nettoyer le désastre. Il avait travaillé dans le noir car il ne voulait pas allumer la lumière. Il avait ensuite roulé son pyjama en boule, l'avait caché dans son casier, était retourné dans son lit. Le lendemain matin, trop affaibli pour entendre la cloche, il s'était réveillé entouré de camarades qui se moquaient de lui, se pinçaient le nez et parodiaient le salut nazi.

Il avait dû comparaître devant le conseil de discipline en présence de tous les élèves du pensionnat. Il ne s'était jamais senti aussi humilié. Le père supérieur avait prêché les vertus de la pureté corporelle et du respect de Dieu. C'était un long sermon, condamnant le plaisir solitaire, les ébats entre garçons et leur promettant l'enfer éternel s'ils succombaient à la tentation. Vincent avait écouté la tête baissée et, quand le jésuite eut enfin terminé, tous les élèves s'étaient mis à siffler et à scander : « Lebuisson caca ! Lebuisson caca ! »

Vincent se réveilla en sursaut. Il était en nage et ne savait pas où il se trouvait. Il essaya de fixer son attention sur les bruits de la rue qui entraient par la fenêtre. Adorée, déjà habillée, lui tendait une tasse de café. Il vit qu'elle avait dû passer un long moment devant son miroir et s'apprêtait à la complimenter sur son apparence lorsqu'il fut interrompu par un vacarme assourdissant. C'était lundi, jour de marché. Les injures échangées envahirent la pièce. Adorée ouvrit les rideaux et laissa entrer la lumière grisâtre du petit matin. Vincent se leva encore tout habillé et se dirigea vers la fenêtre.

Les fermiers étaient arrivés de toute la région pour vendre, acheter et échanger leurs denrées. Les poissonniers venus des côtes de la Manche pendant la nuit déchargeaient leurs camions, alignant les baquets pleins de poissons conservés dans la glace et les paniers d'osier remplis de crustacés enfouis dans les algues. Les producteurs de fruits et légumes dressaient leurs étalages sur la place : les bruits de sabots sur le pavé se mêlaient au roulement des charrettes. Quelques groupes de harkis réfugiés d'Algérie marchaient d'un pas pressé avec leurs valises en carton pleines de bibelots de cuivre et des tapis de toutes les couleurs sur les épaules. Vincent apercevait les riches acheteurs, les patrons d'hôtel, les restaurateurs buvant leur café à la terrasse du bistrot de la place du marché, prêts à négocier dès l'ouverture des stands. Les ménagères n'arriveraient pas avant neuf heures quand la place serait pleine de fleurs et de fromages, de légumes et de viande, de filles de ferme et de volailles. Les plus indigents feraient leur marché à midi quand on rechargerait les camions et que la marchandise serait vendue à prix réduit.

Vincent remarqua le creux formé par le corps d'Adorée sur le lit quand celle-ci s'était blottie contre lui. Il n'avait jamais partagé une chambre avec une femme autre que sa mère. Ils reprirent chacun une deuxième tasse de café. Le sourire d'Adorée était plein de gentillesse et de compassion. Il lui parla de son angoisse à l'idée de retourner dans le moulin inhabité et lui raconta l'histoire de l'hôpital et de la belle infirmière blonde qui l'avait aidé.

Adorée se leva. Ils percevaient les bruits de la boulangerie dont l'activité battait son plein. Vincent descendit avec elle et accepta un petit pain au chocolat sorti du four. Elle lui tendit la joue pour qu'il l'embrassât et lui promit qu'elle le verrait à l'église au moment du service.

Il se dirigea vers la porte, s'arrêta et lui demanda si Serge lui avait dit quelque chose avant de mourir.

Elle attendit un moment avant de répondre. Elle secoua lentement la tête sans le regarder. « Non. Il ne m'a rien dit du tout. »

Chapitre 6

Le lieutenant de police Bernard Auverpois, un pied-noir de la quatrième génération, attendait aux côtés de Maurice Corneille quand Vincent retourna au moulin. Il serra énergiquement la main du jeune homme en le scrutant à travers d'épaisses lunettes à monture métallique. Auverpois avait perdu le peu d'humour qu'il possédait aussi progressivement qu'il avait perdu la vue et aussi infailliblement qu'il avait perdu son pays d'origine. Ex-rugbyman de l'équipe de France, le lieutenant détestait le port des lunettes autant qu'il méprisait Charles de Gaulle pour avoir donné l'indépendance à l'Algérie.

Vincent raconta tout ce qu'il savait au lieutenant : à part les amendes habituelles pour pêche hors saison et l'expulsion d'une famille anglaise trop entreprenante qui exigeait de visiter le domaine, Serge n'avait rien mentionné de particulier. Auverpois parut étonné. Il conseilla à Vincent de bien réfléchir mais celui-ci n'avait rien à ajouter. Le policier jura et commença à fouiller méthodiquement les affaires de Serge. Quand il tomba sur une demi-douzaine de collets en métal et trois sacoches à lapin il se montra accusateur. « Je parie qu'avec ton oncle vous bouffiez du lièvre et du chevreuil et même du brochet et de la truite toute l'année, pas vrai ? » Il se tourna vers Corneille en haussant les épaules : « Je n'ai jamais rencontré un garde-chasse privé qui ne braconnait pas pour son compte. » Il appuya un doigt raide et court sur la poitrine de Vincent.

« À mon avis Lebuisson et ses tueurs étaient complices, dit le lieutenant avec un fort accent nord-africain. Il a été tué lors du partage. »

L'accusation de braconnage prit Vincent à l'improviste. Bien sûr qu'ils mangeaient du gibier toute l'année. Tous les gardes-chasse de la région rapportaient chez eux les bêtes blessées ou confisquées. Mais l'insinuation que Serge ait pu braconner pour son compte était un sérieux affront. La protection et la prolifération du gibier sur les terres de Robert de Costebelle avaient été les seules motivations de son oncle pendant toute sa carrière.

« Les gardes-chasse sont comme les gitans, insista Auverpois, louchant derrière ses lunettes. Ils voleraient les gosses de leur sœur s'ils pouvaient en tirer profit. »

Vincent aurait souhaité que Serge fût encore là pour se défendre. Il lui aurait cassé la figure. Ou, s'il avait été de bonne humeur, il aurait imité sa façon de parler, comme au bistrot quand il décrivait le cul d'une femme avec le vocabulaire d'un boucher vantant la qualité de son rosbif.

« Les flics, disait Serge, ont la moralité des hommes politiques et l'imagination d'un tas de fumier. »

Vincent refusa de répondre aux accusations d'Auverpois. Le visage congestionné, le policier écoutait Corneille affirmer qu'il connaissait Serge depuis des années et qu'en dépit de ses défauts il n'avait jamais braconné et ne fréquentait les braconniers que pour les appréhender.

L'intervention de Corneille ne calma nullement Auverpois qui se dirigea vers la porte d'un pas décidé comme un joueur entrant sur le terrain de jeu. Il avait un meurtre à résoudre et pas le moindre indice, pas même des traces de pneus convenables. Pour comble, il devait subir l'impertinence d'un jeune homme qui se prenait pour ce qu'il n'était pas. Ayant à peine franchi la porte, Auverpois se retourna et dit à Vincent de se rendre au commissariat le lendemain à quatorze heures pour y signer une déposition.

Ragondin croisa Corneille et le lieutenant alors qu'ils s'éloignaient du moulin en voiture. Il raconta à Vincent qu'un soir d'été à Bourneuil, à la sortie d'une salle de danse, il avait vu le policier s'acharner sur deux jeunes Algériens avec une matraque à ressort. Les jeunes gens avaient invité des filles à danser. Celles-ci avaient refusé et trois ouvriers de chez Renault s'étaient battus avec les Arabes. Auverpois était arrivé et avait matraqué les Algériens jusqu'à ce qu'ils perdent connaissance. On avait dû appeler une ambulance.

Dans le garde-manger Vincent trouva de quoi

improviser un déjeuner : quelques tranches de san daniele, un munster coulant qui promettait une aventure olfactive, du beurre et un bocal de cornichons. Sous le sapin où Vincent avait accroché les anguilles, les mouches s'agglutinaient sur les cordes abandonnées. Il agita les bras pour les disperser. Au-delà du nuage de mouches, le soleil de midi projetait ses rayons sur le bosquet de bouleaux qui poussaient contre le moulin.

Ragondin posa le pain et une bouteille de cidre sur la table. Il mentionna que ses camarades de classe à l'école du village appelaient les grosses mouches vertes des « mouches à merde ». Au début du mois de décembre, quand les insectes apparaissaient sur tous les carreaux des maisons, les enfants s'amusaient à les attraper par poignées. Chaque semaine avait lieu un concours dont le point culminant était la finale de Noël qui consacrait le champion de l'année. Les règles du jeu étaient simples. À un moment précis, les concurrents se fourraient une mouche dans la bouche et devaient l'y conserver en vie le plus longtemps possible. Si elle s'envolait ou mourait, le concurrent avait perdu. Si l'un d'entre eux avalait sa « mouche à merde », le règlement autorisait un remplacement. « Une année je suis arrivé en finale, dit Ragondin, mais j'ai éternué et ma mouche m'est ressortie par les narines et s'est envolée. »

Ragondin beurra deux tranches de pain entre lesquelles il empila du jambon puis pressa son sandwich jusqu'à ce que le beurre débordât des deux côtés. Vincent entama le munster et fit une grimace pleine de gourmandise. Le fromage dégageait une odeur à la fois agressive et délicieuse.

Ils buvaient leur café quand ils furent interrompus par des coups violents contre la porte. Monique Moulin, la tante de Vincent, entra précipitamment dans la pièce, humblement suivie de son amie la veuve Béton. Les deux femmes étaient en grand deuil et leurs robes noires amidonnées froufroutaient bruyamment à chaque pas. Cramponnée à son rosaire, madame Béton remit à Vincent une plaque de chocolat noir. Elle sourit, pleine de chaleur, et salua Ragondin. Monique Moulin ne salua personne ; elle avait l'air furieux. « Pourquoi tu ne m'as pas appelée ? reprocha-t-elle à Vincent. Je suis ta seule famille, ta tante, ton sang ! Et il a fallu qu'une amie, et non mon neveu, m'apprenne la mort de mon frère. » Elle regarda madame Béton en hochant la tête.

Ragondin débarrassa la table et, leur tournant le dos, prit tout son temps pour ranger les restes du repas dans le garde-manger. Avec son accent paysan, Monique énumérait d'une voix suraiguë tout ce qu'elle avait fait pour son neveu : elle l'avait recueilli après la mort de sa mère, l'avait nourri puis soigné quand il était malade et, alors qu'au fond d'elle-même elle était réfractaire à cette décision, elle l'avait autorisé à vivre dans ce taudis.

« Et qu'est-ce que je reçois en échange de ma bonté ? hurla-t-elle. Rien ! Pas même un coup de téléphone ! » Vincent était certain que si la veuve Béton n'avait pas été présente, sa tante n'aurait pas hésité à le gifler.

Il la regarda et ferma son bon œil, son œil bleu, comme chaque fois que les pères jésuites l'avaient accusé d'être allemand. Après s'être calmée, Monique Moulin se retourna et commença à fouiller dans les affaires de son frère. Sans dire un mot elle ouvrait les tiroirs, passait ses mains sous les vêtements de Serge, regardait derrière les tableaux, feuilletait les livres. Madame Béton, gênée, serrait son chapelet contre sa poitrine. Vincent supportait mal de voir sa tante mettre son nez dans ce qui ne la regardait pas et il la haïssait, mais sachant par expérience que le meilleur moyen de s'en débarrasser était de ne pas lui prêter attention, il ne disait rien. Quand elle eut terminé son inspection, elle s'assit sur le lit de Serge et caressa l'oreiller en poussant de longs soupirs forcés.

Institutrice à la retraite, madame Béton avait été depuis peu engagée comme gouvernante auprès du père Ménardeau. Elle avait le visage sec et ridé, barré par une bouche qui s'étirait comme une ligne d'horizon. Cela lui donnait une expression amère et intransigeante mais, en réalité, c'était une femme douce avec un cœur d'or. Elle avait enseigné la géographie à Vincent et à Ragondin et avait pris leur défense plus d'une fois dans leur vie – celle de Ragondin, parce qu'il était fils de braconnier, et celle de Vincent, parce qu'il était fils de l'ennemi.

Monique, elle, était beaucoup plus jeune avec un visage lisse et rond, un nez retroussé, des joues roses et une bouche en cœur d'où sortaient les habituelles admonitions contre les pécheurs et les sermons à la gloire de Dieu. C'était, comme Serge aimait l'appeler, « une salope bien-pensante ». Il avait même suggéré que Monique fricotait avec le prêtre, une accusation qui les faisait hurler de rire.

Quand Monique se rendit compte que Vincent n'avait pas l'intention de la consoler, elle se leva d'un bond et le traita de bâtard, lui crachant le mot à la figure. Vincent ne réagissant pas, elle recommença à farfouiller. Elle tomba sur un vieux bol en argent terni dans lequel Serge déposait ses pièces de monnaie et déclara qu'il appartenait à Mémé, la grand-mère de Vincent.

Madame Béton s'assit à côté de Vincent, le supplia de ne pas faire attention à sa tante, lui dit qu'elle était bouleversée par la perte de son frère qu'elle aimait beaucoup et ne pensait pas ce qu'elle disait. La vieille dame hésita puis murmura à Vincent de prier pour l'âme de son oncle, pour la miséricorde de Dieu comme à l'école quand il était enfant. « Dans les jours à venir, Vincent, continua-t-elle, quand tu te sentiras triste, n'hésite pas à aller voir le père Ménardeau. Il est plein de compassion et il t'écoutera. »

Monique regarda le sol de la cuisine et grommela : « Quels cochons ! » Vincent se demanda comment son mari, Sébastien Moulin, pouvait se retenir de lui couper la gorge. Soudain pressée de partir pour afficher son chagrin en public et jouir des condoléances des villageois, elle annonça qu'elle avait parlé au père Ménardeau et s'était arrangée pour que le service funèbre eût lieu le surlendemain à onze heures. Elle exigea que Vincent arrivât en avance en costume et cravate. Après la messe il y aurait un déjeuner pour la famille et les amis. Elle jeta un œil sur Ragondin et déclara qu'il pouvait venir mais ajouta qu'Adorée Painvin n'était pas invitée. « C'est une catin! dit la tante de Vincent. La catin de mon frère mort! » Monique essuya une larme imaginaire et demanda à Dieu de pardonner Serge pour tous ses péchés dont Adorée n'était pas le seul.

Madame Béton se leva et posa sa main sur l'épaule de Vincent. Elle lui rappela que son oncle était en bonne compagnie. Il l'embrassa sur la joue. En sortant, Monique s'arrêta devant le bol en argent plein de pièces de monnaie, le retourna et l'enfonça dans son sac. « Je le ramène à la ferme, à sa juste place », dit-elle en ouvrant la porte sans attendre de réponse. Une pièce de vingt centimes roula sur le bureau et tomba sur le sol.

Chapitre 7

Enfin seul, Vincent rejoignit Ragondin à la cuisine. Il coupa une demi-baguette dans le sens de la longueur, en beurra une moitié, retira la mie de l'autre et y lova dans le creux la plaque de chocolat de madame Béton. « Ma tante a une capacité illimitée pour s'apitoyer sur son sort », dit-il. Il coupa la demi-baguette en deux, donna sa part à Ragondin et ajouta : « Et en plus c'est une garce.

— Il y a cinq cents ans elle aurait injurié Jeanne d'Arc.

— Qu'elle aille se faire foutre, dit Vincent, j'ai plus important à discuter avec toi. Je veux que tu assures mon flanc droit pendant la battue de dimanche prochain. Qu'est-ce que tu en penses ? »

Pour le fils d'un braconnier notoire, c'était un honneur sans précédent. En signe de reconnaissance, Ragondin serra la main de Vincent puis le prit dans ses bras. Il savait que son nouveau statut allait faire des envieux parmi les villageois plus qualifiés que lui ; il s'en réjouissait à l'avance.

Le soleil commençait à décliner et les ombres à s'allonger. En accompagnant son ami jusqu'à la porte Vincent lui dit qu'ils iraient au bois Robert le lendemain matin. Les yeux brillants de rage, il éclata : « Je les tuerai. Je tuerai les assassins de Serge. »

Ragondin haussa les épaules. « Je doute que tu puisses tuer qui que ce soit, Vincent. Les gens comme toi ne tuent que si leur vie est menacée et seulement quand ils n'ont pas le choix. » Son intention n'était pas de mettre en question le courage de son camarade ni de blesser son amour-propre ; il s'exprimait ainsi parce qu'il ne pouvait imaginer qu'il en fût autrement.

Après le départ de Ragondin, Vincent s'assit dans un fauteuil devant la cheminée. Il était épuisé ; il essaya de lutter mais glissa très vite dans un demi-sommeil. Il se retrouva à l'âge de treize ans par un après-midi de printemps. Ce jour-là, par curiosité et parce qu'il était certain de passer inaperçu, Vincent s'était amusé à suivre son oncle à distance pendant que celui-ci faisait sa ronde. Pour des raisons devenues floues, il avait décidé de le devancer et de l'attendre dans le jardin d'eau. Il traversa en courant l'allée en contrebas qui longeait le labyrinthe de pièces d'eau et de ruisseaux puis, anticipant le chemin qu'allait suivre son oncle, il grimpa sur un saule qui surplombait un affluent de l'Avre. Quelques minutes plus tard, Serge s'arrêta devant le même arbre, posa son fusil contre le tronc, s'allongea sur la rive et plongea son regard dans la rivière. Ravi de n'avoir pas été repéré, Vincent se fit tout petit dans le creux de la branche sur laquelle il était assis, bien décidé à ne rien perdre du spectacle.

Serge retroussa sa manche droite et enfonça son bras dans l'eau. Du haut de son poste d'observation, Vincent pouvait distinguer clairement la main de Serge se glisser sous une grosse truite fario qui nageait entre deux eaux. Il regarda attentivement les doigts de son oncle lui toucher délicatement les nageoires, lui chatouiller le ventre et remonter lentement le long de ses flancs. Quand ils trouvèrent enfin les ouïes, les doigts de Serge se refermèrent brusquement comme des serres. D'un long mouvement fluide il sortit la truite de l'eau et la déposa sur l'herbe. Vincent retenait sa respiration.

Serge se releva, déroula sa manche et brossa d'une main l'herbe qui s'accrochait à sa chemise. Puis, après avoir introduit dans chaque narine une pincée de tabac à priser, il balaya du regard l'ensemble du jardin d'eau. Sans se presser il s'était éloigné, laissant la grosse truite tressauter dans l'herbe sous les yeux de son neveu. Quand il eut disparu, Vincent descendit du saule pleureur, ramassa le poisson et l'apporta à la cuisine du château.

« Merci jeune Lebuisson, dit le chef Gaston. Madame la comtesse a demandé de la truite ce matin. Ton oncle m'a dit que tu en apporterais une belle. »

La boîte à tabac ronde qui ne quittait jamais la poche de la chemise de Serge avait glissé entre les coussins du fauteuil dans lequel Vincent somnolait. Il l'ouvrit, l'arôme familier le prit à la gorge et il se mit à verser toutes les larmes qu'il avait refoulées depuis que François avait annoncé la tragédie. Le visage dans les mains, il sanglotait. Après un long moment, quand il eut versé tout le chagrin dont il était capable, il se redressa et reposa la tête contre le dossier du fauteuil, laissant le silence du moulin recueillir sa peine.

Avant de se coucher, il alla jusqu'au bord de l'Eure et tâta la température de l'eau avec sa main. Une mince couche de brouillard en dissimulait la surface. Sans réfléchir il se déshabilla et entra dans l'eau. Ses pieds s'enfoncèrent dans la vase avant d'atteindre la fermeté du fond de gravier. Il frissonna. La température de l'eau avait suivi le changement de saison.

Pendant des années, quand arrivait l'été, Vincent allait presque toutes les nuits se baigner nu dans la rivière. Peut-être parce qu'il était sourcier et prévoyait la pluie, il avait surmonté sa crainte des eaux sombres. Il faisait partie de la rivière au même titre que les poissons. Certaines nuits, quand la lune était pleine et que les chouettes chassaient à ras des champs, il ne sortait pas de l'eau avant le lever du soleil. Maintenant, même la vase qui au début le dégoûtait lui inspirait une excitation insolite. Un samedi soir, après le bal, il avait ôté ses vêtements, s'était allongé à plat ventre dans un remous, la poitrine posée sur l'herbe chaude de la rive, et avait fait l'amour à la vase. Le lendemain matin, il s'était réveillé affolé, persuadé que son membre allait pourrir et se détacher de son ventre.

La rivière glissait sur son corps et l'entraînait dans

des lieux familiers. Il traversait des zones d'eau chaude, puis d'eau froide et sentait l'air pur et frais de la nuit sur son visage. Porté par le courant, il regardait le brouillard s'ouvrir devant lui et se refermer après son passage. Il se demanda si Nicole viendrait nager avec lui comme lorsqu'ils étaient enfants. Au-dessus de lui, les étoiles illuminaient le ciel.

Quand il atteignit le tronc d'un saule tombé dans la rivière lors d'une tempête, il se hissa hors de l'eau et regagna la rive. Un chien qui aboyait à Rebours lui fit penser à Jules. Finalement le froid de la nuit eut raison de lui. Il se rhabilla et retourna au moulin.

Il alluma le petit bois dans la cheminée et se chauffa les mains devant les flammes. Il aurait voulu entendre la voix de son oncle, être rassuré par un éternuement soudain, une quinte de toux, un juron, tout sauf ce silence, cette solitude que son bain dans la rivière n'avait pu dissiper. Pour remplir le vide du lit de Serge, il se glissa entre les draps propres et pensa aux femmes-oiseaux du rêve de son oncle, à la chasse du comte, au retour de Nicole. Lorsque les projets d'avenir se mêlèrent aux souvenirs du passé il s'endormit, la tête sur l'oreiller de son oncle.

Le lendemain matin, Vincent et Ragondin se retrouvèrent de bonne heure. Après une tasse de café ils coururent droit au bois Robert, coupant à travers champs et bosquets, franchissant clôtures et ruisseaux. Ils y furent en dix minutes. En dépit de son orteil sectionné, Vincent avait la démarche légère et rapide et Ragondin devait forcer l'allure pour le suivre. Quand ils arrivèrent au bois, ils s'assirent contre le tronc d'un chêne qui dominait la scène du meurtre.

L'étroite bande de chaume où l'oncle de Vincent avait été abandonné était bordée d'un côté par un bois, de l'autre par un chemin de terre et devant eux par un champ de luzerne. Lorsque le soleil surplomba les champs et blanchit les chaumes, Vincent secoua la tête. Il ne pouvait imaginer que son oncle eût pu tomber dans un piège mortel. Il rapporta ce que Serge avait dit au comte concernant les rires qui sortaient de la voiture pendant qu'il se faisait traîner. Il se demanda à haute voix qui pouvait être à ce point pervers pour faire une chose pareille.

« Probablement quelqu'un qu'on connaît », dit Ragondin comme si cela allait de soi. Il se leva et s'étira.

Ils traversèrent le champ de luzerne jusqu'au chemin et longèrent l'étroit fossé où Maurice Corneille avait découvert le blessé. Vincent examina ce qui restait des empreintes de pneus dans le chaume et crut déceler la dépression imperceptible laissée par le corps de Serge. Il s'arrêta près des feuillages touffus à l'orée du bois et se mit à trembler en imaginant son oncle immobilisé au sol, regardant Jules ramper vers lui en traînant son arrière-train.

Ils quittèrent le champ de blé, convaincus que Serge s'était caché sans doute à l'affût de braconniers qui, par inadvertance, auraient laissé des traces de leur présence. Il leur paraissait inconcevable que le garde-chasse ait pu se faire avoir de la sorte ; et pourtant on l'avait bel et bien traîné dans le chaume en lui coinçant la main dans la portière, Jules avait été écrasé et Serge laissé pour mort dans le fossé.

Ils se frayèrent un chemin dans les broussailles et débouchèrent dans le sous-bois. La cime des arbres se parait déjà des tons dorés de l'automne, mais plus bas les branches restaient gorgées de sève et les feuilles conservaient leur riche couleur verte. Ils découvrirent les crottes de Jules à quelques mètres de là, près du noyer contre lequel l'oncle de Vincent s'était appuyé. Serge avait arraché un morceau d'écorce et l'avait émietté à ses pieds, une habitude que Vincent avait adoptée. Ragondin montra du doigt une ouverture entre les arbres qui encadraient la scène du crime.

Ils gagnèrent lentement l'enclos au centre du bois Robert où de vastes volières grillagées emprisonnaient les faisans du domaine. L'installation témoignait d'un programme ambitieux de reproduction mais, au cours des années, le nombre des oiseaux était passé de cinq cents à une seule paire de mâles et une douzaine de femelles destinées à la cuisine. Les oiseaux accueillirent Vincent en courant frénétiquement dans tous les sens. Il puisa dans un réservoir à grains, leur jeta une pelletée de maïs, rafraîchit leur eau et enterra la carcasse d'une femelle qui avait été violentée puis à moitié dévorée par ses congénères.

Ils repérèrent les traces d'une harde d'animaux près de l'endroit où Vincent avait enterré l'oiseau.

Ragondin compta sept biches et reconnut l'empreinte d'un grand cerf. Après avoir vérifié plusieurs fois les impressions de son pied, ils conclurent qu'il n'y avait pas de doute : c'était bien lui. Trois ans plus tôt, au terme d'une longue chasse, ce même cerf avait sauté par-dessus une clôture de fils barbelés et y avait laissé un triangle de corne et de chair arraché à son sabot arrière. Grâce à la cicatrice, il était impossible de se tromper sur l'identité de l'animal.

Le cœur de Ragondin se mit à battre plus vite. Les marques étaient bien celles de Monsieur, et ses seize andouillers faisaient de lui l'un des cerfs royaux les plus nobles et les plus convoités de France. Il savait que l'ultime ambition de son père avait été de braconner Monsieur mais il s'abstint d'en parler à Vincent. Son pelage grisonnait mais son arrière-train demeurait aussi puissant que celui d'un étalon. Quand arrivait la saison de la chasse on racontait inlassablement son histoire dans les rues des villes et des villages, devant les cheminées des fermes et dans les bistrots de la région.

Depuis dix ans, l'équipage de Haute-Normandie découplait en vain ses chiens aux trousses de Monsieur, poursuivi depuis qu'il était daguet. Saison après saison, le cerf avait échappé à la meute avec une aisance qui mettait au défi les meilleurs chasseurs du pays. Monsieur possédait une endurance légendaire et n'avait pas son pareil pour faire hourvari, pour doubler sa voie en pleine chasse, pour livrer aux chiens un jeune cerf dit écuyer et créer ainsi un défaut. On le savait capable de se raser au sol, les bois aplatis sur le dos et le nez sous les feuilles pour camoufler son revoir à la meute. Il lui arrivait aussi de disparaître purement et simplement.

Au fil des années, on avait eu beau convier les piqueux les plus résolus et les meilleures hardes de France, le résultat était resté inévitablement le même. Quand le soir tombait sur les après-midi gris de l'hiver et que les trompes se taisaient, le vénérable cerf, grâce à ses ruses de magicien, avait une fois de plus transformé une belle journée de chasse en un souvenir inoubliable.

Vincent raconta à son camarade que, l'été précédent, un braconnier désireux de se faire bien voir avait un soir approché Serge pour lui relater qu'un groupe de riches chasseurs parisiens promettait une grosse somme d'argent à quiconque leur apporterait la tête d'un dix cors, ou plus. Le prix s'élevait à deux millions de francs, plus qu'il n'en fallait pour tuer un homme.

Ragondin avait également entendu les rumeurs d'une rançon placée sur la tête de Monsieur mais on racontait tellement de choses sur le braconnage dans la vallée qu'il n'y avait pas beaucoup prêté attention.

Ces bruits ayant été confirmés par Serge, Vincent savait que de riches bourgeois parisiens rêvaient d'accrocher à leurs murs la tête d'un cerf royal. Il était également certain que la présence des traces de Monsieur à moins de cent mètres du lieu où son oncle avait été tué n'était pas une coïncidence. Serge ne lui avait-il pas appris que seule la Bible gardait l'exclusivité des coïncidences ?

Ragondin étudia les fumets tout proches des empreintes et estima qu'elles devaient être vieilles de quatre jours. Comme c'était le début de la saison du rut, il conclut que Monsieur, dans le but d'éloigner ses biches des plus jeunes mâles, les avait menées de la forêt jusqu'au bois Robert. Si les soupçons de Vincent étaient avérés, des braconniers auraient observé les déplacements de la harde, relevé les mêmes empreintes et guetté Monsieur à l'orée du bois. Serge les aurait interrogés sur leurs intentions et c'est à ce moment qu'ils l'auraient tué.

Les amis convinrent qu'après la battue de dimanche ils concentreraient tous leurs efforts pour retrouver Monsieur ainsi que les hommes qui voulaient l'abattre. L'animal serait en plein rut donc moins vigilant. Vincent était bien décidé à être là quand les braconniers se manifesteraient à nouveau.

Chapitre 8

Le soleil perçait l'épais feuillage des chênes, éclairant le sous-bois où le cerf avait rassemblé ses biches. Vincent et Ragondin traversèrent les faisceaux d'ombre et de lumière filtrés par les arbres, sortirent du bois et longèrent la rivière jusqu'au village.

En partie cachée par une touffe d'orties une jeune biche s'abreuvait, pattes de devant écartées. Ils la regardèrent boire. La scène pastorale rappela à Vincent le jour où Serge avait tranché la gorge du chevreuil blessé.

« Je vais passer voir le père Ménardeau, dit-il à Ragondin. Je veux essayer de comprendre pourquoi Dieu m'a pris ma mère, Roland et maintenant Serge. »

Ragondin ne voyait pas l'utilité d'une telle visite. Il avait toujours pensé que le curé était un charlatan, que c'était son teint de pêche et ses yeux tristes et non sa piété qui attiraient les femmes dans son confessionnal depuis que le père Bonnechair, atteint par la goutte, avait pris sa retraite.

« Ça fait longtemps que ce pingouin se tape les femmes des paysans de la vallée. Pour ce qui est des pipes, ça il s'y connaît, mais pour le sacré, c'est à voir ! » Ragondin regarda Vincent et vit qu'il ne l'écoutait pas.

Les sourcils froncés, Vincent marchait vite. Plus il hâtait le pas, plus il boitait.

Quand ils arrivèrent à l'église, ils aperçurent la longue silhouette du père Ménardeau qui descendait de sa voiture et entrait dans le presbytère. Vincent regretta d'avoir juré contre Dieu sous les fenêtres d'Adorée. Il voulait solliciter le pardon de son blasphème, parler au père de ses deuils successifs et demander l'absolution de ses péchés. Il obtiendrait la miséricorde en se confessant et serait purifié par le corps et le sang du Christ le lendemain à la table de communion. Il se sentit soulagé.

Ragondin lui rappela que le sermon hebdomadaire du père Ménardeau tournait invariablement autour du même sujet : le rôle de l'Église dans une société totalitaire. Il lui suggéra également que Ménardeau était favorable à ce que l'on supprimât le latin dans la liturgie et que la messe fût désormais dite en français, un mouvement récemment soutenu par le clergé mais rejeté par de nombreux fidèles dont Robert de Costebelle.

« Il se mêle de politique et gonfle la tête des classes laborieuses, disait le comte, et maintenant il veut bannir de l'église tout sens du merveilleux et affiche la fragilité de sa foi en dépouillant la messe de ses parures. Ce n'est qu'un maudit communiste ! »

Ragondin abandonna Vincent à ses considérations métaphysiques et se rendit au bistrot. Pour lui le catholicisme, plutôt qu'un moyen de répondre aux indignités de la vie, était une capitulation devant les décrets d'une autorité malveillante avec pour seule alternative l'enfer. Le culte de la nature qu'ils observaient tous les deux et dont ils parlaient souvent quand ils pêchaient séduisait Ragondin bien davantage. La transparence d'un pétale de fleur l'accrochait plus que l'agonie d'un demi-dieu cloué à un tronc d'arbre.

Lorsque Vincent frappa à la porte du presbytère, ce fut madame Béton qui l'accueillit avec la nouvelle que le père était absent. Elle tripotait un chiffon poussiéreux et évitait son regard, visiblement contrariée d'avoir été contrainte au mensonge. Vincent embrassa sa joue ridée et lui dit de ne pas s'en faire. Il reviendrait.

L'église normande datait du XIIIe siècle. Il en poussa la lourde porte de chêne sculpté, cherchant à comprendre pourquoi Dieu choisissait des émissaires souvent déplorables et se montrait aussi capricieux à l'égard de la mort. Par habitude il s'agenouilla sur les dalles glacées, se signa et dit un Notre-Père. Il pensait à toutes les prières adressées au Seigneur au cours des siècles en ce même lieu et se demandait combien avaient été exaucées. Il contempla longuement la lumière colorée par les vitraux dans l'espoir d'y trouver un signe des cieux. Un geai poursuivi par une grive pénétra dans l'église par les portes ouvertes du vestibule. Les deux oiseaux frôlèrent les poutres et les statues des saints. Vincent les suivit des yeux. Il savait que la grive n'avait aucun dessein malveillant à l'égard du geai plus gros qu'elle. Il s'agissait d'un spectacle, d'un rite comparable à celui qui se déroulait sous ce même toit tous les dimanches. Bientôt les oiseaux retrouvèrent la lumière et s'envolèrent comme ils étaient venus, prenant avec eux une part de sa foi.

Vincent entra dans la boulangerie du village et acheta des éclairs au chocolat pour Mémé, sa grand-mère. La boutique était chaude et pleine des odeurs de son enfance. Monsieur Dupont, le boulanger, était vieux et voûté. Ses sourcils broussailleux étaient couverts de farine. Il présenta ses condoléances à Vincent, refusa de prendre son argent et d'un geste solennel ajouta un éclair à sa commande.

Vincent se dirigea vers le bistrot. Il acquiesçait de la tête chaque fois qu'une passante se signait en le croisant dans la rue. Il demanda à Ragondin de dire aux rabatteurs choisis par Serge pour la chasse du comte de le retrouver à midi le lendemain de l'enterrement. Des hommes assis au bar lui offrirent une tournée qu'il refusa et leurs condoléances qu'il accepta.

À la sortie du village, des vols de ramiers s'élevèrent des terres moissonnées sous un ciel d'octobre sans nuages pour s'abattre quelques instants plus tard dans un balayage d'ailes argentées. En entrant dans la cour de la ferme, Vincent remarqua avec soulagement que la voiture de sa tante n'était pas là.

Le mur qui entourait la ferme Lebuisson était blanchi à la chaux. Construit de pierre et de paille en 1785, il mesurait trois mètres de haut et un mètre d'épaisseur. À l'origine, sa fonction avait été de protéger la ferme des loups et des vagabonds. Aujourd'hui, il servait à abriter ses occupants de la curiosité des passants.

Le corps principal de la ferme était un long bâtiment à un étage avec un toit de tuiles, trois cheminées et des bacs à fleurs aux fenêtres. Vincent entra, s'avança sous les grandes poutres de chêne jusqu'à la table où il posa les éclairs. Devant le feu de cheminée, sa grand-mère se balançait doucement dans son fauteuil à bascule. Comme de coutume il l'embrassa deux fois sur chaque joue. Âgée de quatre-vingt-six ans, Mémé était frêle et déformée par l'arthrite. Elle reconnut Vincent. « Mon garçon est monté au ciel », dit-elle d'une voix tremblante de chagrin.

Vincent lui caressa la main et lui décrivit l'incursion poétique des oiseaux dans l'église. Il trouva dans la cuisine une assiette pour les éclairs qu'il déposa sur les genoux de sa grand-mère. Il s'assit par terre devant son fauteuil. Habillées de bas épais, ses jambes étaient si maigres que ses chaussures paraissaient démesurément grandes.

Jadis, elle avait eu la réputation d'être la plumeuse de poulets la plus rapide de la vallée. Il se souvenait de l'avoir vue pendre quatre poules à la fois par les pattes, puis leur couper la langue une à une avec des ciseaux. Le sang était recueilli dans une bassine et mélangé ensuite à la pâtée des cochons. Ses doigts, aussi rapides que des aiguilles à tricoter, commençaient au niveau des pattes, progressant à toute allure vers le bas. En un rien de temps, la pièce était transformée en un tourbillon de duvet.

Elle utilisait la même méthode pour saigner et plumer les oies et les canards. Les lapins, eux, subissaient un traitement différent. Avant de les écorcher elle leur arrachait l'œil à l'aide d'une cuillère soigneusement affûtée et réservait le sang pour épaissir ses sauces et ses soupes.

Mémé prit un éclair entre ses doigts presque aussi larges que le gâteau et l'enfourna dans sa bouche. L'espace d'un instant, l'expression de la gourmandise adoucit son visage ridé par le temps, par la perte d'une fille, puis par celle toute récente de son fils. Elle regarda Vincent et lui offrit son sourire édenté. Tandis que de son fauteuil elle regardait vaguement par la fenêtre, elle demanda à Vincent de l'aider à habiller Serge pour l'église. Elle voulait que son garçon fût le plus digne possible. Sur son visage les larmes suivaient le parcours de ses nombreuses rides, arrivaient aux coins de sa bouche, puis fuyaient sur son menton.

De retour au bistrot, Vincent commanda une bière et écouta les paroles de sympathie d'Arnaud. Les autres clients détournaient le regard et buvaient en silence. Il était clair qu'ils espéraient que Vincent s'en irait vite et les laisserait à leurs plaisirs. Les lumières fluorescentes éclairaient le crâne chauve d'Arnaud chaque fois qu'il se penchait pour ranger un verre sur les étagères. Il cherchait les mots qui convenaient et le trouble se voyait sur son visage. Avec hésitation et toute la sincérité dont il était capable, il dit à Vincent que le terrible accident dont Serge avait été victime ne serait bientôt plus qu'un mauvais souvenir, un parmi les nombreux événements tragiques qui marquent toutes les vies.

« Ce n'était pas un accident, Arnaud, répondit Vincent en fermant son bon œil. Serge a été torturé avant d'être tué. » Arnaud hocha la tête et parut encore plus troublé. Sentant qu'il hésitait, Vincent ajouta : « Qu'est-ce que t'as entendu dire sur le meurtre ?

— J'ai rien entendu dire mais je connais les braconniers. » Il jeta un regard à Ragondin avant de continuer. « C'sont pas des gens compliqués. Ils estiment que la terre et les animaux qui vivent dessus appartiennent à tout le monde ; ils tuent le gibier pour se nourrir et nourrir leur famille et ils haïssent l'autorité qui le leur interdit. » Arnaud s'arrêta un moment, puis ajouta : « Ils braconnent pour prouver leur virilité autant que pour se venger de l'injustice des lois sociales. Quand ils sont coincés, c'est là qu'ils deviennent dangereux. Pas vrai, Ragondin ? »

Avant que son camarade n'ait eu le temps de répondre, Vincent cria : « J'aurai la peau de ceux qui ont assassiné mon oncle ! » Sa voix résonnait dans tout le bistrot. « Je vais les torturer comme ils ont torturé Serge et puis après je les abattrai ! » Les mots étaient sortis spontanément de sa bouche. Tous les hommes présents se retournèrent vers lui. Puis réalisant que Vincent venait d'exprimer son intention de commettre un meurtre, ils détournèrent à nouveau le regard pour se consacrer à leur boisson.

Arnaud dit plus tard à Ragondin que c'était à ce moment précis qu'il avait reconnu dans les yeux de Vincent son passage à l'âge adulte, une transformation souvent mal comprise en raison de sa banalité et de la violence avec laquelle elle peut parfois se manifester.

Il rappela à Vincent que Merlecourt était un petit village, que les rumeurs s'y répandaient vite et que des noms n'allaient pas tarder à circuler. Il regarda autour de lui pour s'assurer que personne ne l'écoutait puis offrit à Vincent de l'aider à condition que nul ne fût au courant. « Si jamais ma femme l'apprenait elle me couperait les couilles », dit-il d'un air penaud. Vincent était bien conscient que la femme d'Arnaud ne laisserait jamais son mari venir en aide à un Allemand.

Les deux amis se dirigèrent vers le château sous un chaud soleil d'automne. Dans l'allée centrale, une pie qui s'acharnait sur le cadavre d'un animal écrasé s'envola sur leur passage. François leur ouvrit la porte et avertit Vincent qu'il serait contraint d'écourter sa visite. Le comte Robert était dans son lit, victime d'une crise d'hypoglycémie, et avait besoin de repos. Tout le monde à Merlecourt était persuadé que le comte se laissait doucement mourir de solitude, une rumeur dont il prenait ombrage.

Ragondin resta à l'office pendant que Vincent montait frapper à la porte du châtelain. Quand il en eut reçu la permission, il entra et fut surpris par le visage affaibli et sans couleur du vieil homme.

Le comte fit signe à Vincent de s'approcher. « Je rêvais mais je ne me souviens pas de quoi, dit-il. Cela fait des années que je me vois dans mes rêves à l'âge de trente ans. C'est pareil pour mes amis, je les vois tous avec des visages sans rides. Même quand je rêve du présent, tous mes personnages sont jeunes. »

Ne sachant trop que répondre et bien décidé à dire ce qu'il avait à dire, Vincent débita d'un seul trait sa théorie sur la mort de son oncle. Interrompu dans ses pensées, le comte avait l'air étonné.

« Tu vas chercher midi à quatorze heures, mon garçon », dit-il au bout d'une minute. Il secoua la tête. « Laisse donc la police faire son travail. » Avant que Vincent ait eu le temps de lui dire qu'il avait choisi Ragondin pour l'aider à diriger la chasse, le comte leva la main et ferma les yeux, mettant ainsi fin à l'entretien.

À l'office, ils burent du cidre brut en compagnie de François, puis Vincent récupéra son fusil. Il l'assembla sous l'œil sévère du majordome qui l'enjoignit de ne charger l'arme qu'une fois dehors. Vincent ouvrit la culasse et fit semblant d'y introduire les cartouches avant de les glisser dans sa poche. François n'apprécia pas la plaisanterie.

« J'allais te donner des nouvelles toutes fraîches mais maintenant tu peux aller les chercher là où je pense », dit-il. Il fixa Vincent du regard jusqu'à ce que celui-ci présentât ses excuses.

« Bon, d'accord, dit François apaisé. Mademoiselle Nicole a téléphoné. Elle arrivera demain dans la matinée. »

Essayant de contenir son excitation, Vincent voulut connaître tous les détails de la conversation. François s'assit sur la table de l'office et alluma lentement une cigarette. Il n'était pas pressé. Il dit à Vincent qu'il n'avait pas reconnu sa voix. Elle avait un accent, mais pas comme celui de madame la comtesse, disait-il, plutôt comme une enfant parlant avec des mots d'adulte.

Vincent voulut savoir si elle avait demandé de ses nouvelles.

« Pourquoi elle aurait parlé de toi ? répondit François qui lui en voulait encore de lui avoir fait peur avec le fusil.

— Allez, François, arrête de faire le con.

— C'est pas en étant grossier que tu m'attendriras », dit le majordome.

Vincent lui envoya un geste obscène et fit signe à Ragondin de le suivre.

Sur le chemin du moulin il tira sur une corneille qui volait bas dans la lumière oblique et la manqua.

Plus tard, dans la soirée, une bise côtière secoua les feuillages et ébranla les fenêtres. De son lit dans le pigeonnier, Vincent suivait la course des nuages dans le ciel. Il finit par s'endormir et fut réveillé avant l'aube par une lamentation aiguë qui lui rappela la déchirante douleur de la comtesse après qu'elle eut découvert Roland noyé dans le bassin. Mais ce n'était sans doute que les gémissements de la femme du meunier ou les sollicitations d'une renarde en chaleur.

Chapitre 9

À Bourneuil, l'humeur des habitants reflétait celle du temps, nuageux et menaçant. Les marchands redoutaient l'approche de l'hiver. Vincent fit des provisions pour le moulin, s'offrit une brioche chez Adorée et se rendit au commissariat pour y faire sa déposition. Auverpois étant en mission à l'extérieur, ce fut le fonctionnaire de service qui recueillit son témoignage. Il avait le teint blafard et le regard éteint du subalterne qui passe sa vie à remuer de la paperasse. Il introduisit Vincent dans une petite pièce qui sentait le mégot et l'encre noire, et grogna contre la pile de dossiers qui encombrait son bureau. Il lui expliqua que le fusil de Serge n'avait pas été retrouvé et qu'Auverpois en avait conclu que les assassins le lui avaient volé. Puis il reprocha à Vincent de n'être pas venu la veille comme le lui avait ordonné le lieutenant.

« Qu'il aille se faire foutre, Auverpois ! », dit Vincent, furieux de n'avoir pas pensé au fusil de Serge, un Darne calibre douze dont on pouvait tirer un bon prix. Le fonctionnaire regarda vers la porte comme s'il s'attendait à voir entrer le lieutenant, puis éclata de rire. « Je lui souhaite la même chose tous les jours et même deux fois les jours de paie ! »

S'il était vrai que certains villageois avaient envié à Serge Lebuisson son poste au château et que d'autres lui en avaient voulu pour sa férocité à l'égard des braconniers, sa réputation n'en était pas moins considérable. Le jour de ses obsèques, le village entier, à l'exception du comte, était donc présent.

Debout au fond de l'église, tout près de la porte, Ragondin contemplait la masse de têtes qui remplissait la nef jusqu'à l'autel. Vêtu de son unique costume, relique bleu marine du pensionnat, Vincent était assis au premier rang aux côtés de Monique Moulin et de son mari Sébastien, de leur fille Lisette et de leur fils Matthieu, un adolescent joufflu de seize ans qui, pour se donner une contenance, ne cessait de tripoter le furoncle lui poussant sur la nuque. Lisette sourit à Vincent, puis plongea le nez dans son missel. Il se demanda si elle était allée dans la forêt le soir du bal et avec qui. Il se pencha vers elle et quand il lui posa la question, elle hocha la tête et, avec un sourire espiègle, lui chuchota les noms de deux hommes mariés.

Sébastien Moulin, un solide gaillard au visage rond et hâlé et aux cheveux blonds grisonnants, était affalé sur le banc. Le col de sa chemise lui rentrait dans le cou ; il profita de l'inattention de sa femme pour tenter de le desserrer et n'y parvint qu'en faisant sauter le bouton. Monique Moulin resta à genoux pendant la durée du service. Tout occupée qu'elle était à prier, à se signer et à sécher ses larmes, elle n'en oubliait pas moins de surveiller l'assemblée du coin de l'œil.

Grand et superbe du haut de sa chaire, le père Ménardeau promena un regard bienveillant sur les visages attentifs de ses ouailles. Il croisa les mains sur sa poitrine et parla. D'un ton mielleux il leur assura que, par leur présence, eux seuls étaient les vrais fidèles, les amis sincères du défunt, eux qui avaient renoncé à leurs obligations pour venir tous ensemble prier pour le salut de Serge et pour sa place au royaume des cieux. Il les rappela au devoir du culte et leur conseilla de pardonner à ceux qui n'étaient pas présents. Les mots coulaient de sa bouche comme des billes d'acier.

L'œil fixé sur les vitraux, le père Ménardeau commença par louer Serge pour son respect de la nature et de ses lois puis, apercevant Adorée, fronça les sourcils et condamna les plaisirs immoraux du garde-chasse.

Vincent se retourna et contempla lui aussi l'assemblage de voiles, de robes noires et de visages de circonstance. Ragondin croisa son regard et lui sourit.

Alors qu'il se rendait à la table de communion, Vincent sentit l'attention de toute la communauté peser sur ses épaules : celles larges et robustes du neveu de la victime et celles vulnérables du bâtard allemand. Vincent reçut le saint sacrement à genoux.

Quand il lui déposa l'hostie sur la langue, le père Ménardeau évita de le regarder.

En regagnant son banc Vincent aperçut Nicole partiellement dissimulée par un voile de tulle noir. Elle attendait son tour dans l'allée centrale. En raison du mépris que son père vouait à Ménardeau, il ne s'était pas attendu à ce qu'elle assistât au service religieux. Il pensait la retrouver au cimetière en compagnie de son père. Son profil n'était plus celui de l'adolescente qui lui avait dit au revoir cinq ans plus tôt. Il se souvenait d'un visage étroit et de grandes dents. Lorsqu'elle retourna s'asseoir à son banc il put voir une jeune fille aux lèvres douces, aux longs cheveux auburn et aux yeux bruns en amande. Il se tordit le cou pour la suivre des yeux mais sa tante lui pinça la jambe. Mon Dieu ! pensa-t-il, qu'elle est belle !

Vincent, Sébastien et les deux jardiniers Hubert et Jacques portèrent le simple cercueil de sapin le long de l'allée centrale, franchirent les portes de chêne et le chargèrent sur le corbillard qui attendait au bas des marches. Vincent leva les yeux ; des nuages gris s'avançaient vers le clocher. Devant le corbillard se tenait l'entrepreneur des pompes funèbres. Avec une peau de chamois il essuyait les gouttes de pluie qui perlaient sur le capot. Vincent savait que Serge aurait préféré être enterré en pleine forêt, debout au pied d'un arbre.

Le père Ménardeau, enveloppé dans un nuage d'encens, suivit le cercueil jusqu'à la sortie de l'église où il troqua l'encensoir contre un parapluie. La famille de Serge était alignée sur les marches et serrait les mains des paroissiens. Vincent prit sa place au bout de la file. Ragondin, qui s'était échappé avant tout le monde, était adossé au mur de pierre donnant sur l'église. Il regardait les femmes hocher solennellement la tête en descendant les marches. Les hommes, soulagés de voir la cérémonie se terminer, serraient la main de Vincent ou lui tapaient dans le dos. La pluie tombait par intermittence.

Lorsque Nicole sortit de l'église, le père Ménardeau lui accorda une attention toute particulière. Il referma ses mains sur la sienne et lui offrit son plus beau sourire. Il lui dit à quel point il était heureux qu'elle fût de retour, combien le village avait regretté son absence et qu'il était désolé que monsieur le comte n'ait pu assister au service. Ne se sentait-il pas bien ? Il se rapprocha d'elle, son visage lisse saisissant la gravité de la circonstance. Impassible, Nicole répondit que son père se portait bien, retira sa main et s'éloigna.

Elle se montra par contre très courtoise avec Monique Moulin et prit le temps de dire un mot gentil à chaque membre de la famille. Quand elle se trouva face à Vincent, elle leva son voile, ôta son chapeau et, joyeuse comme une enfant, tendit les bras et se jeta à son cou. Ils s'étreignirent sous les regards complices du village. Vincent la fixa dans les yeux et retrouva la petite fille qu'il avait naguère tenue par la main. Ils s'embrassèrent sur les deux joues et ce fut comme s'ils ne s'étaient jamais quittés. Elle lui tira les oreilles et lui dit à quel point elle était heureuse de le voir.

Elle resta près de lui. Les derniers paroissiens exprimèrent à Vincent leurs condoléances et à Nicole leur joie qu'elle fût de retour. Les hommes tenaient leur chapeau d'une main et serraient de l'autre la main de Nicole en s'inclinant. Les vieilles qui avaient servi jadis au château lui faisaient la révérence. Dans la procession sur le chemin du cimetière, consciente de son rang social, elle marchait à côté de Vincent, derrière le père Ménardeau. Si Monique Moulin était vexée d'avoir été ainsi éclipsée, elle n'en montra rien.

« Tu es belle, tu sais », dit Vincent alors qu'ils défilaient dans la grande rue. Nicole lui arrivait aux sourcils. Elle rougit et lui prit la main.

« Ce n'est pas la première fois que nous faisons ce parcours, dit-elle en mélangeant le français et l'anglais comme elle l'avait fait toute sa vie. On l'a d'abord fait pour ta mère, puis pour Roland. » Elle se tut un moment et lui pressa la main. « Je suis vraiment désolée, Vincent. »

Vincent ne put répondre. Tout ce qu'il savait, c'est qu'il était infiniment reconnaissant de l'avoir auprès de lui. Il se rendit compte qu'il aurait dû l'attendre au lieu d'aller chercher auprès du père Ménardeau les réponses aux questions qu'il se posait. Il sentit son cœur se serrer, tout à coup bouleversé par les événements des derniers jours. Il regarda fixement devant lui.

Nicole lui pressa de nouveau la main. « Je suis là, Vincent, dit-elle. Je suis revenue. Tout va être comme avant. »

Robert de Costebelle attendait dans sa Citroën

noire près de l'entrée du cimetière. Quand le corbillard approcha, François ouvrit la portière et Nicole rejoignit son père. Elle lui offrit son bras et ils se dirigèrent vers la tombe. Les villageois s'inclinaient avec déférence sur leur passage. Le comte avait l'air épuisé. Ses lèvres tremblaient à la descente du cercueil. Au loin, comme pour souligner la fuite du temps, l'horloge de l'église sonna l'heure. Le père Ménardeau présenta ses respects au comte qui inclina légèrement la tête, puis se détourna. Discrètement, d'un geste destiné à écarter le mauvais sort, il tendit l'index et l'auriculaire de sa main gauche.

Quand Serge disparut dans la fosse, les villageois se signèrent tous ensemble, Monique et Lisette jetèrent des fleurs sur le cercueil et Vincent y ajouta une petite trousse en cuir contenant un tire-bouchon et trois collets. Serge disait toujours que, pour qu'un homme repose en paix, il lui suffisait d'avoir de quoi déboucher une bouteille et piéger un lapin. Le comte accepta les condoléances des villageois et retourna lentement à sa voiture, la main posée sur l'épaule de François. Il salua fraîchement le père Ménardeau qui en fut visiblement offensé.

Nicole refusa poliment l'invitation à déjeuner de Sébastien Moulin et lorsque tout le monde fut parti s'attarda avec Vincent dans le cimetière. La joie intense des retrouvailles était passée et Vincent se sentait mal à l'aise. Côte à côte, ils étaient incapables de se dire un mot et leur silence ne faisait qu'augmenter leur embarras.

L'arrivée de Ragondin rompit la glace. Quand

Vincent le présenta à Nicole, elle parut surprise. Elle reconnut son nom pour avoir entendu jadis son père et Serge condamner les activités de braconnage de la famille Artaban. Néanmoins, elle lui offrit un sourire radieux et dit qu'elle était heureuse de savoir que Vincent avait un si grand ami. Elle les prit tous les deux par la main, les invita à l'accompagner et déclara que les cimetières étaient des HLM pour macchabées.

« Apparemment l'Amérique ne t'a pas enlevé ton cynisme », dit Vincent. Il se tourna vers Ragondin et lui expliqua que, lorsque Nicole était énervée ou contrariée, elle se mettait à parler à toute allure et à dire n'importe quoi.

« Tu as vu Monique ? continua Nicole avec un sourire malicieux. Elle jouissait de toute l'attention qu'on lui accordait et elle était incapable de s'en cacher. Elle ne se tenait plus ! Je parie qu'avant la fin du déjeuner elle glissera de sa chaise. »

Nicole annonça qu'elle s'était inscrite aux Beaux-Arts à Paris et qu'elle viendrait passer les week-ends au château. Quand ils arrivèrent aux grilles du domaine, elle se retourna et demanda à Vincent de venir la voir le lendemain. Il acquiesça, lui prit la main et lui baisa les doigts. Lorsqu'elle lui fit remarquer qu'il n'avait jamais fait une chose pareille, il l'embrassa sur le coin de la bouche.

Le visage de Nicole s'éclaircit. Elle regarda Vincent droit dans les yeux. « On se retrouve demain après le déjeuner, dit-elle. Sur l'île ? »

Chapitre 10

Pendant le court trajet du village à la ferme, Vincent fut soudain envahi par le souvenir d'un temps révolu, celui de sa vie au château. Pendant dix ans, il avait vécu dans l'opulence et habité sous le toit de la famille la plus puissante de la vallée. Jusqu'à la mort tragique de Roland, les Costebelle l'avaient chéri, nourri et initié à la beauté et à l'élégance. Le retour de Nicole lui rappelait la vie de conte de fées qu'il avait menée avant qu'elle ne partît pour l'Amérique.

Sébastien Moulin sortit pour accueillir Vincent et Ragondin. Enfant, il avait par mégarde laissé traîner sa jambe droite sous les roues d'une charrue et boitait depuis lors. Homme fort au teint clair comme tous les Moulin, il était travailleur et têtu comme une mule. D'humeur paisible, il s'occupait des affaires courantes de la ferme. Néanmoins, quand il s'agissait de prendre des décisions financières, toute la vallée savait que c'était Monique qui portait la culotte. « Ma femme raserait un chauve pour gagner trois sous », déclarait fièrement son mari.

Les Moulin cultivaient la luzerne et le maïs sur les hauteurs et élevaient des vaches normandes dans les pâturages fertiles du bord de la rivière. Le verger qui entourait l'habitation principale et ses dépendances produisait quatre mille litres de cidre par an dont les deux tiers étaient distillés pour la fabrication du calvados. Celui des Moulin était, de l'avis général, le meilleur du département.

Pendant que Ragondin suivait son hôte jusqu'à la table couverte de verres, de glace et de Pernod, Vincent alla embrasser sa grand-mère. Il sentit dans ses cheveux clairsemés l'odeur de l'âge et de l'angoisse. Trop frêle pour quitter la maison, elle avait attendu dans son fauteuil que la famille enterrât son fils. Vincent s'agenouilla à côté d'elle et lui dit à quel point il aurait aimé qu'elle fût présente au service. « Des gens sont venus de toute la région, dit-il. L'église était pleine de fleurs. Madame Béton a joué du Bach à l'orgue et les enfants de chœur ont chanté le kyrie comme des petits anges. Tu aurais été si fière. »

Il caressa doucement sa joue et l'embrassa sur le front. Quand il lui dit qu'elle était belle, Mémé sourit et ses yeux sans âge s'emplirent de larmes. Il lui prit les mains. Les jointures de ses doigts étaient comme des nœuds luisants, gonflées par une douloureuse arthrite. Elle les frottait machinalement du matin au soir. Vincent la regarda et vit dans ses yeux qu'elle était absente. Soudain, dans un instant de lucidité, elle se pencha sur lui, son petit-fils préféré, et lui confia, les lèvres tremblantes, que Monique ne tarderait pas à pousser son fauteuil sur le balcon.

La coutume selon laquelle on abandonnait, la nuit, les vieux sur un balcon ou devant une fenêtre ouverte pour faciliter la pneumonie avait encore cours dans la vallée. C'était une façon d'accorder à ses proches une mort relativement paisible. Vincent lui dit qu'il ne les laisserait jamais faire une chose pareille mais, en réalité, il savait qu'il ne pourrait rien empêcher. Mémé ouvrit la bouche et frotta son poing contre ses gencives.

Adorée et Ragondin écoutaient les deux cousins de Vincent, fonctionnaires des Postes à Rouen, discuter de leurs salaires. L'odeur âcre du tabac gris envahissait la pièce. Étienne Verdier, calme et taciturne, se mêla à la conversation. Il s'anima lorsque, inévitablement, on se mit à parler de la chasse à courre dont l'ouverture aurait lieu dans deux semaines. Il aimait comparer l'endurance des chiens français et anglais et contredire ceux qui trouvaient ce sport cruel. Quand le jour de la chasse arrivait, c'est avec sa trompe qu'il exprimait la profondeur de sa passion.

Le père Ménardeau, la main posée sur l'épaule de Matthieu Moulin, le mettait en garde contre le plaisir solitaire et, comme preuve incontestable des vices de la puberté, lui montrait du doigt le furoncle suppurant. Les enfants avaient déjà mangé et jouaient dehors, le plus loin possible des adultes. Les femmes, à l'exception d'Adorée, s'affairaient à la cuisine. La table était mise pour douze personnes.

Monique était furieuse que son mari ait invité Adorée pour le déjeuner. Non seulement la maîtresse de Serge offensait son sens de la vertu mais, avec elle, ils étaient treize à table, un nombre qui perturbait son fond de superstition paysanne. Elle n'osait pas montrer son mécontentement de crainte de se faire tancer par le père Ménardeau, mais elle ordonna à Lisette de manger à la cuisine et se promit de faire payer à son mari son manque de tact.

Sébastien Moulin entraîna Vincent dans un coin de la pièce. Il déclara à voix basse, tout en reconnaissant que le moment était mal choisi, qu'il était prêt à acheter la ferme après la mort de Mémé. Vincent ne comprenait pas où il voulait en venir.

« Théoriquement, poursuivit Sébastien, la ferme appartient toujours à Mémé mais quand elle mourra elle appartiendra à ses descendants. Ta mère t'a fait don de sa part et Serge également. Ta tante et moi nous en possédons un tiers. » Quand Sébastien eut fini d'expliquer les complexités de la succession, son gros visage rosé rayonnait à l'idée de posséder la totalité du patrimoine. Il se tourna vers ses invités, tapa dans ses mains et annonça que le déjeuner était servi.

Pâtés, jambons fumés et rillettes de veau s'étalaient sur la table. Radis, tomates, concombres et olives remplissaient quelques petits plats de faïence. Les hommes s'assirent et retroussèrent leurs manches tandis que les femmes apportaient les bouteilles de cidre et de vin. Des pains croustillants s'alignaient sur la toile cirée comme les traverses d'une voie de chemin de fer. Le père Ménardeau présidait à un bout de la table, Monique à sa droite et la femme de l'aîné des cousins à sa gauche. Adorée s'installa entre

Vincent et Ragondin, relégués à l'autre bout. Ménardeau s'empressa de dire le bénédicité. À peine eut-on conclu par un : « Amen » qu'une douzaine de mains se jetèrent sur les plats ; aucun mot ne fut prononcé avant que les assiettes ne fussent pleines. Les hommes se servaient de leur couteau de poche et, à part Vincent et le père Ménardeau, tenaient leur fourchette dans leur poing fermé. Serrant le pain contre sa poitrine, Sébastien s'en coupa deux tranches épaisses avant de le faire passer. Vincent fit de même pour lui et pour Adorée. Celle-ci fit un commentaire sur l'allure séduisante de Nicole et Vincent rougit.

« Elle se tient droite et elle est encore plus belle que sa mère. Plus française. » Adorée lui pinça le dessus de la main. « Prends garde à toi, Vincent. »

Après les crudités arrivèrent plusieurs plats remplis de poulet à la crème et des soupières débordantes de frites. Adorée se pencha vers Vincent et lui dit dans l'oreille : « Cette garce est trop radine pour servir de la viande rouge ! » Vincent se leva et porta une assiette et un verre de vin coupé d'eau à Mémé, restée assise devant la cheminée. Elle pencha l'assiette et mangea la crème à la cuillère.

À table on parlait du temps, de la récolte et du prix du grain. Le père Ménardeau attribua au Seigneur les richesses de la terre et à la cupidité des hommes ses insuffisances. Il tournait et retournait sa langue dans sa bouche. Une salade verte suivit le poulet. Puis on servit le fromage : camembert, brie, gruyère et un pont-l'évêque bien fait. Mémé s'endormit les mains dans son assiette. Étienne, qui n'avait pas arrêté de boire en silence, dit combien Serge lui manquait. Adorée pressa sa jambe contre celle de Vincent. Depuis le début du repas, elle attendait que quelqu'un évoquât le nom de son amant. Soudain, saisissant le moment d'exhiber son chagrin, Monique poussa un cri : « Mais enfin ! Est-ce que quelqu'un va me dire qui a tué mon frère ? » Elle enfouit son visage dans sa serviette et sanglota, le nez sur son assiette. Son numéro de sœur affligée était si théâtral que Ragondin, se rappelant la prédiction de Nicole, faillit s'étrangler en réprimant une forte envie de rire.

« Courage », dit le père Ménardeau en posant sa main sur celle de Monique. Il foudroya Ragondin du regard.

Chacun avait une opinion différente sur le meurtre de Serge. Le plus jeune des deux cousins penchait pour la théorie de « la cuite après le bal » ; sa femme se tourna vers Adorée et déclara que c'était l'œuvre d'un mari jaloux. « Ce sont des braconniers qui ont tué Serge », affirma Étienne en croisant les bras sur sa poitrine. Mais il avait parlé si bas que personne ne prêta attention. Un autre cousin déclara que Serge avait été piégé par des gitans. On avait l'habitude dans la région de tout mettre sur le dos des romanichels, des vols de poulets aux rapts d'enfants. Cette hypothèse déclencha une discussion passionnée.

Le père Ménardeau leva les mains et réclama le silence. Quand il eut l'attention de tous, il répéta la première moitié de son sermon : « Serge vivait en harmonie avec les créatures du bon Dieu et sous

Son regard. » Il marqua un temps. Pour les femmes, c'était un signe qu'elles pouvaient commencer à débarrasser la table. Mais il tapa sur son assiette avec sa fourchette et elles se retournèrent d'un seul mouvement de tête. « Cela dit, continua-t-il en fermant les yeux, il y avait également un côté violent chez Lebuisson et Dieu l'a rappelé à Lui de la même manière. » Il ouvrit les yeux et les promena d'un visage à l'autre. « Serge n'est plus là, le comte est malade, son fils est mort depuis cinq ans et sa fille vit en Amérique. L'avenir du domaine est sombre. » La voix altérée par l'inquiétude, il parlait néanmoins d'un ton résolu.

Ragondin opina de la tête et proféra un juron dans son verre. Adorée le regarda et, pour la première fois de la journée, sourit. Le père Ménardeau secoua la tête avec indulgence.

« Il me semble, dit-il pensivement, qu'à la disparition du comte, mademoiselle Nicole vendra le domaine. » Étienne Verdier, alarmé, leva les yeux. Le curé tendit la main pour le rassurer.

« Ne crains rien, Étienne, nos lois sociales protègent les classes laborieuses. Tu garderas ta ferme. Mais qu'adviendra-t-il du village ? Ne dépendons-nous pas du château pour notre travail et pour la vente de nos produits ? Regardez ce qui est arrivé quand le comte est parti pour l'Amérique. Le village a dépéri. Nous y avons perdu un épicier, un plombier et un maréchal-ferrant.

— Alors, mon père, demanda Ragondin, enhardi par la tacite approbation d'Adorée, pourquoi vous ne dites pas à votre patron de lui foutre la paix, au comte. Vous ne trouvez pas qu'il a déjà fait assez de mal en prenant Serge ?

— Un peu de respect, Ragondin », dit Monique Moulin indignée.

Vincent leva la main et tous les regards se tournèrent vers lui. « Le comte va bien. Je le vois tous les jours. Il est triste comme moi parce qu'il aimait beaucoup Serge. » Il s'arrêta un moment et scruta les visages autour de la table. « Tout le monde ici sait que le principal souci du comte est le bien-être des habitants de cette vallée. Il l'a prouvé pendant la guerre. » La voix lui manqua. Adorée l'encouragea du genou.

« Croyez-moi, le comte ne laissera jamais tomber le village. » Vincent s'arrêta, puis ajouta avec force : « C'est un seigneur. »

Le père Ménardeau ouvrit la bouche et dit : « Je constate néanmoins que Robert de Costebelle ne s'est pas confessé et n'a pas communié depuis...

— Mon oncle est mort, trancha Vincent, soudain plus sûr de lui, et c'est en son honneur que nous sommes réunis aujourd'hui. Pourquoi ne pas saluer sa mémoire et célébrer sa vie au lieu de mettre en doute les mérites d'un excellent homme ? »

Ragondin martela son assiette de sa fourchette en signe d'assentiment. Le bruit était assourdissant. Vincent cacha ses mains tremblantes sous la table.

« Mon fils, répondit le père Ménardeau, tu as raison bien sûr. Nous sommes tous ici pour faire le deuil de ton oncle et je peux t'assurer qu'il est entre les mains bienveillantes du Tout-Puissant. Viens me voir un jour, tu as besoin de conseils. Nous vivons des temps difficiles et l'avenir est incertain. Je considère qu'il est de mon devoir d'offrir une alternative au désespoir.

— Je suis passé au presbytère hier, mon père, mais vous avez refusé de me voir. »

Le père Ménardeau croisa les doigts. Le menton sur la poitrine, il répondit : « Madame Béton m'a dit que tu étais venu. Malheureusement je n'étais pas là.

— C'est faux », riposta Vincent. Il regarda le prêtre droit dans les yeux. « Je vous ai vu entrer au moment où je frappais à la porte. Je ne reviendrai pas ! »

Monique jeta un regard renfrogné sur son neveu. Les yeux sombres du père Ménardeau fixaient ceux de Vincent, attendant que le jeune homme se détournât. De même qu'il avait tenu tête à Auverpois, Vincent soutint le regard du prêtre. Ménardeau baissa la tête. Quand il la releva, Vincent n'avait pas bronché. « Tu te trompes, mon fils. J'étais absent. J'espère que tu vas réfléchir et changer d'avis. »

Énervé par l'arrogance du prêtre et la tension ambiante, Ragondin souffla qu'il ne supportait pas les mensonges, ce qui provoqua la stupéfaction des convives. Personne n'avait jamais traité le curé de menteur. Les hommes plongeaient le nez dans leur assiette et les femmes se regardaient l'air affolé comme si les paroles de Ragondin allaient les envoyer tous en enfer. Le père Ménardeau demeurait impassible.

Monique se leva et rejoignit la cuisine au pas de

charge. Les autres femmes enlevèrent les fromages, distribuèrent des assiettes propres et posèrent des tartes aux fruits sur la table. Lisette Moulin servit le café et le calvados de Sébastien. Quand le père Ménardeau adressa un sourire pincé à Vincent, celui-ci comprit que le pouvoir du prêtre était plus fort que la vérité.

Une torpeur digestive s'installa autour de la table. Pressés de retourner à leurs champs, Étienne et Sébastien s'agitaient sur leur chaise. Sous prétexte d'aller aux toilettes, Matthieu quitta la table et ne revint pas. Adorée, un peu ivre, s'appuyait sur l'épaule de Vincent. Ragondin était saoul. Sébastien, lui, leva son verre et porta un toast à son beau-frère disparu. Tout le monde s'y joignit, à l'exception d'Adorée qui, le visage dans les mains, sanglotait silencieusement.

Dès qu'ils eurent posé leurs verres, Sébastien annonça d'une voix sonore : « Mon tracteur m'attend. »

Le père Ménardeau s'esquiva sans serrer les mains de Vincent et de Ragondin, préférant s'occuper à frotter une tache sur sa soutane. Quand le reste des convives fut parti, Sébastien et Monique firent quelques pas dehors avec les deux jeunes gens. Les nuages s'étaient dissipés et le soleil éclairait la cour. Sébastien posa une main sur l'épaule de son neveu et lui demanda ce qu'il comptait faire. Contrairement à Monique, il semblait sincèrement intéressé.

Vincent expliqua que le comte lui avait demandé

de diriger la battue lors de la prochaine chasse. Puis il s'inscrirait à l'École des eaux et forêts.

Sébastien se tourna vers le verger et dit à Vincent qu'il allait avoir besoin de ses services. Le vieux puits était presque à sec. Il espérait que Vincent allait pouvoir trouver de l'eau, si possible pas trop profonde, car creuser coûtait cher. Vincent parcourut les terres du regard et dit : « T'en fais pas, Tonton. Il y a plein d'eau ici. »

Le visage de Monique s'assombrit lorsque son époux dit à Vincent de venir quand il voulait, qu'il était chez lui à la ferme. « Je lui en ai parlé, dit Sébastien en se tournant vers sa femme. C'est normal qu'il soit au courant. Le moment venu, on lui fera une offre.

— Pas avant que je sois morte et enterrée ! » riposta Monique en retournant vers la maison. Elle ne vit pas le sourire ironique de son neveu.

Chapitre 11

Vincent et Ragondin retournèrent à pied à l'église où Vincent avait garé la voiture et rentrèrent au moulin par les sentiers qui sillonnaient le domaine. En route, ils arrêtèrent plusieurs fois la Simca pour étudier les champs dans lesquels se déroulerait la battue. La terre était lourde des parfums de l'automne. Quelques mois auparavant, le ciel bleu de juillet avait succédé aux pluies de juin. Trente jours ininterrompus d'un soleil brûlant avaient asséché les fossés d'irrigation et transformé les champs en rocaille. En août, les orages du soir avaient de nouveau saturé la terre qui s'était tapissée de pissenlits, d'orties et de chardons. Vincent avait dû passer des journées entières sur le tracteur à tirer la faucheuse, tournant en cercles décroissants, et contraint de s'arrêter toutes les demi-heures pour se débarrasser des insectes qui s'échappaient en nuées de l'herbe coupée, se glissaient sous sa chemise et collaient à ses cheveux. Il avait horreur de conduire le tracteur ; celui-ci, disait-il, le ramollissait, lui secouait les reins et lui nouait le cou en l'obligeant à se retourner constamment pour voir le résultat de ses efforts. Il préférait manier la fourche, la hache et le marteau.

Marchant côte à côte, les deux amis traversèrent les champs en discutant de l'organisation de la chasse. Serge, expliqua Vincent, disait toujours qu'il fallait avant tout maîtriser le terrain et ensuite exploiter les vents pour déterminer le sens de la battue. Avant la chasse il proposait toujours un toast, puis une prière à saint Hubert, patron des chasseurs, au cours de laquelle il implorait le beau temps, un gibier abondant et des invités sobres.

Au hasard de leur exploration, Vincent et Ragondin découvrirent la carcasse d'un lièvre saigné à blanc par une martre, puis celles d'un pigeon vidé de sa chair par une buse et d'un corbeau à tête blanche mort sur le bord de la route. Pendant leur marche, ils prirent connaissance de neuf compagnies de perdreaux. Les colombes et les cailles s'étaient déjà envolées vers le sud, indice d'un hiver précoce.

Ragondin eut l'impression que, pour la première fois, Vincent posait sur Merlecourt un regard objectif, qu'il devenait enfin conscient des problèmes du domaine. Prairies, bois et rivières représentaient soudain autre chose que les terrains de jeu de son enfance. Il fallait maintenant couper les arbres abattus et entasser les bûches, réparer les clôtures, draguer les fossés, entretenir les chemins et ratisser les allées. La liste n'en finissait pas et Vincent se sentit submergé. Ils passèrent devant la décharge où les jardiniers étaient en train de vider la remorque du tracteur. Lorsque Vincent fit l'inventaire des travaux à accomplir, Jacques éclata de rire. Il poussa Hubert du coude et se moqua de Vincent à qui il avait fallu toutes ces années pour enfin remarquer l'état de délabrement dans lequel se trouvait le domaine depuis que le comte était rentré d'Amérique.

« Le matériel agricole n'a pas été renouvelé depuis ta naissance, Vincent. Pour faire du bon travail, il nous faudrait des machines modernes et pour ça il faut compter au moins dix millions de francs. Et puis il nous faudrait aussi deux hommes de plus.

— Mais c'est le bordel partout ! » dit Vincent, levant les bras au ciel.

Jacques s'adossa au tracteur, sortit son paquet de cigarettes, en prit une et en offrit une à Hubert. Il les alluma en protégeant l'allumette dans le creux de ses mains.

« On fait ce qu'on peut avec ce qu'on a, dit-il à Vincent, lui soufflant la fumée dans la figure. T'as compris ? Alors te prends pas trop au sérieux. » Hubert hocha la tête et plongea sa pelle dans le tas d'ordures.

« Je vais en parler au comte. Je sais qu'il sera de mon avis, dit Vincent, le visage empourpré par l'insolence du jardinier.

— Fais pas le con, répondit Jacques. Le comte connaît mieux que toi l'état du domaine. Pourquoi l'embêter avec ça ? »

Vincent retourna au moulin, furieux de l'indifférence d'Hubert et de Jacques et contrarié d'avoir mis si longtemps à se rendre compte de la situation. Jusque-là, il avait toujours pensé que le domaine resterait à la hauteur de ses rêves, de même qu'il avait cru, à la mort de sa mère, qu'il ferait partie de la famille Costebelle.

Vincent et Ragondin poussèrent jusqu'au barrage et regardèrent l'eau couler d'une rivière à l'autre. Ragondin ferma les vannes et remarqua que les vieilles planches de chêne regorgeaient d'eau. Des filets jaillirent des fissures comme des fontaines d'argent. Pour Vincent, ces petits jets d'eau n'avaient jusqu'alors existé que pour attirer les rayons du soleil.

Il observa son reflet dans l'onde et y découvrit des yeux durcis comme ceux de Maurice Corneille. Il savait que Jacques avait raison : comment pouvait-il être déçu par la fragilité de Merlecourt ?

Le bistrot était bondé de villageois qui avaient écourté leur travail pour assister à la réunion avec le nouveau garde-chasse de Merlecourt. La salle sentait la bière, la sueur et le tabac. De vieux habitués buvaient du vin sur le zinc et se racontaient des histoires remontant aux années vingt, quand le père du comte n'hésitait pas à abattre soixante perdreaux dans la journée avec une paire de fusils de Damas chargés de poudre noire. Les plus jeunes parlaient de la moisson, de politique et de femmes.

Vincent s'éloigna du bar et s'approcha de la table d'un paysan qui expliquait à son petit-fils de douze ans ce qu'on attendait de lui le jour de la chasse. Un bon rabatteur, disait-il, doit bien écouter les ordres qu'on lui donne et avoir de bonnes jambes pour les exécuter sans perdre de temps. Son travail est de tout faire pour amener le gibier à portée des fusils. Le vieil homme dit à son petit-fils d'écouter monsieur Vincent et de ne pas plaisanter. Une battue était chose sérieuse et la moindre fausse manœuvre pouvait avoir de graves conséquences.

Vincent serra la main calleuse du vieux paysan qui pendant trois quarts de siècle, avec une étonnante régularité, avait semé, récolté et perdu sa moisson. Le garçon, les yeux écarquillés, écoutait Vincent lui expliquer que, de tous les hommes présents dans cette salle, son grand-père était celui qui avait rabattu le plus de perdreaux dans sa vie. Le paysan accueillit le compliment d'un signe de la tête et demanda à monsieur Vincent d'enseigner au jeune Henri comment manœuvrer les oiseaux.

Vincent hocha la tête. Il se souvint de la première fois, si lointaine, où Serge lui avait expliqué le mécanisme de la battue. Sa mère était encore vivante.

« Quand nous nous réunirons dimanche prochain, dit-il en regardant le garçon dans les yeux, nous allons nous déployer en éventail et encourager les compagnies d'oiseaux qui vivent à la périphérie du domaine à se rassembler au centre de la propriété. »

Le choix des mots fit rire Ragondin mais il était fier de l'éloquence de son ami. Vincent avait parlé avec la distinction d'un ancien élève des jésuites qui avait passé ses deux baccalauréats. Autour de

Vincent, les hommes s'étaient arrêtés de parler pour l'écouter.

« Plus tard, après le repas, enchaîna Vincent, le comte placera les invités derrière leur poste de tir, puis, à un kilomètre de là, nous formerons une haie sur environ deux cents mètres. Tu sais à quoi ressemble un filet, Henri ?

— Oui, monsieur », répondit le garçon à voix basse. Il était intimidé.

« Eh bien, c'est ce que nous allons former : un filet humain qui avancera vers les chasseurs et dont les extrémités se plieront et se déploieront comme des ailes pour rassembler les perdreaux et les diriger vers les fusils. »

Vincent accepta la bière que lui offrit Arnaud, la leva à la santé des hommes autour du bar et en but la moitié.

« Chaque invité, dit Vincent, s'adressant à Henri, tirera sur les oiseaux qui voleront vers lui devant les rabatteurs avec un premier fusil, puis son chargeur lui tendra une seconde arme avec laquelle il mettra en joue les oiseaux qui auront franchi la ligne. » Le garçon jeta un coup d'œil vers son grand-père pour se rassurer. « Les meilleurs fusils abattront deux perdreaux devant eux et deux autres derrière. »

Vincent sourit et posa sa main sur l'épaule du garçon. « Très peu de tireurs sont capables de réussir deux doublés de suite et encore moins peuvent le faire avec élégance. »

Les hommes du bistrot se mirent à rire et leur bonne humeur donna confiance à Vincent. Il resta un moment auprès du paysan et de son petit-fils qui, un jour, hériterait de la ferme familiale, du travail qu'elle exigerait de lui et d'une vie consacrée à la terre.

« Un jour, j'ai vu monsieur le comte abattre dix-huit oiseaux à la file, dit un vieux rabatteur. Il maniait son fusil comme un violon. » Tout le monde approuva de la tête.

« À la fin, dit Vincent en se retournant vers le jeune Henri, lorsque les rabatteurs rejoindront les tireurs, les invités lâcheront leurs chiens qui rapporteront le gibier, puis on recommencera une nouvelle battue. »

Un homme approuva de la tête et prononça le nom de Serge. Tout le monde se tut. L'homme se souvenait du temps où le comte et Serge qui lui servait de chargeur et de chauffeur disparaissaient plusieurs jours de suite pendant les mois d'ouverture pour chasser dans toute la France.

« Serge prétendait que, ces années-là, il mangeait dans les meilleures cuisines et couchait avec les plus jolies soubrettes de France. » Les hommes levèrent leurs verres à la mémoire du garde-chasse.

Vincent fut rassuré. Les rabatteurs le soutiendraient, ne fût-ce que par respect pour son oncle. Il passa en revue le programme et l'organisation des battues et décida de l'heure de la rencontre à la ferme Verdier dimanche prochain. Un par un, les hommes vinrent lui serrer la main et lui souhaitèrent bonne chance. Puis il quitta le bistrot et se rendit dans l'île pour y retrouver Nicole. Il emporta avec lui deux œufs durs pour le déjeuner.

Vincent remonta le sentier qui séparait les bois de la rivière en face du champ d'Étienne Verdier, celui dans lequel il travaillait le soir du meurtre. Le soleil d'octobre avait réveillé les sauterelles. Des poules d'eau sortaient des berges et couraient sur la surface de la rivière en l'effleurant de leurs pattes palmées. Il voyait passer de larges touffes de roseaux fauchés emportées par le courant.

L'île, qui mesurait cent mètres de long et cinquante mètres à son endroit le plus large, était recouverte d'une forêt dense de pins, de chênes et de bouleaux. En aval, elle se terminait en flèche par un banc de gravier. Vincent s'assit sur le pont qui menait à l'île et se mit à chercher du poisson. À vingt mètres, il aperçut le tonneau que Serge avait partiellement submergé pour piéger les rats d'eau. Le baril était à moitié rempli d'eau et des pommes y flottaient en guise d'appât. Attirés par l'odeur appétissante des fruits gâtés, les rats escaladaient le bord du tonneau, plongeaient dedans et s'y noyaient.

La brise qui montait de la vallée était chargée de l'odeur du foin et du chant des oiseaux qui se préparaient à l'hiver. Toute son enfance l'île avait été le terrain de jeu favori de Vincent ; un lieu de chahuts, de sandwiches, de bouteilles d'Orangina et de baignades dans le reflet des arbres. À l'automne, quand avec Roland il n'était pas occupé à pêcher ou à chasser le canard, Vincent aidait Nicole à ramasser de belles feuilles mortes qu'elle pressait entre les pages de ses livres de poésie.

Il s'allongea sur le pont, regarda les nuages se

glisser entre les branches et s'endormit. Il se réveilla une fois, se retourna et observa le flot de l'eau entre les planches. Il entendit la voix de Serge : « Les rivières sont des fontaines de sève nées dans les ventricules des nuages. Elles existent pour transporter la folie des hommes jusqu'au fond de la mer. » Vincent se rendormit et rêva qu'on l'avait enterré vivant avec son oncle.

Il fut réveillé par la cloche de l'église de Merlecourt qui sonnait la demie. Il se leva, toujours plongé dans son rêve. Comme Nicole ne devait pas arriver avant au moins une demi-heure, il se déshabilla, leva les bras au ciel et se laissa tomber dans la rivière. L'eau l'enveloppa comme une couverture de glace. Il poussa le fond avec ses pieds, remonta à la surface, haletant, et battit l'eau de ses deux poings.

« Certaines choses ne changeront jamais ! » Nicole lui souriait du pont et agitait un sac de papier. « Je pensais déjeuner ici en t'attendant mais tu m'as devancée. » Elle portait une robe d'été bleue qui s'arrêtait au-dessous de ses genoux. Quand elle traversa le pont pour aller s'asseoir sur l'herbe, il aperçut sa petite culotte blanche.

Vincent oublia l'eau glacée et se laissa porter par le courant, loin d'elle. Il s'accrocha à une branche d'une main et se couvrit de l'autre.

« Trop tard pour la pudeur, lança-t-elle. Je t'ai vu te déshabiller. » Elle regarda la rivière et ajouta : « On se baignait tout le temps ici, tu te souviens ?

— Comme si c'était hier. »

Elle retira ses chaussures et se retourna : « J'arrive ! » dit-elle en enlevant sa robe.

À part sa petite culotte de coton blanc elle était nue, grande et mince, la peau ambrée comme du gingembre. Il sentit à la façon dont elle secouait ses cheveux qu'elle voulait lui faire admirer les métamorphoses de son corps : l'adolescente dégingandée était devenue une jeune femme désirable. Elle hésita un moment, puis évitant soigneusement les orties, remonta sur le pont. Elle lui faisait face les bras croisés sur la poitrine. Son corps était lisse et hâlé par le soleil. Vincent ferma son œil vert pour regarder de son bon œil, le bleu, l'étroite ouverture entre ses cuisses, une vision qui allait alimenter ses futures rêveries.

« Elle est froide ? demanda-t-elle.

— Juste comme il faut, dit-il en se raclant la gorge.

— Ça m'étonnerait ! » Elle laissa retomber ses bras le long de son corps et scruta l'eau.

Nicole était nue et dorée devant lui. Seule une étendue d'eau verte les séparait. Ses cheveux cachaient son visage. Elle caressa de la main le tissu de sa petite culotte et il imagina que cette main était la sienne.

Ses seins lui faisaient penser à deux petits melons de Cavaillon, fermes, souples et légèrement divergents. Elle le regarda et rougit. Elle croisa les bras, inspira profondément, ferma les yeux et sauta dans l'eau. Vincent n'avait jamais vu une image aussi parfaite, même dans les pages de ses meilleurs magazines. Quand elle fut dans la rivière, il frappa l'eau de sa main et laissa échapper un cri de bonheur.

Elle refit surface et s'approcha de lui en l'éclaboussant : « Oh! la la! Oh! mon Dieu! Elle est glaciale! » Elle s'accrocha à la branche au-dessus de la tête de Vincent. L'eau lui ruisselait sur le visage et lui coulait dans la bouche.

« Qu'est-ce que tu regardes? demanda-t-elle.

— Toi, répondit-il. Tu n'as pas honte? »

Elle remplit ses mains d'eau et l'aspergea. « Pas du tout! »

Elle disparut sous l'eau, ressortit et lui sauta au cou. Elle l'enlaça et il sentit ses seins contre sa poitrine. « Mon Dieu! que vous m'avez manqué, toi et notre île et tout le reste! », dit-elle. Le courant les fit tourner l'un autour de l'autre, lui cramponné à la branche, elle à son cou. Il sentait les muscles de ses jambes et la douceur de la partie de ses cuisses qu'il avait regardée. Le corps de Nicole s'enroula autour du sien. Il en fut si troublé qu'il lâcha la branche.

Ils rejoignirent la rive, sortirent de la rivière et s'assirent côte à côte dans la vase. « Rien n'a changé », dit-elle en remuant de la main l'eau boueuse entre ses jambes.

« Si, toi », dit-il, montrant ses seins du doigt, les yeux écarquillés. Elle ramassa une poignée de vase et il bondit sur ses pieds. Elle rit et se couvrit le visage de sa main libre.

« Toi aussi! » dit-elle en souriant. Il n'était pas dur mais une lourdeur l'avait envahi en dessous de la ceinture. Il n'osait pas regarder. Elle replongea dans l'eau froide et remonta le courant jusqu'au pont.

Ils se rhabillèrent et, assis sur les lattes de bois, partagèrent le sandwich de Nicole et les œufs durs de Vincent. Un rat d'eau traversa la rivière.

« Papa m'a demandé de t'inviter à venir prendre un verre avant le dîner.

— D'accord, dit-il en regardant le rat se diriger vers le tonneau. Je serai là à sept heures.

— Parfait », répondit-elle. Elle se leva. Sa robe collait à ses jambes encore mouillées. « Comme ça tu pourras rencontrer Éric. Il arrive de Paris en voiture. » Elle traversa le pont.

Vincent leva les yeux vers elle.

« Qui est Éric ?

— Éric Potter. Je l'ai connu en Amérique.

— C'est un bon ami à toi ?

— Oui, dit-elle en repoussant ses cheveux en arrière. Il va travailler à la Morgan Guaranty Trust à Paris. » Elle lui dit au revoir de la main.

Il la regarda traverser le champ, aussi légère sur ses jambes que l'avait été sa mère, puis se rassit sur le pont. Il vit le rat grimper sur la rive, jeter un œil à l'intérieur du tonneau et plonger dedans.

Chapitre 12

Assis dans le salon, Robert de Costebelle lisait *Le Figaro.* François annonça Vincent. Une bouteille de Taittinger rosé, ouverte en l'honneur du retour de Nicole, était au frais dans un seau de cristal sur la table basse. Le comte jeta son journal sur le tapis et invita Vincent à s'asseoir sur le canapé. « J'étais en train de lire les nouvelles du Viêt-nam. Apparemment les Américains n'ont pas tiré la leçon de nos erreurs à Diên Biên Phu. Ils sont en train de tomber dans le même piège que nous. » Il sortit son briquet de la poche de sa veste et alluma une cigarette. « Pour paraphraser La Bruyère : "Les hommes sont des animaux mais les généraux sont des animaux qu'on a oublié d'attacher." » Il regarda Vincent et ajouta : « Comme toujours c'est une question d'orgueil. La pire sorte. Celle qui tue. »

Vincent se percha au bord du canapé, les genoux à hauteur de la poitrine. Il se sentait mal à l'aise dans ses chaussures usées et dans sa veste à chevrons râpée. Il cacha entre ses jambes ses mains couvertes de coupures et de cicatrices. Quand ils entendirent des rires et des bruits de pas au-dessus de leur tête, le comte regarda vers le plafond. Vincent suivit son regard, soudain anxieux de ne pas être à la hauteur de l'ami américain de Nicole.

« Elle a ramené un jeune homme de New York, dit le comte avec indulgence. Elle a l'air de le trouver sympathique.

— Et vous, monsieur ?

— Il est convenable. Il sort de Yale. Très américain. » Le comte haussa les épaules. « Je n'ai pas vraiment d'opinion mais je fais confiance au jugement de ma fille. » Il se renversa dans son fauteuil et regarda Vincent à travers la fumée de sa cigarette. « Le lieutenant Auverpois est venu ce matin, continua-t-il. Il pense que Serge a été attaqué par des ivrognes. Je ne lui ai pas fait part de ta théorie. » Le comte lissa sa moustache et ajouta : « Il ne me plaît pas.

— Il a insinué que Serge braconnait, dit Vincent.

— Corneille m'a dit cela. Il a peur que, si l'occasion se présente, il te prenne l'envie de transgresser la loi pour venger ton oncle. » Le comte regarda Vincent : « Ai-je des raisons de m'inquiéter ?

— Je ne ferai jamais rien qui puisse vous contrarier, monsieur. »

Les rires provenant du premier étage interrompirent leur conversation. Vincent toussota et changea de sujet. Il mentionna qu'il avait choisi Ragondin pour diriger son flanc droit lors de la prochaine battue.

« Tu rêves, mon garçon ! s'exclama le comte. Cet homme est un braconnier. Depuis la guerre de quatorze sa famille n'a jamais cessé de piller le gibier de Merlecourt. Ils ont la braconne dans le sang, ces Artaban. Ce sont tous des voleurs.

— Je sais tout cela, monsieur, dit Vincent, mais Ragondin m'est redevable et il connaît le domaine aussi bien que moi, sinon mieux. J'ai totalement confiance en lui. »

Ébranlé par la fidélité de Vincent envers son ami, le comte réfléchit : « Puisque tu insistes, amène-le-moi demain matin. Je veux lui parler. » Puis : « Mais je te préviens : si je l'engage et que quelque chose, la moindre chose, tourne mal, c'est toi que je blâmerai.

— Oui, monsieur. »

Le comte fronça les sourcils. Puis la gaieté et la bonne humeur lui parvinrent d'en haut et il se mit à rire. « Je ne sais pas ce qu'ils fabriquent là-haut mais j'ai soif. » Il déboucha le champagne et remplit deux flûtes.

« À votre santé ! » dit Vincent en se levant. Le champagne rosé était frais et sec, les bulles plus mordantes que celles du cidre.

Le comte but une gorgée, dit qu'il allait avoir besoin d'un nouveau garde-chasse et qu'il comptait sur Vincent pour former celui-ci avant d'entrer à l'École des eaux et forêts. Vincent regarda dans son verre et ne répondit pas. Certes il n'était pas Serge, mais il savait qu'il était parfaitement qualifié pour lui succéder. Quand il leva les yeux le comte le regardait d'un air amusé.

« Bien sûr, dit-il, je pourrais peut-être m'arranger pour retarder de quelques mois ta rentrée à l'École. » Il remplit à nouveau leurs verres. « Cela nous donnerait suffisamment de temps pour trouver quelqu'un de confiance, tu ne crois pas ?

— Oui, monsieur le comte, dit Vincent en se redressant, soudain empli de fierté.

— Parfait. Alors c'est réglé. Tu prends la place de Serge. Voici la liste de tes responsabilités. » Le comte lui tendit une feuille de papier que Vincent plia et glissa dans la poche de sa veste. « Si tu as le moindre problème, viens me voir, » Le comte se leva et, comme autrefois, posa sa main sur l'épaule de Vincent.

« À propos, ajouta-t-il, à partir de maintenant tu recevras un nouveau salaire. Et quand tu trouveras quelqu'un pour te seconder je lui paierai ton ancien salaire. N'oublie pas que le travail commence à l'aube et se termine quand tout est fini.

— Est-ce que monsieur voit un inconvénient à ce que je garde Ragondin ? » demanda Vincent à toute vitesse.

Le comte retira sa main de l'épaule de Vincent. « Grand Dieu, mon garçon ! dit-il en secouant la tête. Tu veux introduire le loup dans la bergerie !

— C'est mon meilleur ami, monsieur. Il fera ce que je lui dirai et j'ai confiance en lui.

— Je ne peux pas dire que j'approuve ton choix. » Le comte scruta le visage de Vincent pour voir s'il y détectait un signe d'hésitation mais le regard du jeune homme lui rappelait la détermination de son oncle, une détermination qui l'avait exaspéré pendant des années mais qu'il n'avait pu s'empêcher d'admirer secrètement.

« On verra ça demain matin », dit-il en passant la main dans ses cheveux gris.

Vincent serra la main du comte. Le visage de celui-ci exprimait une gravité songeuse. Il tira sur le revers de la veste de Vincent.

« Autre chose, dit-il. Je sais que tu penses à Serge et à ses idées sur la famille et les liens du sang. Je t'encourage à rechercher ses assassins. La vengeance est le privilège des jeunes générations. Mais souviens-toi que tu n'es pas au-dessus de la loi et que ton premier devoir est envers moi. » Il tira encore plus fort sur la veste de Vincent et inspira profondément.

« Et pour l'amour du ciel sois prudent. Si tu t'approches trop de ces individus, ils te tueront sans hésiter. Ils ont déjà montré ce dont ils sont capables. »

Nicole entra dans la pièce vêtue d'une robe couleur fauve au décolleté plongeant bordé d'une dentelle blanche. L'homme qui la suivait avait l'air plus vieux que Vincent ne l'avait imaginé. Blond et bel homme, il portait un pantalon gris, un blazer bleu seyant et une cravate à rayures. Il ressemblait à tous les tartufes bien-pensants et imbus d'eux-mêmes que Vincent avait détestés au pensionnat.

« Éric, je te présente Vincent Lebuisson, mon plus vieil ami. » Nicole parlait comme une petite fille. Elle gloussa lorsqu'ils se serrèrent la main. « On est nés le même jour ! Regarde, Vincent, Éric m'a apporté un cadeau. » Elle se pencha vers son père et Vincent. Tous deux admirèrent en silence le ruban d'or qu'elle portait autour du cou.

Vincent se rappela le cadeau qu'elle lui avait envoyé pendant sa première année de pensionnat : un petit sac de daim contenant onze billes d'agate et un mot lui souhaitant un joyeux Noël. Sous sa signature elle avait ajouté : « J'en ai gardé une en souvenir de toi. » Les billes étaient rares, c'est du moins ce qu'avait dit à Nicole le marchand parisien. Quand Vincent les regardait à la lumière, toutes les couleurs cachées dans la pierre s'animaient. Chaque agate s'échangeait contre vingt billes de verre et quarante billes de terre cuite. Vincent les avait toutes perdues au jeu en trois semaines. Tout l'hiver il avait suivi leur parcours avec nostalgie jusqu'à ce que le meilleur tireur de l'école les eût toutes possédées. Le trimestre suivant il n'en restait plus que deux en circulation dans l'école, usées, ébréchées, opaques.

Éric lui dit qu'il était enchanté de faire sa connaissance. Il parlait français avec un fort accent américain.

« Et je suis heureux de vous rencontrer », répondit Vincent dans un anglais qui les fit tous rire plus fort que nécessaire. Éric restait près de Nicole qui souriait pendant que le comte remplissait leurs verres. « Il paraît que vous harponnez les poissons avec une fourchette attachée à un manche à balai, dit l'Américain.

— Seulement les gros poissons. Les plus petits

m'échappent. » Vincent se demanda si Nicole lui avait fait part de leur baignade de l'après-midi. Il la voyait encore debout sur le pont, le soleil scintillant sur sa peau mouillée de l'eau qu'elle avait empruntée à la rivière, un emprunt qui avait jailli de son corps lorsqu'elle avait remis sa robe et rejeté ses cheveux en arrière. Non, elle n'avait rien dit à l'Américain, il en était sûr.

« J'ai une annonce importante, dit le comte en se levant. Vincent est le nouveau garde-chasse de Merlecourt. »

Nicole applaudit et Éric le félicita. Il était jaloux, dit-il, car il devait aller travailler à Paris dans un petit bureau pendant que Vincent allait courir dans les bois au grand air. Il lui porta un toast et Vincent constata qu'il commençait à perdre ses cheveux. Il aura l'air d'un œuf avant d'avoir trente ans, se dit Vincent. Cette image le réjouit.

Vincent se retira après avoir pris rendez-vous avec le comte pour le lendemain. Nicole le raccompagna jusqu'à la porte et l'embrassa bruyamment sur les deux joues. Puis, d'une voix importée d'Amérique qui ne lui plaisait pas du tout, elle dit : « Passe nous voir demain. On ne partira pour Paris qu'après le déjeuner. » Elle ne lui demanda pas ce qu'il pensait d'Éric et il se garda bien de le lui dire.

Chapitre 13

Cette nuit-là, le vent du large froid et tenace souffla sur le village de Rebours, troublant le calme de l'aube. De son lit Ragondin écoutait la pluie tomber. Il frissonna et tira son oreiller sous les couvertures pour se réchauffer. Dans la pièce à côté, dans son sommeil, sa tante luttait contre les démons que le vin cuit avait déchaînés. Suzette, le furet gris et fauve de Ragondin, vint s'installer sur sa poitrine et enroula sa queue autour de son cou. Il fut envahi par une nostalgie vague dont il n'arrivait pas à cerner l'origine. Puis, comme dans un rêve, il revit son père, sa mère et la maison au toit de chaume dans laquelle il avait grandi au bord de la forêt.

Ragondin regrettait ces années où son père lui avait appris à façonner des pièges à gibier, à creuser des fosses pour les sangliers et à poser les collets à la bonne hauteur pour étrangler les lièvres, les faisans et même les chevreuils. À la mort de sa mère, son père les installa en ville chez sa tante. C'est à ce moment-là que les choses commencèrent à se gâter. À Bourneuil, Jérôme s'était mis à boire plus que de raison et sa vigilance s'était relâchée : sa distraction et son imprudence avaient fini par le tuer. Ragondin serra Suzette dans ses bras, l'écouta un moment gazouiller de bonheur et s'endormit.

La pluie qui ruisselait sur le carreau de sa lucarne et le vent du nord rappelaient à Vincent les nuits d'hiver au pensionnat, lorsque des bourrasques soudaines ouvraient portes et fenêtres; personne dans le dortoir n'avait le courage de sortir de son lit pour aller les fermer. La tempête traversa la vallée et fut suivie d'un froid pénétrant qui s'installa dans son lit. À sept heures il se leva, regarda par la fenêtre et constata que le ciel était gris et les champs couverts de gelée blanche. Des corneilles survolaient la rivière en miaulant et caquetant. Les oiseaux faisaient des culbutes au-dessus des arbres, étirant leurs ailes au gré du vent. « La saison est trop jeune pour une telle tempête », pensa Vincent.

Ragondin arriva à vélo au moulin; Vincent avait déjà préparé du café, allumé un feu et mis à cuire un ragoût au cidre dans une cocotte. Assis dans leurs fauteuils, les deux amis discutèrent en trempant leurs tartines beurrées dans du café servi dans des bocaux à cornichons en guise de tasses. Ragondin mentionna la prime offerte pour la tête de Monsieur. Vincent dit qu'il ne connaissait personne capable de tuer un homme pour un million de francs.

« S'ils n'avaient pas la trouille de se faire prendre, Hubert et Jacques étrangleraient leur mère pour moins que ça », dit Ragondin en se roulant une cigarette.

Sur le chemin du château, Ragondin montra du doigt à Vincent les endroits où son père se cachait pour braconner. L'appétit insatiable de Jérôme pour le gibier du comte l'avait poussé à courir des risques tels qu'au cours des années il s'était fait prendre trois fois par Serge. Ragondin avait passé des heures entières chez Tantine à écouter son père maudire les Costebelle et tous les riches propriétaires de la région. Irrationnelle, sa haine était néanmoins fondée sur une foi inébranlable en l'égalité des êtres humains qui, à ses yeux, exigeait le partage équitable des produits de la nature.

Plus ils s'approchaient du château, plus l'agitation de Ragondin augmentait. N'en pouvant plus, il finit par dire : « Écoute, il faut que je te dise que j'aime pas le comte Robert. Mon père a fait de la taule à cause de lui.

— Il a fait de la taule parce qu'il braconnait, répondit Vincent d'un ton brusque. D'ailleurs, tu ne pouvais pas sentir ton père !

— C'est vrai, mais maintenant il me manque. » Il se mit à rire en voyant l'inquiétude apparaître sur le visage de Vincent. « T'en fais pas. Je vais bosser pour toi parce que tu sais cuisiner le lapin. »

Ragondin prit le comte au dépourvu quand il lui dit que, pendant son séjour à New York, une précieuse édition des *Fleurs du mal* avait disparu de sa bibliothèque, il l'avait vue chez un voisin l'année précédente.

« Et chez qui l'aurais-tu vue ? répondit le vieux gentilhomme, en cherchant des yeux le livre.

— Chez monsieur Dufossé, le directeur des pompes funèbres de Bourneuil. Il habite avec sa femme et ses trois enfants dans une ferme aménagée aux environs de Merlecourt »

Le comte fronça les sourcils : « Je sais où il habite. C'est lui qui a préparé mon fils pour son inhumation. » Ragondin baissa la tête et tourna sa casquette dans ses mains. Soudain il regrettait d'avoir abordé le sujet.

« Quand t'a-t-il invité chez lui ? » demanda le comte plus contrarié qu'intéressé.

Sans relever la tête Ragondin dit qu'il n'avait pas été invité. Il avoua qu'il était entré chez les Dufossé en leur absence.

« Ce que j'entends ne me plaît pas, Vincent, s'exclama le comte sans détourner son regard de Ragondin. Ramène-le en ville. »

Ragondin jeta un regard furtif vers Vincent, puis pria le comte de ne pas se fâcher et lui dit qu'il n'avait pas voulu être insolent. Il admit qu'au fil des années il s'était introduit dans presque toutes les maisons de la vallée, il mangeait les restes et buvait les bouteilles de vin entamées mais il jura n'avoir jamais rien volé. Le livre qu'il avait vu sur le bureau de monsieur Dufossé avait le sceau du comte de Costebelle estampillé à l'intérieur.

« T'es-tu déjà introduit dans le château ? demanda le comte.

— Une seule fois, monsieur. Pendant que vous étiez en Amérique avec madame la comtesse. » Le comte en exigea la preuve et Ragondin lui décrivit le 7.65 automatique qu'il avait découvert dans le tiroir de la table de nuit du comte et le nu de Fragonard accroché dans la salle de bains.

« Il a au moins une certaine éducation », dit le comte en regardant Vincent. Il frappa le sol de sa canne et se retourna vers Ragondin : « Dis-moi, quand tu as vu mon Baudelaire chez monsieur Dufossé, as-tu pris le temps d'en lire quelques poèmes ?

— Non, monsieur. » Ragondin se mit à rire, rassuré par le changement de ton du comte. « Pas cette fois-là. J'ai lu *Les Fleurs du mal* mais je préfère Rimbaud. Surtout *Une saison en enfer.*

— Vraiment ? Ça ne m'étonne pas que ce jeune misérable te plaise, Ragondin. Vous avez à peu près le même sens moral. »

Le comte récita un extrait des vers en prose : « Connais-je encore la nature ? Me connais-je ?

— Plus de mots. J'ensevelis les morts dans mon ventre. »

Puis il fit signe à Ragondin de continuer :

« Cris, tambour, danse, danse, danse, danse ! » dit Ragondin en souriant et en agitant sa casquette au-dessus de sa tête.

Le comte refoula un sourire et hocha la tête en

signe d'approbation. « Ta culture me surprend », dit-il.

Il se tourna vers Vincent. « Tu peux l'engager et je te souhaite bonne chance. Mais je mettrai sous clef tout objet de valeur. » Il se tourna vers Ragondin : « Sache que j'ai l'intention de te surveiller de près.

— Oui, monsieur », dit Ragondin en reculant vers le corridor.

Vincent et Ragondin se rendirent en voiture à la ferme Verdier. La pluie avait détrempé le sol et les oiseaux chassaient leur nourriture dans les chaumes. En traversant les champs voisins, ils surprirent une compagnie de perdreaux qui se leva à contrevent, se retourna rapidement dans le sens de la brise, survola un boqueteau, des terres en labour et finalement atterrit dans un tourbillon d'ailes sur un champ de maïs. Ils observèrent de près la manière dont les perdrix orientaient leur vol pour éviter les arbres, les poteaux électriques et même les routes.

Vincent savait que chaque compagnie d'oiseaux avait ses habitudes et sa manière d'évaluer les distances et qu'avant une battue il importait d'étudier les préférences de chacune et leurs réactions au terrain. Sauf imprévu, il était confiant maintenant de pouvoir organiser son filet humain, de le conserver intact pendant huit battues et de rabattre ainsi des centaines d'oiseaux vers les fusils.

Après avoir déjeuné à Bourneuil chez sa tante, Ragondin prit son vélo et retourna au moulin. À Rebours, il dut s'arrêter pour éviter un groupe d'enfants qui traversaient la rue en courant, attirés par les bonbons de l'épicier. Émile Dumont, le boucher du village, sortait de sa boutique portant sur l'épaule un quartier de veau qu'il allait mettre au frais dans sa chambre froide à cinquante mètres de là. Ragondin lui cria en plaisantant qu'il prendrait bien les côtes premières s'il n'en avait pas l'usage. Dumont lui répondit qu'il les mangerait lui-même s'il pouvait se le permettre, il prit soudain un air sérieux : « Le bruit court à Bourneuil, dit-il, que Serge a été tué par des braconniers venus d'ailleurs.

— On les aura », dit Ragondin en remontant sur son vélo.

Il arriva au moulin au moment où Vincent retirait la cocotte du feu. Il souleva le couvercle et Ragondin fut accueilli par le fumet de viande et de légumes mijotant dans le cidre. Vincent remua le ragoût avec une cuillère en bois et Ragondin aperçut l'épaule d'agneau avec ses pommes de terre, ses carottes, ses navets et ses oignons. Vincent sourit.

« Je pourrais bouffer de l'agneau tous les jours de la semaine, dit Ragondin.

— Tu t'en fatigueras bientôt, dit Vincent en servant le ragoût à la louche. C'est ce qu'on aura le plus souvent dans nos assiettes jusqu'au mois de mars quand les légumes nouveaux arriveront sur le marché.

— On m'a dit que tu avais fait la cuisine pour

de Gaulle », dit Ragondin en enfonçant dans sa bouche le morceau de pain qu'il venait de tremper dans la sauce. Il en avait plein la moustache.

« J'ai fait la vinaigrette. C'est tout.

— Je me souviens des réceptions en été près de la piscine, dit Ragondin. Les belles bagnoles, la musique, la danse, les femmes élégantes. J'entrais en douce sur le domaine et me planquais dans les bois où je guettais tous ces gens huppés qui se bourraient la gueule au whisky et au champagne et qui se conduisaient comme nous au village. Une fois, j'ai même vu une de ces aristocrates s'accroupir à côté de ma cachette, relever sa robe et pisser par terre. Elle ne portait pas de petite culotte !

— Ça aurait plu à Rimbaud, dit Vincent en riant. Par contre, je m'étonne qu'on l'ait enseigné dans ton lycée professionnel.

— T'étonne pas, t'as raison. C'est ma tante qui me lisait des vers quand j'étais gamin. Elle pouvait réciter tous les grands poètes français et russes. Maintenant elle lit les étiquettes sur ses bouteilles de pinard. » Ragondin s'arrêta un moment, puis reprit en souriant : « Mon poème préféré de Rimbaud, c'est celui où il écrit : "... pour elles, c'est seulement dans la raie charmante que fleurit le long satin touffu." Il s'intitule : "Nos fesses ne sont pas les leurs."

— Tu sais que le comte t'a engagé parce que tu as reconnu le Fragonard et que tu connaissais Rimbaud.

— Non. Il m'a engagé parce que tu l'as supplié. » Ragondin finit son assiette. « C'était comment, la vie au château ? demanda-t-il en s'essuyant la moustache.

— Exactement comme tu l'imagines.

— J'y arrive pas. J'aurais eu l'impression de vivre dans un musée. Je suppose que t'étais obligé de baisser ton froc de temps en temps, pas vrai ?

— Pas du tout, dit Vincent en rougissant. J'étais poli, c'est tout. » Il revoyait Roland et leur fou rire quand ils avaient corsé le punch en cachette des invités de la comtesse. Il se souvenait de la délicieuse atmosphère d'intrigue et de terreur qu'entretenait la menace des coups de canne du comte. Et il se souvenait aussi du poney que la comtesse lui avait promis pour Noël quand il avait huit ans. Pendant des semaines, il s'était rendu tous les jours au paddock où il brossait le poulain des heures durant, admirant la robe qui brillait comme la fourrure d'une loutre. Trois jours avant Noël, la comtesse changea d'avis et donna le poney à la fille de sa couturière parisienne. Vincent était allé voir Nicole en pleurs, mais au lieu de le consoler, elle prit le parti de sa mère et lui fit savoir que, de toute façon il n'aurait jamais dû prendre l'offre de la comtesse au sérieux.

Cette nuit-là Vincent fit et refit le même rêve. Celui-ci commençait chaque fois par les aboiements d'un chien juste avant la percée de l'aube. C'était Jules, assis sur le capot d'une voiture, qui hurlait à la mort. Dans la voiture, des hommes riaient. Vincent se voyait ouvrir la portière et décharger son fusil sur les occupants. Au même moment la voiture s'éclairait et il reconnaissait ses victimes. Dans chaque rêve elles étaient différentes. Une fois, c'étaient Jacques et Hubert, une autre fois Étienne et Sébastien ou les frères Verdier. Une fois, il avait reconnu le comte Robert et le père Ménardeau partageant le vin de messe dans un calice.

Vincent se réveilla à l'aube et, par la lucarne, regarda le lever du soleil. Inquiet, il se demanda soudain si sa soif de vengeance ne venait pas du sang allemand qui coulait dans ses veines. Un sang noir et empoisonné.

Dans la matinée, tandis que Ragondin faisait le tour du domaine, Vincent se rendit à Bourneuil, y acheta deux pantalons de treillis qui lui descendaient aux mollets, trois chemises, des chaussettes de laine montantes, des chaussures de marche et une veste de velours : la tenue traditionnelle du garde-chasse. Avant de rejoindre Ragondin au bistrot de Merlecourt, il s'arrêta chez le boucher et choisit des pieds de cochon pour le déjeuner. Au bistrot, les deux amis débattirent de la façon de les préparer : mijotés dans du vin blanc ou frits avec de la chapelure.

Quelques villageois se rassemblèrent autour de Vincent qui leur paya un verre. Titi Verdier arriva et annonça d'une voix forte qu'il rigolerait bien si les perdreaux s'envolaient dans le dos des rabatteurs et si la battue était un échec. Tout le monde éclata de rire. Vincent regarda fixement le jeune Verdier, troublé par la réaction qu'il avait provoquée, et lui offrit une bière. Titi refusa de la tête et agita les bras pour imiter un rabatteur qui tente de repousser des oiseaux volant dans la mauvaise direction.

« Merci de tes encouragements, Titi », dit Vincent en essayant de garder son calme. Être ainsi ridiculisé par un homme qu'il avait connu toute sa vie la première fois qu'il portait sa tenue et son insigne de garde-chasse lui était particulièrement désagréable et lui faisait prendre conscience de sa vulnérabilité.

« Pour qui tu te prends ? Pour un garde-chasse ? demanda le jeune Verdier en se plantant devant Vincent. Je vais te dire ce que t'es. Un lèche-cul. C'est comme ça que t'as eu le boulot. » Il défiait Vincent, gesticulant autour de lui. Tous les hommes présents avaient maintes fois vu les Verdier provoquer des querelles qui finissaient toujours mal. Les deux frères prenaient plaisir à malmener leurs victimes et les envoyaient avec régularité à l'hôpital. Peu leur importait d'être blessés pendant la bagarre.

Au moment où Vincent se sentit acculé et allait réagir, Gros-Louis cria de l'autre bout de la salle : « Calme-toi, frangin. Laisse tomber. »

Furieux, Ragondin s'avança à hauteur de Vincent. Il ponctuait chaque mot d'un hochement de tête :

« Va te faire foutre, Verdier ! Si le comte avait pas parlé au juge, tu serais toujours en taule pour avoir amputé les pis de la vache du maire.

— T'entends ça, Louis ? Le bossu de Bourneuil a parlé », dit Titi, piétinant sur place, secouant la tête et faisant semblant de baver.

Soudain une voix retentit : « Foutez-leur la paix et retournez au boulot ! » Étienne Verdier se tenait dans l'encadrement de la porte, les poings fermés le long des cuisses.

« Occupe-toi de tes oignons, le vieux », dit Titi en se retournant brièvement vers son père.

Gênés, les hommes plongèrent le nez dans leur verre. Vincent sentait ses veines battre sous ses tempes. Il s'approcha de Titi dont l'haleine empestait l'ail. « Tu ne me fais pas peur, Verdier, dit-il en le regardant dans les yeux.

— T'entends ça, frangin ? Le châtelain dit qu'il a pas la trouille », dit Titi soutenant le regard de Vincent. Alors, pourquoi il tremble ?

— Sortez de là tous les deux ou je vous fais coffrer », dit Étienne, s'adressant à ses deux fils. Les chaussures du fermier étaient maculées de boue, sa voix étranglée par la colère.

« Viens, Titi, dit Gros-Louis qui se levait pour partir. T'as dit ce que t'avais à dire, foutons le camp. »

Les rabatteurs chuchotaient entre eux. Titi leur sourit, claqua des talons et salua Vincent : « Deutschland über alles ! »

Vincent lui envoya un coup de poing en plein visage. Titi s'écroula, puis se redressa sur ses pieds et chercha son couteau. Avant qu'il ne pût le trouver, Gros-Louis posa le bras sur l'épaule de son frère et lui murmura quelque chose à l'oreille. Titi essuya le sang qui coulait de son nez, regarda Vincent avec un sourire satisfait et cracha à ses pieds. Gros-Louis l'entraîna dehors. Quelques instants plus tard, Vincent les entendit rire.

« Sales morveux », gronda Étienne.

En rentrant au moulin Ragondin raconta à Vincent, moins informé que lui de la chronique locale, l'histoire qui avait passionné les villageois tout l'été. Il prit son temps et en embellit les détails. Les problèmes qui couvaient depuis des années entre Étienne et ses fils avaient atteint leur point culminant après la vente d'un jeune bœuf. Titi et Gros-Louis s'étaient rendus à Paris pour vendre l'animal aux Halles, laissant Salomé Vénard, la femme qu'ils se partageaient, seule pendant dix jours. Lorsque le mardi suivant, Étienne s'était aperçu que l'argent n'avait pas été déposé à la banque, il était allé chez ses fils où il n'avait pas mis les pieds depuis l'enterrement de sa femme.

Salomé avait emménagé trois mois avant la mort de madame Verdier. Le vieil homme ne l'avait pas vue depuis, mais il avait néanmoins observé le défilé incessant de visiteurs, surtout les week-ends, et il était convaincu que Salomé se prostituait au profit de ses fils. Chaque fois qu'il essayait d'en savoir plus, ceux-ci l'assuraient qu'ils ne recevaient que des amis.

Comme personne ne répondit lorsqu'il frappa à la porte, Étienne entra et fut accueilli par une forte odeur d'urine. Il se couvrit le nez et la bouche de son mouchoir, traversa le salon et trouva Salomé dans la cuisine assise sur une chaise devant le four. Une ampoule nue pendait au plafond et une douzaine de chats étaient couchés un peu partout : sur la cuisinière, sur la table, sur le carrelage.

« Où sont tes fils ? J'ai faim ! se plaignit Salomé, les yeux brillants de fièvre. Apporte-moi à manger ! » Le bas de sa robe délavée était roulé en boule entre ses jambes.

Étienne ne répondit pas et Salomé se mit à tripoter un furoncle qui lui poussait sur la cuisse. Ses cheveux roux étaient ébouriffés et ses yeux pâles allaient et venaient entre le visage d'Étienne et sa braguette. Elle sourit de ses lèvres minces et incolores, puis croisa les bras sur sa poitrine.

« J'ai faim! » répéta-t-elle. Mais il n'écoutait pas. L'odeur de beurre rance et de pisse de chat le rendait fou. Il l'empoigna par le coude et la traîna dans la cour. « Remue-toi, nom de Dieu! », cria-t-il en la poussant vers la route. Elle se protégea la tête de ses bras. « Fous-moi le camp d'ici et laisse mes gars tranquilles! »

Étienne retourna dans l'appartement en jurant. Des piles d'ordures et de bouteilles vides jonchaient le sol; un tas de marc de café bouchait l'évier et les taches sur les draps défiaient l'imagination. Il chassa les chats avec un balai, brisant des verres et une cruche de petit-lait ranci au passage. Puis il ouvrit les volets et contempla longuement la terre à laquelle il avait consacré sa vie. Un vent froid lui sifflait aux oreilles et traversait l'appartement. Étienne se sentit vieux.

Quand Titi et Gros-Louis rentrèrent une semaine plus tard, ils trouvèrent Salomé Vénard à demi-morte de faim dans la grange. Ils réinstallèrent la putain et ses chats dans leur aile de la ferme et pour la première fois défièrent ouvertement l'autorité de leur père. Quand Étienne leur demanda où était passé l'argent de la vente, ils se vantèrent de l'avoir joué aux courses à Vincennes. Ils en firent ensuite des gorges chaudes au bistrot.

Attablés dans la cuisine, Vincent et Ragondin mangeaient les pieds de porc préparés par Vincent. Ragondin sauçait son assiette avec un morceau de pain. Vincent avait perdu son appétit au bistrot et donné presque toute sa part à Ragondin. La rapidité avec laquelle la dispute avait dégénéré l'avait paralysé et maintenant que c'était fini, il était plein de remords. « Bien sûr que t'as bien fait de lui taper dessus. T'aurais dû lui donner des coups de pied quand il était par terre, dit Ragondin.

— Je ne comprends pas. On a grandi ensemble. Qu'est-ce que j'ai bien pu faire pour qu'il agisse comme ça ?

— Écoute, quand Titi était bébé, Gros-Louis l'attrapait par les pieds et le laissait tomber sur la tête, histoire de rigoler. Sa mère l'emmenait à l'hôpital au moins deux fois par an. La dernière fois qu'il y est allé, les toubibs lui ont vissé une plaque métallique dans le crâne. Non seulement c'est un con mais il est cinglé. »

Après le départ de Ragondin, Vincent traversa le champ de blé jusqu'aux peupliers et tira un lapin. Le soleil était bas et l'air fraîchissait. Il leva l'animal à hauteur de son visage et sentit dans sa fourrure chaude l'odeur des bois, des feuilles et de la terre. Il frotta sa joue contre la douceur de son poil, puis lui appuya sur le ventre pour lui vider la vessie.

Il retourna au moulin et dépouilla le lapin près du

garde-manger. Les vaisseaux qui apparaissaient en transparence sous la peau des oreilles de l'animal lui firent penser à Lanner, la femme-oiseau du rêve de Serge. Au moment où il pendait le lapin par une patte arrière dans le garde-manger, il entendit une voiture traverser le pont. C'était Adorée.

« Où étais-tu ? » cria-t-elle. Elle était agitée et semblait en colère.

« Qu'est-ce qui t'arrive ? demanda-t-il.

— Ne fais pas l'idiot et ne me dis pas que tu n'es pas allé à Bourneuil. Je t'ai vu de la boulangerie. Qu'est-ce qui te prend ? dit-elle en lui tirant l'oreille. Tu te souviens de moi ? Je suis la femme qui t'a hébergé dans son lit et qui a partagé ton chagrin. Pourquoi tu n'es pas venu me voir ? » Elle portait une robe noire courte à col blanc et prononça ces derniers mots d'une voix lasse.

Vincent lui entoura les épaules de son bras. Il avait été si préoccupé par la mort de Serge et par la battue de dimanche qu'il n'avait pu penser à autre chose.

Adorée laissa reposer sa tête sur le bras de Vincent. Il lui servit un verre de vin et se dit que seulement trois jours s'étaient écoulés depuis le déjeuner à la ferme. Elle voulut savoir comment allait Nicole. Il répondit qu'elle allait bien, qu'elle avait un fiancé et qu'il n'avait pas envie d'en parler.

« Elle est venue à la boutique l'autre jour et m'a posé un tas de questions sur toi.

— Quel genre de questions ?

— Oh ! de toutes sortes ! Elle voulait savoir si tu avais une copine, ce que tu faisais, si tu m'avais parlé d'elle. Du papotage entre filles, quoi. Elle est restée une bonne heure et elle a mangé trois brioches. »

Adorée sortit un miroir de son sac, vérifia son rouge à lèvres et s'adressa à son reflet. « Juste avant qu'elle s'en aille on riait à propos de quelque chose, j'ai oublié quoi, et elle a dit : "Tu ne trouves pas qu'il est beau ?" Je savais qu'elle parlait de toi, alors j'ai ri. Elle m'a dit que vous vous étiez baignés ensemble. C'est vrai ?

— Oui. »

Elle sourit à son miroir. « Tu t'es bien conduit ?

— Ça ne te regarde pas. »

Elle fit une grimace, se leva et le remercia pour le verre. Vincent lui promit de passer la voir lundi. Devant la voiture elle le prit par le col de sa chemise.

« Embrasse-moi. »

Sans attendre de réponse, elle plissa le nez et attira son visage vers le sien. Il dut se pencher car elle était beaucoup plus petite mais elle avait une façon insolite et réconfortante de se serrer contre lui. Une légère odeur de beurre émanait de ses cheveux. Après l'avoir doucement embrassé sur les lèvres, elle lissa sa robe et monta dans sa Fiat.

« C'était agréable, Vincent », dit-elle en lui souriant. Il resta quelques instants debout à l'ombre du vieux platane, à la regarder partir.

Chapitre 14

Le jour de la battue Vincent se leva à l'aube. Par la fenêtre de la cuisine, il regarda le soleil matinal dissiper lentement la nappe de brouillard qui s'attardait sur les eaux de l'Eure. Il se rasa, but son café, enfila une chemise blanche et noua une cravate noire en signe de deuil. Avant de quitter le moulin, il mit sa veste de velours et glissa en guise de porte-bonheur le Laguiole de Serge dans la poche de son pantalon. À huit heures il rejoignit les rabatteurs et Ragondin dans la cour de la ferme Verdier. Arrivés de bonne heure, les hommes bavardaient par petits groupes et attendaient les ordres en fumant. Vincent serra les mains des rabatteurs et leur expliqua l'organisation des battues. Il chargea Hubert et Gros-Louis du transport des hommes dans les deux remorques tirées par les tracteurs et demanda à tous de rester bien en ligne et de respecter les signaux de la corne de chasse. Avant de mettre au point les manœuvres matinales, Vincent prit Gros-Louis à l'écart : « Tu crois qu'il va m'écouter? demanda-t-il en montrant du doigt Titi qui faisait la tête.

— T'inquiète pas. Je m'occupe de lui », promit Gros-Louis.

Les rabatteurs s'entassèrent dans les remorques. Ils faisaient des commentaires sur le froid et échangeaient des plaisanteries. La buée de leur respiration se mêlait à la fumée de leurs cigarettes. Ils firent le tour de la propriété, s'arrêtant de temps à autre pour s'aligner dans un champ et, sous les ordres de Vincent, regrouper les perdreaux de la périphérie vers le centre du domaine où auraient lieu les battues de la matinée. La gelée blanche fondait au fur et à mesure que le soleil montait. Les hommes se réchauffaient et se débarrassaient de leurs vêtements pour finalement se retrouver en bras de chemise. En une heure et demie ils avaient rabattu onze compagnies de perdreaux vers la zone de la battue.

Ils retournèrent à la ferme. Agréablement surpris par le grand nombre d'oiseaux malgré la sécheresse de l'été, Vincent en fit la remarque à Étienne. Le fermier n'était pas étonné. Les rabatteurs échangeaient des propos pleins de bonne humeur sur des sujets variés, de la saveur de la perdrix braisée au chou aux attributs des jeunes femmes du village.

« Ces petits oiseaux dodus me rappellent Françoise, la fille de l'épicerie, dit un des rabatteurs.

— Son cul est tendre comme un camembert.

— Et il sent aussi bon que les pieds du Seigneur. »

Les rabatteurs fumaient et buvaient du café auquel certains ajoutaient du calvados. Les plus jeunes chahutaient et urinaient longuement contre les murs des granges.

Vincent se présenta au château un peu avant dix heures. La cour avait été ratissée, les carreaux lavés et la table mise pour dix-huit convives. Deux serveurs engagés pour la journée apportaient apéritifs et amuse-gueules dans le salon. De grosses berlines noires s'arrêtaient les unes après les autres devant le château. François, en queue-de-pie, accueillait les invités sur le perron. Après avoir échangé quelques plaisanteries polies, il les escortait au salon où le comte les attendait.

Nicole vint dans la cour à la rencontre de Vincent. Elle lui fit un signe de la main et un grand sourire. Resplendissante, elle portait un kilt vert fermé par une grosse épingle dorée. Un ruban de velours bordeaux nouait ses cheveux en catogan. Vincent retira sa casquette et sans la regarder lui prit la main.

« Bonjour, mademoiselle Nicole », dit-il en s'inclinant.

Surprise, elle fronça les sourcils avant de se retourner pour saluer les chauffeurs – figurants discrets en uniformes de velours sombre. Ils inclinèrent la tête, lui serrèrent la main et reprirent leur travail qui consistait à décharger les cartouches et les cannes-pliants, à promener les labradors et à passer une peau de chamois sur les fusils de leurs patrons. Dès l'ouverture de la chasse, les chauffeurs assumaient automatiquement la fonction de chargeurs. Une hiérarchie s'établissait, fondée sur le statut social de leur employeur ainsi que sur son talent de tireur. En automne, les qualités de chasseur l'emportaient sur le rang social. Les chauffeurs-chargeurs étaient d'un snobisme notoire.

Libérée de ses devoirs d'hôtesse, Nicole se retourna vers Vincent, l'attrapa par le coude et l'entraîna vers le mur de brique qui entourait les douves.

« Pourquoi tant de formalisme ? demanda-t-elle. Tu te sens nerveux ?

— Un peu », admit-il.

Il regardait le reflet du château dans l'eau et pensait à Éric et à Nicole à Paris. Il les imaginait en train de rire et de s'amuser comme ils l'avaient fait au château. « Où est ton ami ? Je pensais qu'il viendrait », dit-il.

Nicole se pencha sur le mur couvert de mousse et regarda les feuilles rouges et jaunes qui flottaient sur les douves. « Il est à Paris. Tu n'as pas l'air de l'aimer beaucoup ?

— Je n'ai pas dit ça.

— Je le sens mais ce n'est pas grave. Pourtant tu as tort. Il est gentil, intelligent et de bonne famille. » Elle enleva une brindille accrochée au col de sa veste.

« Pas le rejeton bâtard d'une femme de chambre, c'est cela ?

— Comment tu peux dire une chose pareille ! s'exclama Nicole en reculant. Je ne l'ai pas invité parce que aujourd'hui c'est ta journée. Je voulais que tu réussisses et je voulais être là pour fêter ton succès. Maintenant tu as tout gâché ! » Elle lui tourna le dos et rentra au château. Il resta quelques instants à regarder son reflet dans l'eau des douves.

Dans le grand salon, des hommes de quarante à soixante-dix ans vêtus de tweed se comportaient avec l'aisance détendue des gens sûrs de leur rang. Leurs femmes, pleines d'esprit et jamais à court d'opinions, portaient des jupes aux couleurs de l'automne, des chemisiers de soie, et semblaient avoir accepté avec grâce le passage de la jeunesse à l'élégance. Tout le monde se montrait excessivement poli, souriait à pleines dents et s'adressait de délicats compliments. Ils dégustaient leurs drinks, écoutaient attentivement leur interlocuteur et riaient au moment opportun.

À la fin du repas, François introduisit Vincent dans la salle à manger où flottait encore l'arôme des rognons braisés et de la sauce madère. Il rejoignit le comte qui présidait en bout de table et resta debout à ses côtés. Tous les visages, sauf celui de Nicole, se tournèrent vers lui. Les femmes sourirent et échangèrent des clins d'œil, mais chez les hommes le scepticisme dominait. Henry Clackrul, grand et blond, la quarantaine et d'origine hongroise, regarda Vincent d'un air blasé. Il était le meilleur fusil du groupe et bien connu pour son cynisme.

« Quel âge avez-vous, jeune homme ? demanda-t-il en réprimant l'envie de bâiller.

— Dix-neuf ans, monsieur.

— Je déplore sincèrement ce qui est arrivé à votre oncle et je ne doute pas qu'il vous ait transmis son savoir mais n'êtes-vous pas un peu jeune pour mener cette battue ?

— Je me sens vieux, aujourd'hui, monsieur. »

Tout le monde rit et Clackrul hocha la tête

Le comte se tourna vers son garde-chasse et l'invita à faire son rapport. Vincent promit aux convives de nombreux oiseaux au plumage bien fourni et un temps qui s'annonçait favorable. Il ajouta en souriant qu'il ne doutait pas que les dames, elles aussi, trouveraient du plaisir auprès de leurs époux. Le comte expliqua que cette année la reproduction des perdrix avait été tardive et que, pour cette raison, il avait repoussé au mois d'octobre la première battue de la saison. Vincent, qui attendait l'autorisation de se retirer, jeta un regard discret autour de la table.

Le vicomte de Lauge, mince et efféminé dans son costume de tweed, débordait d'enthousiasme à l'autre bout de la table, parlant de tout et de rien avec son épouse. Elle avait un cou très long et un nez étroit et busqué. Elle écoutait son mari d'une oreille, sans détacher son regard de Vincent, dardant sa langue de droite à gauche. Son voisin, le baron Carnier, homme chauve aux sourcils en broussaille, passa le revers de sa main sur son menton, y découvrit un morceau de rognon qu'il essuya ostensiblement avec sa serviette. Monsieur Saint-Sarin, propriétaire d'une importante entreprise de transport routier, arrondissait les lèvres en cul de poule chaque fois qu'il avalait. Désabusés, les yeux bleu pâle de Clackrul regardaient dans le vague. Un monsieur plus âgé, petit colonel à la retraite, portant à son revers le ruban de la Légion d'honneur, lâcha un pet sonore et fit immédiatement grincer sa chaise sur le dallage pour masquer le bruit.

Clackrul baissa les yeux et demanda : « Et que comptez-vous faire pour dissimuler l'odeur, mon colonel ? » Il y eut un silence.

Vincent vit Nicole mordre un coin de sa serviette pour ne pas rire. Quand le vicomte de Lauge, qui n'avait entendu ni le pet du colonel, ni la remarque de Clackrul, demanda si le record de la journée mémorable de septembre 1951 au cours de laquelle la ligne de fusils avait abattu trois cent sept perdreaux était envisageable, Vincent se concentra sur la question et se hâta de lui répondre avant d'être gagné par le fou rire :

« Cela dépend, monsieur le vicomte, de la générosité de monsieur le comte avec son bordeaux. »

Les voitures suivirent celle du jeune garde-chasse jusqu'à la ferme Verdier et se garèrent dans la cour pavée. Les invités étaient détendus et plaisantaient pendant que les chauffeurs détachaient les chiens et sortaient les fusils de leurs étuis. C'était la première fois que Nicole assumait le rôle de chargeur et elle avait du mal à assembler les fusils de son père. Quand Vincent vit l'effort qu'elle faisait, il s'empressa d'apprêter lui-même la paire de Purdey du comte, puis il lui accrocha la cartouchière à l'épaule. « Je croyais que tu détestais ce genre de chose, dit-il.

— C'est vrai, répondit-elle, mais ça lui fait tellement plaisir. » Elle regarda le comte, se retourna vers Vincent et lissa de la main le revers de sa veste. « Oublions ce qui s'est passé tout à l'heure, d'accord ? » Elle le regarda dans les yeux et il acquiesça.

Elle voulut l'embrasser sur la joue mais il tourna la tête et leurs lèvres se touchèrent. Elle se mit à rire : « En guise de porte-bonheur.

— Tu ferais mieux de mettre des gants, dit-il. Si tout se passe bien les canons des fusils de ton père vont chauffer. Tu risques de te brûler les mains.

— J'ai l'impression d'être en Afrique ! dit-elle, une arme sur chaque épaule.

— En Afrique, les femmes se promènent toutes nues, répondit Vincent en souriant.

— Tu as la mémoire courte, garde-chasse. » Son beau visage était éclairé par le soleil.

« Tes seins sont plus petits que ceux des Africaines », dit-il. Elle voulut lui donner un coup de pied dans les tibias mais manqua son coup. « Ne t'en fais pas, dit Vincent en riant. Ils sont ravissants. Et tu as un beau cul bien français. Pas comme ces Américaines qui sont faites comme des vaches.

— Tu es cinglé », souffla-t-elle. Elle réfléchit un moment et demanda : « Comment sais-tu que les Américaines ont des grosses fesses ?

— J'ai remarqué ça dans les magazines de nus. »

Elle leva les yeux au ciel, comme du temps où il apportait des crapauds au château. Il regarda par-dessus son épaule et remarqua que le comte les observait. « Je dois y aller », dit-il.

Robert de Costebelle accompagna ses invités jusqu'aux affûts de paille plantés comme des boucliers à travers le champ voisin de la ferme. Très pointilleux sur la répartition des places, le comte avait remis à ses invités des cartes numérotées correspondant aux battues successives, alternant les bons et les moins bons tireurs. Satisfait de la position de ses invités, il s'installa derrière l'écran à contrevent le plus éloigné. C'était le pire affût possible mais celui qui lui offrait la meilleure vue sur l'ensemble de la battue.

À un kilomètre de là, les rabatteurs attendaient Vincent près d'un groupe de peupliers au feuillage panaché de vert et de jaune. Avant d'arriver à la ligne de fusils, la battue devait d'abord traverser deux cents mètres de maïs, un champ de luzerne, un autre de betteraves, puis un bosquet et enfin les chaumes. Vincent accrocha la corne de Serge autour de son cou, chargea son fusil et passa en revue les derniers détails avec Ragondin. Après avoir imposé le silence aux rabatteurs, il s'engagea le long de la haie qui bordait le maïs. Les hommes le suivirent en file indienne, tenant leurs drapeaux blancs enroulés autour d'un bâton parallèle au sol. Ragondin fermait la marche.

Vincent répartit ses rabatteurs à raison d'un homme toutes les huit rangées de maïs et donna à son filet humain la forme d'un fer à cheval dont les côtés longeaient les extrémités du champ. Quand tous furent en place, il inspira profondément, souffla dans la corne pour informer les invités du départ de la battue et fit signe à ses hommes d'avancer. Il savait que dans le maïs il serait difficile de lever les perdreaux et de les encourager à prendre la bonne direction. Il suffisait d'un seul maillon faible dans sa chaîne humaine pour que les oiseaux se terrent, attendent que les rabatteurs soient passés et s'envolent dans leur dos comme Titi l'avait souhaité. Les hommes progressaient régulièrement dans les tiges de maïs plus hautes que leurs têtes. Consciencieusement ils fouettaient les tiges desséchées avec leurs bâtons, puis les agitaient en l'air en criant : « Oh, là ! Oh, là ! » Quatre compagnies de perdreaux s'envolèrent devant eux et se posèrent dans la luzerne. Trois autres décollèrent et se dirigèrent vers les betteraves au moment où les rabatteurs émergeaient du champ de maïs. Vincent compta quinze à dix-huit perdreaux par compagnie et modifia son flanc en accord avec le vol des oiseaux. Il leva les yeux au ciel d'où il sentait que Serge le regardait. « Aide-moi si tu peux, juste pour aujourd'hui », murmura-t-il.

Les rabatteurs traversèrent la luzerne qui leur arrivait aux mollets, le vent dans le dos et le soleil dans la figure. Ils riaient et faisaient tourner leurs drapeaux au-dessus de leurs têtes. Chaque fois que des oiseaux surgissaient, le cri de « perdreaux, perdreaux » retentissait d'un bout à l'autre de la ligne. Vincent veillait à la cohésion des rabatteurs et lançait un avertissement dès qu'il sentait la moindre hésitation. À son grand soulagement, les hommes obéissaient rapidement à tous ses ordres. Quelques compagnies cacabèrent et volèrent au ras du sol, puis se posèrent dans un tourbillon d'ailes brunes. D'autres volaient plus haut, indécises, exposant au soleil leurs poitrines couleur cannelle. Les lièvres affolés couraient dans la luzerne, oreilles couchées, puis se plaquaient au sol avant de traverser les champs de betteraves et de blé dans une fuite éperdue.

Les perdreaux s'élevaient des chaumes dans un

nuage d'ailes masquant momentanément le soleil et traversaient un grand ciel bleu en se dirigeant vers les invités cachés derrière les affûts. L'ombre d'un nuage passa sur le visage de Vincent, seule intrusion dans un ciel pur qui s'étendait sur toute la vallée. Deux compagnies se rejoignirent, puis se séparèrent à vingt mètres de la ligne des tireurs avant de se disperser. Les fusils abattirent une quinzaine de perdreaux, ce qui remplit Vincent de joie. À mesure que se rapprochaient les rabatteurs, les coups de feu s'intensifiaient pour finir en une fusillade ininterrompue.

À cent cinquante mètres des affûts, il souffla dans sa corne pour avertir les invités de ne tirer que les oiseaux qui avaient dépassé la ligne de tir. Une nouvelle compagnie s'envola, virant sur la droite, hors de portée des fusils. Les perdreaux prirent de l'altitude et revinrent vers Vincent. Il leva son fusil trop tôt, tira une fois et manqua. Les oiseaux se dispersèrent, prirent encore plus d'altitude et retournèrent vers les invités. Il tira une seconde fois et une grosse perdrix tomba du ciel en une courbe gracieuse. Elle s'abattit sur le sol, blessée. Un des rabatteurs l'acheva avec le manche de son drapeau et une salve marqua la fin de la première battue.

Les rabatteurs se dirigèrent vers les tracteurs qui attendaient pendant que les invités lâchaient leurs labradors. De chaque côté de la ligne on se félicitait. Les femmes, restées assises près des chargeurs pendant la battue, aidèrent leurs époux à rassembler le gibier. Vincent rejoignit le comte qui se tenait à l'écart, son fusil cassé sur l'avant-bras. Nicole lui remit trois perdreaux et sourit fièrement.

« Comment s'est passée cette première battue, monsieur le comte ?

— Très bien. Des vols parfaits. À part le colonel qui tire comme il pète, tout le monde a réagi comme il fallait. »

On ramassa trente-neuf perdreaux et cinq lièvres. Quand vint le moment de commencer la seconde battue, le comte tapota le dos de Vincent et dit : « Joli coup de fusil sur un oiseau difficile ! » Nicole lui envoya un baiser.

On avait installé dans la cour de la ferme une longue table de chêne sur laquelle étaient alignées des bouteilles de vin et des cruches d'eau. Des femmes du village en jupe noire et corsage blanc servaient des pâtés de canard en croûte, des gigots d'agneau, des lentilles, des pommes de terre sautées, de la salade verte, du fromage et des tartes aux prunes avec de la crème fraîche. Étienne conversait avec les invités qu'il connaissait pour la plupart depuis des années. Personne ne faisait attention à la silhouette nerveuse de la putain derrière les fenêtres fermées de l'appartement de ses fils.

Prenant son rôle d'hôtesse au sérieux, Nicole ne trouva pas le temps de bavarder avec Vincent. En revanche, la femme du colonel l'entretint longuement de divers sujets tels que les problèmes posés par les domestiques incompétents, le coût exorbitant d'une écurie de chevaux de course, l'impossibilité de faire réparer une voiture de luxe. Sentant l'impatience de Vincent, elle se tourna vers une oreille plus attentive.

Il rejoignit la grange où vin, bière et sandwiches attendaient les rabatteurs. Vincent et Ragondin déjeunèrent, adossés contre une balle de foin et passèrent en revue les battues de la matinée. « Est-ce que tu as eu des problèmes de ton côté ? demanda Vincent.

— Un de mes gars a jeté une motte de terre à la tête de son copain. Il y avait une pierre dedans et ils ont commencé à se battre. Je les ai séparés et tout est rentré dans l'ordre. »

Titi s'approcha.

« Merde, grommela Vincent.

— Content de toi, garde-chasse ?

— Va te faire foutre, Titi, dit Ragondin.

— Ferme-la, tête d'abruti. C'est pas à toi que je parle !

— Laisse tomber, Titi, dit Vincent. Je me battrai avec toi mais pas aujourd'hui.

— Tu te trompes. Je suis venu pour te dire de ne pas faire attention à ce que j'ai dit hier. J'avais une mauvaise gueule de bois. Excuse-moi. Tu fais du bon travail. Serge serait fier de toi.

— Merci », dit Vincent en se levant pour lui serrer la main. Il regarda Titi s'éloigner, déconcerté par son changement d'attitude.

Le beau temps persista dans l'après-midi et les oiseaux furent attirés vers la ligne de tir comme par un aimant. Il n'y eut qu'un moment difficile : le colonel accusa le vicomte d'avoir confisqué un de ses perdreaux au ramassage. Le comte mit fin à la dispute en suggérant de plumer l'oiseau. Les invités formèrent un cercle autour des deux hommes, objets de plaisanteries et de moqueries. Le chargeur du colonel dépluma l'oiseau et, le tenant par les ailes, fit mine de le faire voler entre les deux affûts. Il fut établi que les plombs qui avaient tué le perdreau appartenaient au fusil du vicomte, ce qui n'arrangea nullement l'humeur du colonel.

À la fin de la journée, Vincent présenta dans la cour du château le tableau de chasse ; les oiseaux étaient disposés en rangées de dix. Au total : deux cent soixante-quinze perdreaux, douze lièvres, neuf pigeons et une bécasse. Il remplit une bourriche de deux perdreaux pour chaque fusil. Ragondin l'aida à transporter dans une pièce adjacente à la cuisine le reste du gibier qui serait vendu aux Halles à Paris le lendemain. Vincent reçut les félicitations des invités et remit à Ragondin sa part de pourboire. Avant leur départ, Robert de Costebelle offrit aux chasseurs un dernier verre et Étienne clôtura mélodieusement la journée en sonnant de la trompe.

Quand tous les invités furent partis, le comte, Nicole, François, Vincent et Ragondin se retirèrent à l'office. La soirée était particulièrement calme et le comte en fit la remarque. Nicole raconta comment la femme du vicomte s'était moquée de son époux chaque fois qu'il avait raté un oiseau. Le comte se tut. Pourtant il savait que la vicomtesse trouvait toutes les occasions de rappeler à son mari qu'il était moins bien né qu'elle.

« Qu'est-ce que Crackrul t'a dit entre la cinquième et la sixième battue ? demanda Nicole à Ragondin.

— Que la ligne de mon côté n'était pas assez serrée, et qu'à cause de ça une compagnie de perdreaux était passée hors de sa portée.

— Ça explique pourquoi tu as pissé sur le pneu de sa voiture pendant qu'Étienne sonnait, dit François.

— C'était pas moi, dit Ragondin en rougissant.

— Seigneur Dieu ! dit le comte en se tournant vers Vincent.

— Au moins il ne l'a pas fait dans le réservoir d'essence. »

Le comte se mit à rire et haussa les épaules : « Après le succès d'aujourd'hui, je ne serais pas étonné que l'un de mes invités essaie de t'engager derrière mon dos, Vincent.

— Et tu peux être sûr que sa femme s'arrangerait pour que tu sois aussi à son service », dit Nicole, dardant sa langue comme le faisait la vicomtesse au long cou.

Ils regardèrent tous Nicole avec stupéfaction. Elle rougit et dit : « Et alors ? Je viens de lire *L'Amant de lady Chatterley.* »

Chapitre 15

Le lendemain matin, à la demande de Vincent, Ragondin prit son vélo et se rendit au château. Il choisit pour la table du comte deux bécasses et quatre jeunes perdreaux en bon état. Il lissa les plumes en désordre et les suspendit dans la cave. Puis il emballa le reste du gibier dans des cageots en bois qu'il transporta à la gare de Bourneuil. Le chef de gare lui promit de les entreposer dans un endroit frais et de les expédier à Paris par le train de dix heures. Ragondin le remercia au nom du comte et lui tendit un lièvre. Pour la première fois de sa vie il se sentait important. Le visage du fonctionnaire s'éclaira : « Un bon civet. Mon plat préféré! » s'exclama-t-il, puis il invita Ragondin à prendre un verre. Empoignant le lièvre par les oreilles, il le jeta sur son épaule et poussa la porte du bistrot.

Ce lundi matin Vincent dormit tard. Il fut réveillé par un rayon de soleil qui traversait la lucarne et lui caressait les paupières. Il se rasa devant l'évier de la cuisine, fit du café, pocha deux œufs, les étala sur des tranches de pain grillé et posa le tout sur la table basse devant la cheminée. Une édition de poche de *Raboliot* était ouverte sur la table de nuit de Serge. L'histoire d'un braconnier amené par le destin à tuer un policier corrompu était l'une des lectures préférées du défunt. Les pages regorgeaient de personnages mystérieux vivant dans l'ombre de la forêt et parlaient de l'obstination des humbles à lutter contre le désespoir. Vincent prit le livre et commença à le lire. Il but son café mais oublia son petit déjeuner sur la table. Au bout de quelques chapitres il s'endormit, le livre ouvert sur la poitrine.

Il rêva qu'il était sous les eaux de l'Eure, qu'il retenait son souffle et regardait passer les nuages du fond de la rivière. Chacun représentait une pensée, un rêve, un souvenir de sa baignade avec Nicole. Quand il se mit à suffoquer, il sentit une présence et se réveilla en sursaut. Il fut surpris de la trouver assise sur le bras du fauteuil à côté de lui.

Il fut attiré par un rayon de lumière qui jouait avec une boucle de sa queue-de-cheval. Nicole portait un pull crème moulant qui soulignait la forme de ses seins. Elle lui toucha la joue de la main. À moitié endormi, il voulut l'attirer sur ses genoux et l'embrasser.

« Qu'est-ce que tu fais ici ? J'étais en train de rêver de toi, dit-il en se frottant les yeux.

— Raconte, dit-elle en se redressant.

— On était dans l'île et on se baignait dans la rivière. Mais – Vincent hésita – on était encore enfants. » Il rougit car, bien sûr, son rêve ne s'arrêtait pas là.

Elle lui sourit.

Il voulait la toucher et enfouir son visage dans ses cheveux mais elle posa la main sur sa poitrine. « Debout, dit-elle en riant. Viens déjeuner avec moi. Tu n'as pas mangé tes œufs et ils sont froids. »

Nicole l'emmena dans sa Sunbeam. Elle conduisait vite sur les petites routes qui menaient à Bourneuil. Le raccourci traversait des champs de betteraves fraîchement labourés, des pâturages remplis de bétail et des vergers regorgeant de pommes mûres. Ils riaient chaque fois que la voiture dérapait dans un virage. Dans les lignes droites, il l'encourageait à aller plus vite.

Un parfum d'encens et d'huile d'arachide chaude les accueillit à la porte du restaurant marocain où ils avaient décidé de déjeuner. La salle était sombre et garnie de tapis orientaux aux murs comme au sol. Ils s'assirent l'un à côté de l'autre sur une banquette encombrée de coussins. Au-dessus de leur tête, de grandes pales en bois tournaient lentement comme les ailes de libellules géantes. Pendant qu'ils attendaient le couscous, ils prirent chacun une bière et Vincent demanda des nouvelles de la comtesse. Nicole lui dit que sa mère ne parlait pas très souvent de sa vie passée, sinon pour reconnaître que son mari avait été un parfait gentleman mais qu'en dehors de cela elle avait banni de son esprit tout ce qui touchait à Merlecourt. Vincent lui demanda si elle l'avait, lui aussi, chassé de sa mémoire.

Elle hocha la tête : « Tu lui rappelles trop Roland. »

Elle lui décrivit son école à New York, vaste ville moderne tout en verre et en brique. Ses mots peignaient des images et des moments qu'il ne connaissait que par ses lectures : les taxis jaunes et les immeubles hauts comme la tour Eiffel, les concours de danse sous un manche à balai et les sandwiches appelés « hot dogs ». Son enthousiasme lui rappelait celui des jeunes gens du village au retour de leur premier séjour à Paris.

Le garçon leur servit un plat de semoule brûlante, du bouillon dans une soupière, des merguez, du poulet et des légumes. En dépit d'une tache d'huile rouge qui flottait à la surface du bouillon, celui-ci était clair et savoureux. Au milieu de la table, un bol de verre contenait la harissa.

Quand il commença à parler du domaine, les yeux de Nicole se remplirent de nostalgie. Il reconnut cette expression pour en avoir vu maintes fois le reflet dans les miroirs du pensionnat, lorsque de toute son âme il ne voulait qu'une chose : être à Merlecourt, Nicole posa sa main sur la sienne et dit : « Je ne suis de retour que depuis quelques jours, mais je sais déjà que j'ai beau aimer New York et Paris, c'est à l'intérieur des grilles de la propriété que j'existe vraiment. »

Vincent lui prit la main à son tour. « Ton père dit que depuis trois cents ans la lune baigne le feuillage du parc de sa magie. » Nicole acquiesça, rêveuse.

« Je me souviens, continua Vincent, quand les

jardiniers apportaient des brouettes pleines de fleurs au château. François étalait des journaux sur le sol du vestibule et préparait une douzaine de vases. La comtesse et toi portiez des robes longues et des gants pour protéger vos mains ; vous coupiez les tiges et faisiez des bouquets tout en chantant des ballades anglaises. Je vous regardais à travers les fenêtres. On aurait dit une toile de Monet.

— C'est comme si c'était hier, tu sais », chuchota Nicole.

Après le déjeuner, ils allèrent s'asseoir sur la place à l'ombre du beffroi pour écouter la fanfare municipale jouer un pot-pourri d'airs variés, de Bizet à *La Marseillaise.* Les musiciens portaient des costumes sombres et des casquettes plates à sequins dorés qui rappelaient les képis des officiers de l'armée. La foule était surtout constituée de mères et de leurs enfants en bonnets et souliers vernis qui pleuraient chaque fois qu'un ballon lâché par mégarde s'enfuyait vers les nuages. Les moineaux se disputaient les miettes de pain tombées sur les pavés à côté de l'estrade. Nicole riait chaque fois que le joueur de trombone soufflait dans son instrument.

Ils rentrèrent par la forêt domaniale. Les gelées matinales avaient décoloré le vert des feuilles et changé l'aspect du paysage. Les chênes et les bouleaux étaient riches en teintes chaudes et contrastaient avec la nudité des champs labourés qui s'étendaient jusqu'à l'horizon. Les grands vents de la semaine précédente avaient maltraité la forêt : la tempête avait ouvert dans le feuillage des trous béants où se réfugiait le soleil dont les rayons doraient les fougères.

Lorsque Nicole lui demanda où en était l'enquête sur le meurtre de Serge, Vincent lui parla de Monsieur.

« J'ai la chair de poule à l'idée qu'on puisse connaître des assassins, dit-elle.

— Je les retrouverai et je les tuerai », répondit Vincent. À peine avait-il prononcé ces mots qu'il se rendit compte qu'il avait dit exactement la même chose à Ragondin, puis plus tard au bistrot et que ses propos n'étaient pas que pure bravade.

Elle gara la voiture dans la forêt et ils parcoururent les sentiers de leur enfance où le vent promenait une odeur musquée de feuilles mortes. « Je me souviens quand on venait avec des paniers d'osier pour ramasser les girolles, dit-elle.

— Et moi quand certaines de tes gouvernantes nous laissaient seuls et disparaissaient dans les buissons avec Serge.

— Tu te rappelles les omelettes baveuses du chef dans lesquelles il enveloppait les champignons ? Elles nous fondaient dans la bouche.

— Je t'en ferai si tu es encore là l'été prochain. »

Elle glissa sa main dans la sienne et l'entraîna dans le sous-bois. Sur leur passage des lapins s'éparpillèrent dans les ronces. Au pied des arbres, la terre était noire et meuble. Ils passèrent devant une série de sapins alignés comme des soldats au garde-à-vous et s'arrêtèrent au bord d'un cratère de bombe, souvenir de l'été quarante-quatre lorsque l'infanterie américaine avait pilonné une division allemande. Le cratère était rempli d'eau stagnante et noire.

« Viens me voir à Paris, dit-elle.

— Non merci.

— Pourquoi pas ? Je voudrais te montrer mon appartement. Je viendrai te chercher à la gare Montparnasse. »

Vincent n'avait jamais apprécié ses visites dans la capitale. Paris lui mettait les nerfs à vif : il y avait trop de voitures, trop de bruit et il s'y sentait agressé de toutes parts. Pour lui, c'était un lieu peuplé d'occupants condescendants et mal élevés. L'idée d'y retourner le rendait malade.

« Viens plutôt au moulin. Je te préparerai un bon repas, suggéra-t-il.

— Je pars mercredi pour la Bretagne et ne rentrerai que samedi en fin de journée. Je t'attendrai à Paris.

— Personne ne va en Bretagne au mois d'octobre », dit-il en la regardant.

Elle hésita. « Éric n'y est jamais allé et il commence à travailler la semaine prochaine. Je veux lui montrer où nous passions certains de nos étés. »

Vincent resta silencieux ; elle se planta devant lui, lui barrant le chemin. « Allez, dit-elle, ne fais pas la tête sous prétexte que j'emmène un ami faire du tourisme. Je sais que tu n'aimes pas Paris mais je vais y vivre. Je t'offre le dîner si tu m'emmènes danser après.

— Est-ce que ton père sait que tu vas en Bretagne avec Éric ?

— Non, mais ça n'a pas d'importance.

— Ça en aura quand il le saura.

— Ne t'en fais pas. Viens me voir à Paris. Tu dormiras sur le canapé, et tu prendras le premier train pour Bourneuil dimanche matin. »

Pour rien au monde, Vincent n'aurait avoué qu'il n'avait jamais mangé dans un restaurant parisien et encore moins mis les pieds dans un lieu où l'on danse. Il avait visité le zoo de Vincennes, deux fois le musée du Louvre et avait assisté à un match de football au parc des Princes. Il revit encore les rues débordantes de piétons, la folle circulation et la saleté du métro. Il se souvint du bruit, des regards furieux, de l'impatience des gens : tout lui donnait envie de fuir. Et, pour comble, Nicole emmenait Éric en Bretagne.

« J'ai trop de travail.

— Mais le dimanche est ton jour de congé.

— Pas avant que j'aie retrouvé les assassins de Serge », dit-il, d'un ton sentencieux.

Elle le regardait et il vit dans ses yeux qu'elle s'énervait. Elle lui envoya un coup de coude dans les côtes et dit : « Écoute, tu peux bien t'absenter un soir, Vincent. »

Il supportait mal qu'on le harcelât de la sorte. Il fit un pas de côté mais elle suivit son mouvement, accrochée à sa veste. Il vit dans ses yeux que l'irritation se dissipait pour faire place à une lueur d'espoir.

« Allez, insista-t-elle, s'il te plaît.

— Ce ne serait pas correct », dit-il, à court d'excuses.

Elle appuya son front sur sa poitrine : « Je ne vois pas ce qu'il y a de mal à ce que tu dormes sur mon canapé. » Elle tira sur un bouton de sa chemise.

Elle avait beau sourire, quelque chose dans ses yeux le gênait. Il avait vu le même regard chez Adorée lorsqu'elle lui avait offert de lui trouver une fille avec qui danser et qu'il avait refusé. Vincent décida finalement qu'il irait à Paris ; il dormirait sur le divan.

« Bravo ! Tu prends le train de quatre heures à Bourneuil, il arrive à cinq heures dix à Montparnasse. On ira chez moi, rue Saint-Jacques, à pied. Je connais une bonne brasserie. Après le dîner, nous irons dans une boîte de nuit. » Elle l'embrassa vite sur la joue.

Chapitre 16

Il faisait encore nuit, lorsque Ragondin quitta Bourneuil le lendemain matin. Il cacha son vélo à l'entrée de la forêt de Crotais et partit en quête de Monsieur et de sa harde de biches. Il parcourut les allées, les sentiers et les coulées, prêt à se laisser guider par le son grave et rauque des brames de cerfs. Mais l'immense forêt de bouleaux, de chênes et d'érables était muette et les branches des arbres immobiles au-dessus de sa tête attendaient que le soleil d'automne se levât pour réveiller la faune endormie.

Ragondin avançait avec précaution sur le tapis de feuilles mortes. Dans la poche de son manteau, Suzette s'était mise en boule sur le dos et mordillait le doigt qui lui chatouillait le ventre. Sa conduite exemplaire avait d'une certaine façon émoussé les instincts de Ragondin et lorsque sa tante avait réclamé du lapin pour dîner, il avait hésité un moment avant d'empocher son furet et une poignée de filets.

Il parcourut des kilomètres jusqu'au lever du jour sans entendre le moindre son qui révélât la présence d'un cerf. Quand le soleil se leva enfin, il n'était pas plus avancé dans sa recherche de Monsieur et, déçu, il abandonna la partie et décida de rentrer chez lui. En haut d'une colline dominant un méandre de l'Eure, il repéra le monticule d'une garenne jalonnée de crottes fraîches et d'empreintes de lapins. Il imaginait déjà l'odeur alléchante des échalotes, des petites pommes de terre rouges et des lardons mijotant dans la sauce au vin réduite à feu doux. Il espérait que le fumet du lapin émanant de la cocotte en fonte dissuaderait Tantine d'y ajouter son vin épicé favori.

Il dut fouiller sous les feuilles mortes et les ronces pour trouver les couloirs de sortie de la garenne et mit quelque temps à en bloquer les entrées avec ses filets. Quand il fut satisfait de son travail, Ragondin sortit Suzette à moitié endormie de sa poche et la posa devant le seul terrier encore ouvert. Il la vit remuer les moustaches et reconnut au tressaillement de sa queue qu'elle était prête à chasser. Il la regarda s'engouffrer dans le terrier sans demander son reste. Très vite il perçut sous terre les signes d'une course éperdue puis une grosse lapine se précipita la tête la première dans un de ses filets. Il la souleva par les pattes de derrière et d'un coup sec du tranchant de la main lui brisa le cou. Il appuya sur le ventre de l'animal, regarda l'urine chaude se répandre sur les feuilles et attendit le retour de son furet.

Comme Suzette n'était pas sortie du terrier,

Ragondin en conclut qu'elle avait choisi une autre victime et, après s'être gorgée de sang, s'était endormie. En attendant le retour de sa compagne de chasse, Ragondin accrocha la lapine dans la fourche d'un arbre, se recroquevilla sur un lit de feuilles mortes et s'endormit. Une heure plus tard, Suzette sortit la tête du terrier, se précipita vers lui et se roula en boule sous son menton. L'odeur âcre de son pelage le réveilla. Ivre de sang chaud, sa chasseresse s'était assoupie lorsqu'il la glissa dans sa poche.

Peu après le déjeuner, Jacques arriva au moulin au volant du tracteur pour annoncer à Vincent qu'on le réclamait au château. Le jardinier alla droit au garde-manger pour y chercher deux bières. « Tu permets ? » demanda-t-il, les deux bouteilles déjà dans les poches de sa veste. Vincent n'en avait que faire. Il se demandait si Ragondin avait fait quelque chose qui aurait provoqué la colère du comte.

À l'office, François astiquait l'argenterie, les yeux humides et les mains verdies par le solvant. Il tendit une lettre à Vincent qui reconnut l'écriture de Nicole : « Cher Vincent, écrivait-elle, tout bon garde-chasse se doit d'en avoir une. Je t'embrasse. Nicole. »

Vincent attendit à la porte de la bibliothèque que le comte l'invitât à entrer. Il scruta le visage du vieil homme pour essayer de deviner son humeur. « Un cadeau de Nicole », dit-il en indiquant de sa canne un coin de la pièce où se trouvait une caisse de bois.

Vincent s'approcha. Derrière le panneau grillagé, un labrador aux dents blanches le regardait de ses tendres yeux bruns. Il ouvrit la porte et la chienne sortit timidement, rasant le sol, la queue entre les pattes. Le comte se tenait près de Vincent.

« Elle s'appelle Ode, dit-il. Elle a un an et appartenait à un garde-chasse de Sologne. Il lui a appris à s'asseoir, à marcher au pied et à rapporter. C'est à toi de lui apprendre la discipline et surtout de l'aimer. »

Vincent s'agenouilla et caressa la tête de la chienne. Quand elle ferma les yeux, il lui ouvrit la gueule et cracha dedans. « Maintenant tu m'appartiens », dit-il. Il regarda le comte. « Elle est belle, vous ne trouvez pas ? » Ode lui lécha la main.

« Bon fouet, la tête un peu étroite mais elle s'épanouira. Soigne-la bien. Les chiens sont comme les femmes, ils se nourrissent d'affection. Ne me remercie pas, Vincent. Nicole s'était mise à chercher cette chienne bien avant la battue. »

Le comte caressa la tête d'Ode, puis posa la main sur l'épaule du jeune homme. « Je suis content pour toi. Tu mérites une compagne comme elle. » Il confirma ses encouragements en lui tapotant le dos et retourna à son bureau.

Vincent hésita et dit : « Vous devriez la garder, monsieur. Pour vous tenir compagnie.

— Non, Vincent. Les chiens, comme les arbres, sont pour moi des calendriers des temps passés. Ils m'aident à comprendre le concept de la mort. À mon âge il est trop tard pour avoir un chien. Si par miracle je lui survivais, sa mort me briserait le cœur. Je préfère planter un arbre. »

En rentrant au moulin la chienne, nerveuse, mouilla le siège de la voiture. Vincent l'emmena dans le champ de blé et ce n'est qu'après avoir couru la grive pendant un quart d'heure qu'elle se calma, rassurée.

Lorsqu'il rentra de son travail, Ragondin décrivit en détail sa matinée infructueuse dans la forêt sans mentionner Suzette ou la garenne. Il joua avec Ode devant la cheminée pendant qu'ils bavardaient. Les amis conclurent finalement que Monsieur devait se trouver plus à l'est, dans la région du lac du Bois-Vert.

« Ces oreilles, dit Ragondin séduit par la chienne de Vincent. Est-ce que t'as jamais touché quelque chose d'aussi doux ? » Il les caressa de ses lèvres. « Elles sont aussi soyeuses que les cuisses d'une belle femme. »

Après le départ de Ragondin, Vincent s'installa dans le lit de Serge. Il voulait être près d'Ode. La chienne était censée dormir sur un coussin par terre, mais quand il se réveilla au milieu de la nuit il découvrit une seconde tête sur l'oreiller et une truffe froide qui reniflait ses paupières.

Chapitre 17

Le lendemain, après le coucher du soleil, Vincent traversa la rivière dans la barque que Serge gardait ancrée dans une anse en face de l'île. Ode s'assit à l'avant, invisible dans l'obscurité. Quand ils atteignirent l'autre rive, Vincent mit son fusil en bandoulière et ordonna à sa chienne de rester au pied. Ensemble ils traversèrent un champ et grimpèrent la colline éclairée par la lune. À l'orée de la forêt ils continuèrent vers le nord dans la direction opposée au château. Peu après, Vincent s'arrêta près d'une pinède et se retourna pour observer la vallée.

À ses pieds la rivière se séparait pour entourer l'île en deux bras qui se rejoignaient en aval du moulin dans la direction de Rebours. Il en connaissait tous les méandres, les remous, les courants, les eaux fréquentées par les canards et les poules d'eau, les galets derrière lesquels les truites se protégeaient du courant et les bancs de gravier sur lesquels les hérons se déplaçaient avec précaution.

« C'est ici que nous vivons, chuchota Vincent à l'oreille d'Ode. Nous sommes chez nous. » Il releva le col de sa chemise, empila une brassée de branches de sapin et s'assit dessus. La chienne se blottit contre lui en remuant la queue, heureuse de le sentir si proche. Vincent ouvrit la culasse de son fusil et le chargea de chevrotine avant de le placer à côté de lui. Quand il le ferma, le son métallique lui plut. De l'autre côté de la rivière, au milieu de la vallée, se dressait la silhouette obscure du château entouré de ses douves. Une lumière tremblotait dans la bibliothèque de Robert de Costebelle.

En juin, le ciel retient le souvenir du soleil jusqu'à minuit, mais à dix heures, en cette soirée d'automne, seule une maison restait éclairée dans le village, celle de madame Béton. Elle lui avait enseigné la géographie sur une table plantée avec ses deux chaises au milieu d'une petite pièce aux murs blanchis à la chaux, décorés d'assiettes en fausse faïence de Delft. À cette heure tardive elle devait être en train de lire la Bible.

Il regarda au-delà du village dans l'obscurité de la vallée voisine. Là-bas, seule sous son édredon, Adorée pleurait l'absence de son amant disparu. Vincent n'avait pas oublié leur brève étreinte. Le doux contact de son ventre lui avait rappelé celui de sa mère. Il se dit que cette douceur particulière devait être l'essence même de la féminité. Il pensa à Nicole, à la sensation de son corps contre le sien et maudit Éric qui était seul avec elle en Bretagne.

Assis au sommet de la colline, il se laissa bercer par

le rythme de la forêt. La température baissait, le brouillard tombait sur la rivière et les étoiles se multipliaient dans le ciel. Il remonta le col de sa veste, s'allongea près d'Ode sur un coussin d'aiguilles de pin et ferma les yeux. Le froid pénétrait son matelas de fortune et lui fit penser à une histoire qui aurait changé la vie de ses proches si elle s'était terminée autrement.

Démobilisé après l'armistice, Serge savait que tôt ou tard il serait réquisitionné par les Allemands pour le Service du travail obligatoire. François avait déjà été envoyé en Tchécoslovaquie et chaque jour des villageois étaient déportés en Pologne et en Allemagne. Persuadé qu'il ne reviendrait pas vivant d'un camp de travail, Serge avait fui le département. Muni de faux papiers fournis par le maire de Chartres, reconnu après la Libération comme un héros de la Résistance, il avait passé le reste de la guerre dans les forêts de Vendée à troquer le gibier, à faire du marché noir et à recueillir des informations pour le maquis. Serge avait évité Merlecourt, n'y revenant que deux fois par an pour voir sa famille et présenter ses respects au comte.

Juste avant la déclaration de guerre, le comte avait envoyé sa femme et son fils encore bébé en Angleterre. Il s'était alors rendu à Paris avec l'intention de s'engager. Pendant une semaine, il essaya de convaincre ses supérieurs de le poster au front mais il était évident que sa jambe infirme le rendait inapte au service actif. Il se consacra alors à Merlecourt : au village, au château, à la vallée et au domaine. Le château fut occupé par un colonel de la Luftwaffe accompagné de son état-major. Dans l'espoir d'atténuer l'impact de la présence allemande, le comte décida de se cantonner dans une aile du château. Les officiers allemands reconnurent en Robert de Costebelle l'as de l'aviation qu'il avait été pendant la guerre de quatorze et le traitèrent avec respect.

En décembre 1943, Serge avait passé une nuit dans la forêt de Crotais sur une butte qui surplombait la rivière d'où il avait une vue distincte du château. La nuit était glaciale et sans nuages. Tapi sous un tas de branches qui le protégeait du froid, il avait regardé les tirs répétés de la DCA allemande illuminer le ciel au-dessus de Bourneuil. Vers minuit il entendit, puis aperçut, un Halifax britannique qui volait au ras des arbres. Le bruit lancinant des moteurs Rolls Royce se rapprochait et devenait menaçant. Le lendemain matin, il découvrit dans un fourré un container rempli d'armes légères et de ravitaillement attaché aux lambeaux d'un parachute. Il enterra le container avec le parachute, remit les armes au chef du maquis local et garda pour lui un paquet de cigarettes anglaises.

Plus tard il s'arrêta au bistrot de Rebours pour boire un verre et distribua les cigarettes blondes aux clients qui s'y trouvaient. En sortant du bar, Serge Lebuisson fut appréhendé par un capitaine de l'Abwehr, le service de contre-espionnage de la Luftwaffe, et mené au château pour être questionné. Mis au courant de la situation, le comte descendit au sous-sol, bouscula le garde et entra dans la chaufferie pour affronter le capitaine. Il y trouva Serge en plein interrogatoire, menotté aux canalisations d'eau chaude.

Pour répondre aux demandes d'explications du comte, l'officier allemand mentionna les cigarettes anglaises et l'informa qu'il était de son devoir de prévenir la Gestapo. Le comte Robert éclata de rire et révéla au capitaine qu'il était soulagé d'apprendre que la situation de Lebuisson n'était pas aussi grave qu'il l'avait cru.

« Elle l'est, monsieur le comte, avait dit le capitaine avec autorité.

— Mon capitaine, il s'agit d'un malentendu. Ces cigarettes sont à moi. Je les ai achetées avant la guerre. Nous nous sommes rencontrés dans le village et je lui en ai donné quelques-unes.

— Désolé, monsieur, mais je ne vous crois pas. »

Le comte avait alors sorti de sa poche un paquet de Dunhill. « Celles-ci vous feraient-elles plaisir, capitaine ? »

L'officier accepta le cadeau et libéra Serge.

Six mois avant la fin de la guerre, l'homme qui avait dénoncé Serge disparut du village de Rebours. On racontait dans la vallée que le garde-chasse avait piégé un vieux sanglier et l'avait lâché dans une des grottes creusées dans le calcaire de la colline au-dessus de Bourneuil. Comment avait-il fait pour entraîner le traître dans la grotte ? L'histoire ne le disait pas mais, des années plus tard, une troupe de boy-scouts découvrit au fond de la grotte la montre du dénonciateur, quelques débris d'os et le squelette du sanglier.

Ode à ses côtés, Vincent se réveilla peu après cinq heures, courbatu et trempé par la rosée. Pendant la nuit, le vent avait tourné au sud et la brume formée sur la rivière pendant son sommeil enveloppait maintenant la vallée d'une fine nappe transparente. Il quitta la pinède et entra dans la forêt. Il suivit les taches irrégulières des rayons de lune interceptés par les branches des chênes et des bouleaux. Conscient du bruit de ses pas sur les feuilles mortes, il s'arrêtait souvent, attentif au moindre signe de vie. Il ne discerna d'abord que le silence. Puis il entendit des sons à peine perceptibles : le grattement des mulots, des lapins en quête d'amour, des blaireaux se retranchant dans leurs terriers et le bâillement des corbeaux. Grâce à Serge, Vincent avait entendu cette mélodie toute sa vie.

Il marcha pendant une demi-heure jusqu'à la maison de Labrissé, le piqueur de monsieur Émeric Duclos, titulaire du droit de chasse à courre dans la forêt de Crotais. D'un côté de la maison se trouvait le pavillon, bâtiment octogonal de briques roses aux grandes fenêtres à ogives qui s'ouvraient sur huit allées en étoile et tout un réseau de sentiers et de chemins équestres. C'était là que les chasseurs se changeaient et se retrouvaient avant et après la chasse. De l'autre côté, les chenils étaient à cette heure occupés par une soixantaine de chiens endormis, parmi les meilleurs de France. Labrissé n'était pas commode et Vincent évita de s'approcher de la maison de peur de réveiller sa meute.

Il se dirigea vers les ruines de La Rayère, monastère du IXe siècle habité jadis par les templiers, aujourd'hui lieu choisi par sa cousine Lisette pour ses rendez-vous de fin de semaine. Sous les ruines se trouvait un labyrinthe de passages souterrains dont l'un, long de deux kilomètres, aboutissait autrefois à la bibliothèque du château. Il ne restait aujourd'hui de La Rayère que des pierres écroulées, un fragment de mur et quelques trous creusés par des archéologues amateurs. La légende voulait que le monastère ait été érigé au lieu même où Dieu était apparu à saint Hubert sous la forme d'un cerf royal. Les gens du pays étaient convaincus que La Rayère était pour les cerfs un havre protégé par les cieux – mythe entretenu par le fait que depuis des siècles aucun animal ne s'y était jamais fait prendre.

Vincent arriva à l'autre bout de la forêt au lever du soleil. Le front d'air chaud qui s'était installé pendant la nuit avait fait place à un vent humide. Le jeune labrador était imprégné de rosée. L'odeur de fougère morte et de feuilles décomposées rappelait à Vincent le temps où il suivait Serge en douce dans les bois de Merlecourt et où celui-ci le semait quand bon lui semblait.

Vincent atteignit le lac du Bois-Vert alors que le soleil perçait à mi-hauteur des arbres. Il s'arrêta près d'un bouquet de peupliers, repaire privilégié des bécasses en hiver. Ode l'avait suivi en silence pendant plus d'une heure et, quand il la caressa, elle se dressa et manifesta sa joie en posant ses pattes de devant sur sa poitrine. Vincent appuya son fusil contre un tronc mort et s'assit, son chien à ses pieds.

Le lac du Bois-Vert était une petite pièce d'eau peu profonde remplie en été de grenouilles et de nénuphars. Il y était souvent venu au mois d'août avec Roland pour attraper les grenouilles qu'ils appâtaient avec du tissu rouge accroché à un hameçon au bout d'une canne. C'est à Vincent que revenait la tâche de séparer les cuisses du reste du corps, une corvée que Roland jugeait indigne de ses talents de chirurgien. Le chef Gaston faisait revenir leurs prises dans du beurre persillé à l'ail. Roland mangeait une douzaine de cuisses, Vincent en consommait la moitié et Nicole s'abstenait.

Quand apparut sur l'eau le reflet des bouleaux qui entouraient l'étang, Vincent se leva et examina attentivement la terre meuble de la rive. Il y releva les traces d'une harde de cerfs venue s'abreuver. Une motte de terre arrachée depuis peu portait l'empreinte caractéristique du pied de Monsieur. Ode renifla les feuilles et flaira pour la première fois l'odeur fraîche d'un cerf en rut. Vincent poussa un soupir de soulagement. Maintenant Ragondin et lui pourraient tendre une embuscade aux assassins de Serge.

Il allait rentrer au moulin quand une silhouette brandissant une canne de noyer surgit de derrière un arbre. C'était Labrissé, le piqueur. « Qu'est-ce que tu fais ici ? » cria-t-il à pleine gorge. Ode se précipita derrière Vincent et se mit à aboyer.

« Réponds-moi ! ordonna Labrissé de la même voix retentissante avec laquelle il appelait ses chiens. Qui es-tu et qu'est-ce que tu fais ici ? »

Le piqueur avait des jambes maigres et arquées de cavalier, des épaules voûtées de bûcheron, le visage rond, le nez en trompette et les cheveux noirs coupés en brosse. Il s'avança la canne levée, trop près de Vincent pour que celui-ci eût le temps d'esquisser le moindre geste avant de se faire assommer.

« Je m'appelle Vincent Lebuisson, dit-il.

— Que fais-tu avec ce fusil ?

— Rien. Je me promène dans la forêt.

— Menteur ! Personne ne porte un fusil s'il n'a pas l'intention de s'en servir. Tu cherches à braconner du gros gibier. Avoue ou je te casse en deux ! » Il avait les joues rouges et ridées, les yeux bleu sombre et le regard perçant d'un homme des bois.

« Arrête, Labrissé ! Tu me connais. Je suis le neveu de Serge Lebuisson. Il a été assassiné le mois dernier par des braconniers qui chassaient Monsieur. La tête du cerf a été mise à prix. Et le fusil, c'est pour me protéger, rien de plus.

— Mise à prix, la tête de Monsieur ? » Labrissé fixa Vincent du regard. « Où est-ce que t'as entendu une connerie pareille ?

— Serge me l'avait dit. Mais tout le monde le sait. »

Labrissé secoua la tête. « Je te crois pas », dit-il en fouettant le sol de sa canne. Une motte de terre vola vers Ode qui se recroquevilla. « T'as pas le droit de porter un fusil dans cette forêt. Elle appartient à l'État et mon patron, monsieur Duclos, paie pour le droit de chasser à courre. Monsieur est à moi. Et mercredi prochain on va lui en faire voir.

— Tu veux chasser Monsieur le premier jour de la saison ? Avec des chiens qui n'ont pas couru depuis sept mois à part quelques chasses d'entraînement ? dit Vincent d'un ton moqueur. Ils ne tiendront pas la matinée. Vous allez vous retrouver bredouilles comme d'habitude.

— Fous-moi le camp, petit bâtard. » Labrissé leva sa canne. « Je te connais. Ta mère a couché avec un Boche et c'est pour ça que t'as ces yeux bizarres. Fous le camp de ma forêt et n'y remets pas les pieds ! »

Vincent recula, retira son fusil de son épaule et pointa le canon vers le sol, aux pieds de Labrissé. Le sang lui montait à la tête. Tout allait trop vite et il sentait que les événements se précipitaient. Il leva son fusil et le braqua sur la tête du piqueur. Ode se mit à gronder.

Labrissé agitait sa canne devant le visage de Vincent. « Je vais te dire quelque chose, hurla-t-il. Ton oncle croyait tout savoir. Quand j'ai appris qu'on l'avait tué, eh ben j'étais content ! Et je t'en ferai autant si je te vois encore dans la forêt ! Toi et ton chien.

— Recule ! » cria Vincent. Quelque chose en lui qu'il ne comprenait pas et lui faisait peur le poussait à vouloir appuyer sur la détente ; son désir était de tuer cet homme parce qu'il était bête, grossier et qu'il avait tort.

« Vas-y, tire ! T'as pas les couilles pour le faire, hein,

c'est ça ? dit Labrissé Mais moi oui, et je te le prouverai avant qu'on en ait fini tous les deux. » Il secoua sa canne en ricanant. Subitement, il fit volte-face et disparut dans les futaies.

Vincent s'assit par terre, son fusil à côté de lui. Ode posa la tête sur son épaule. Il inspira profondément pour maîtriser les battements de son cœur. Il ne put s'empêcher de se demander ce qu'il aurait ressenti s'il avait tiré.

De retour au moulin, il trouva Ragondin en train de préparer le petit déjeuner. Vincent lui fit remarquer sèchement qu'après tout il n'était pas chez lui ; son ami comprit immédiatement qu'il se passait quelque chose d'anormal et regretta d'être venu. Il cassa des œufs dans une poêle sans lever les yeux. Dehors, le vent soufflait en rafales contre la maison. Vincent s'assit devant la cheminée. Il regarda la tête du sanglier accrochée au mur et reconnut le nez de Labrissé.

Ragondin caressa Ode en attendant que son ami se calme. « J'ai trouvé Monsieur au lac du Bois-Vert, dit enfin Vincent.

— Bravo ! dit Ragondin, en dansant de joie. Tu ferais un sacré braconnier !

— Ferme-la, d'accord ? dit Vincent. Je viens de passer un mauvais quart d'heure ! »

Ragondin s'arrêta de danser et se planta devant lui soudainement en colère. « Est-ce qu'il y a un seul jour de la semaine où tu t'amuses ? demanda-t-il.

Quand est-ce que tu te saoules et que tu te marres comme moi quand j'avais dix-neuf ans ?

— Oh ! ta gueule ! Je ne suis pas d'humeur à t'écouter me faire la morale.

— Je t'ai entendu au milieu de la nuit, dit Ragondin en s'asseyant. Tu tordais les draps dans tous les sens, tu pestais contre ta mère et ta tante et même contre le comte. Tu te conduis comme un vieux, châtelain. »

Les mains sur les genoux, Vincent regardait ses pieds. La perspicacité de Ragondin ne lui plaisait guère. Il est vrai qu'il se sentait différent des autres et il se reprochait sa réserve vis-à-vis de ses contemporains, conscient qu'il s'agissait en fait d'une forme de snobisme.

Quelques instants plus tard, Ragondin lui tapa sur le genou. « Fais pas attention à ce que je dis, dit-il. Ça fait tellement longtemps que je piège et que je tue les bêtes que je réagis pas comme tout le monde. Pour moi, la mort c'est aussi naturel que d'aller aux chiottes. » Il croisa les mains sur sa tête, cherchant ses mots. « Je crois que toute cette belle vie au château quand t'étais gamin, l'école de jésuites à Rouen et maintenant ton travail avec le vieux, tout ça t'a brouillé les méninges. Tu es né pauvre mais tu as été élevé comme un seigneur. Maintenant que tu es de nouveau pauvre, tu as honte. Tu ne sais pas qui tu es ni qui tu dois être. Je me trompe ? »

Avant que Vincent ne pût lui répondre ils entendirent une voiture arriver en trombe et s'arrêter sous la fenêtre de la cuisine. Quelques instants plus tard, le comte entra sans frapper. Sa veste était déboutonnée et il ne portait pas de cravate. Ragondin posa son verre et tous deux se levèrent d'un bond. Le comte s'approcha de Vincent, le visage à quelques centimètres du sien.

« J'ai été désagréablement réveillé ce matin par Pierre Labrissé. Il paraît que tu l'as menacé de ton fusil, est-ce vrai ? » Vincent cherchait en vain une lueur d'indulgence dans les yeux bleus du maître des lieux. « Réponds-moi, dit-il.

— J'étais en train de chercher Monsieur...

— Je me fiche de ce que tu cherchais, grand Dieu ! Crotais ne relève pas de ta juridiction et tu sais très bien que le port du fusil est illégal dans la forêt, surtout la nuit. Qu'est-ce qui te prend ? Non seulement tu portes une arme mais, qui plus est, tu t'en sers pour menacer un honnête homme qui ne fait que son travail.

— Je suis désolé, monsieur le comte, dit Vincent. Je ne voulais pas lui faire de mal mais il m'a sauté dessus, m'a accusé de braconnage et m'a traité de bâtard. » Le comte scruta un moment le visage de Vincent comme s'il essayait d'y lire ses pensées. Puis il se retourna et affronta Ragondin :

« Mon Baudelaire a reparu dans ma bibliothèque. C'est toi qui l'avais volé, n'est-ce pas ? Tu m'as raconté des histoires ! » Ragondin recula et Vincent crut un moment que le comte allait le frapper avec sa canne.

« Je vous jure que non, dit Ragondin. Je vous

donne ma parole que c'était pas moi qui l'avais ! Je vais vous expliquer...

— Ça suffit, tous les deux ! » Le comte se retourna vers Vincent. « Vos activités délictueuses ne m'intéressent pas. » Ode se leva en bâillant. Le comte reprit son souffle et se passa les mains dans les cheveux. « Je n'arrive pas à croire que j'emploie un voleur et un meurtrier en puissance. » Il secoua son doigt au visage de Vincent. « Tu me prends pour un imbécile ?

— Non, monsieur.

— Je me suis occupé de toi pendant quinze ans. Tu engages un braconnier qui vole le bien d'autrui et en plus tu menaces un homme que je connais depuis toujours. » Il s'avança vers la porte ouverte. Sa silhouette se découpait à contre-jour. « Je te préviens. Le moindre écart, si petit soit-il, de ta part ou de la sienne et je vous renvoie tous les deux dans l'heure qui suit. »

« Nom de Dieu, voilà qui explique ta mauvaise humeur », dit Ragondin après le départ du comte.

Vincent baissa la tête et s'assit. « Quand as-tu récupéré le livre ?

— Hier soir avant de rentrer chez moi mais t'as tout gâché. Le comte aurait été content, si tu l'avais pas mis en pétard en tirant sur le piqueur.

— Imbécile, je ne lui ai pas tiré dessus !

— C'est tout comme »

Vincent ferma les yeux pour essayer de chasser les événements de la matinée. Il donna son petit déjeuner à Ode et pensa à la colère du comte Au moins, quand Roland et lui étaient enfants, quelques coups de canne avaient le mérite de remettre tout en ordre. Mais maintenant, avec Ragondin comme partenaire, la réprimande était comme une épée de Damoclès suspendue au-dessus de sa tête.

« Comment es-tu entré chez Dufossé ? demanda-t-il quand Ragondin eut fini de nettoyer la cuisine.

— Par la porte de derrière. Ils étaient couchés. Si t'avais entendu les sons qu'elle faisait, la bonne femme. On aurait dit qu'elle était en train de fermenter. J'ai jamais entendu quelque chose de pareil.

— T'es entré dans la chambre ? demanda Vincent incrédule.

— J'avais déjà le livre en main, alors pendant que j'y étais j'ai décidé de jeter un œil.

— Putain, c'est pas vrai ! Je vais me coucher », dit Vincent en secouant la tête. Il ôta sa chemise. « Tu feras bien d'aller voir Jacques. Il a besoin d'aide pour tailler les arbres fruitiers près de la piscine.

— D'accord, mais avant que je parte, ça te dirait de nous cuisiner un lièvre pour le dîner ?

— T'as pas fait ça !

— Non, c'est une blague ! » dit Ragondin en riant. Il se redressa et se racla la gorge. « Mais un faisan, ça te plairait ? » dit-il jouant au clown.

Vincent ferma les yeux. « Où est-il ?

— Pendu dans le garde-manger.

— Merde, Ragondin. Et si le comte y était allé ?

— Je sais, mais c'est pas ma faute. Un renard rôdait autour de la volière. J'ai tendu un collet hier soir mais au lieu d'y trouver maître Renard ce matin, j'y ai découvert une belle poule faisane !

— Arrête tes conneries. Quand tu tends un collet, c'est à trois poings du sol pour un renard et deux pour un faisan. Tu le sais très bien.

— Sans blague ? J'avais oublié.

— Il faudra le laisser faisander quelques jours, dit Vincent en soupirant. Mais la prochaine fois que tu iras à Bourneuil, achète des marrons pour la farce. »

Exaspéré, il chassa Ode de son lit.

Chapitre 18

Les nuages envahirent la vallée et, dès l'après-midi, la grisaille s'installa dans le paysage, triste et uniforme. En face du moulin, les peupliers d'Italie dépouillés de leurs feuilles s'apprêtaient à se faire oublier jusqu'au printemps. En route vers le sud, les canards sauvages émigraient des marais côtiers d'Europe du Nord et faisaient escale à Mercourt. Ils se posaient et se reposaient sur les eaux protégées de l'Eure, cancanant toute la nuit.

En fin d'après-midi, Ragondin grimpa la colline jusqu'à la forêt. Il emporta quelques sandwiches, un litre de bière et une toile imperméable pour se protéger de la pluie. Il avait l'intention de passer la nuit aux alentours du lac du Bois-Vert. Les assassins de Serge recherchaient Monsieur ; il espérait les repérer et découvrir leur identité.

Pendant ce temps Vincent, pris d'envie de truite, avait assemblé le lancer léger en bambou de Serge et s'était rendu dans l'île avec Ode. Le soleil bas se cachait derrière des nuages sombres et la terre noire collait aux semelles de ses cuissardes. La rivière, grossie par les pluies tombées au nord de Merlecourt, débordait dans les champs du domaine. Quelques hérons au plumage gris-bleu marchaient, hésitants, sur leurs propres reflets et lançaient leurs becs d'acier sur les vairons imprudents. Chassées vers l'intérieur des terres par les vents marins, les mouettes plongeaient avec des cris aigus sur les vers et les escargots, les taupes et les mulots, noyés par la montée soudaine des eaux.

Vincent sortit le baril piège de la rivière et le retourna. La carcasse du rat qui avait sauté dedans le jour de sa baignade avec Nicole était décomposée. Il traversa le pont et l'image de Nicole debout en petite culotte lui revint en mémoire. Une fois sur l'île, il suivit une coulée récente jusqu'au banc de gravier. L'eau cernée de lumière était rapide et transparente.

Il ordonna à Ode de se coucher et tira ses cuissardes au-dessus de ses genoux. Une douzaine de colverts volaient à contre-courant en direction de l'île, le reflet de leurs ailes capté par la rivière. Le moulinet du lancer était dur à manier ; il n'avait pas servi depuis longtemps. Vincent déroula quelques mètres de ligne effilochée, la coupa avec ses dents, passa du fil neuf dans les anneaux de la canne, puis rattacha la cuillère et régla la tension.

Le banc de gravier descendait en pente douce vers un plan d'eau suffisamment profond et calme pour héberger les carpes. Les truites se trouvaient plus en amont, la tête face au courant.

Vincent avança dans l'eau baignée par les quelques derniers rayons du soleil qui disparaissait derrière les nuages de plus en plus abondants. Au bout de quelques pas il sentit la force de la rivière contre ses jambes. Ode l'observait du rivage. Il étudia le flux de l'eau sur les graviers et, satisfait de sa position, lança la cuillère en amont dans les hauts-fonds. Aussitôt qu'elle toucha l'eau, il ferma le pick-up du moulinet, rembobina le fil de quelques mètres et sentit sa prise.

Il ferra d'un coup de poignet et leva la canne au-dessus de sa tête. La grosse truite sortit de l'eau, se cambra, retomba et traversa la rivière, laissant derrière elle un sillage tumultueux. Puis elle sauta à nouveau, chatoyante contre le rideau d'arbres. Vincent sentait la force du poisson se transmettre le long de la ligne jusque dans sa main. Il regarda le fil se dérouler au gré du courant et s'arrêter brusquement dans un tourbillon à cinquante mètres en amont de l'île. Comme prise de rage, la truite se débattait au bout de la ligne, puis elle se reposa un moment au fond de la rivière avant de remonter le courant en secouant la tête pour tenter de se libérer de l'hameçon. Le vent se mit à souffler à contre-courant et projeta de l'écume contre les cuissardes de Vincent. Debout au bord du banc de gravier, les oreilles dressées, Ode suivait attentivement le spectacle. La truite, frénétique, nageait d'une rive à l'autre dans l'espoir vain de retrouver sa liberté. Enfin elle abandonna la lutte, cédant à la tension de la canne et, quand Vincent s'éloigna des hauts-fonds à reculons, elle le suivit le long des galets dorés jusqu'à ce que son flanc émergeât de l'eau. Comme il s'y attendait, c'était une fario au corps massif et tacheté, avec une petite tête en demi-lune. Elle n'était plus qu'une ombre dans la rivière ; seule brillait encore la cuillère dorée accrochée au coin de sa bouche.

Ode s'affaira autour d'elle, lui reniflant la queue et lui mordillant le corps. Vincent ramassa la truite, la retourna et lui cassa l'arête dorsale en appuyant sur la voûte de son palais. Ses petites dents laissèrent leurs empreintes sur son pouce.

Il lui glissa une branche dans les ouïes et s'assit sur la rive. Les nuages montaient du fond de la vallée. Il se remémora les parties de pêche avec Roland où, en ce même lieu, ils jetaient à l'eau la tête d'un mouton enveloppée dans un filet qu'ils amarraient solidement. Quelques jours plus tard, ils relevaient le filet rempli d'écrevisses enchevêtrées dans les mailles. En hiver, pendant les gelées, ils attendaient que les canards se posent sur les graviers pour leur tirer dessus à tour de rôle. Les mâles couverts d'un épais duvet arboraient leurs cous d'un vert éclatant et leurs queues de plumes retroussées violettes et noires. Roland arrachait les plus belles pour les offrir à Hubert et à Jacques qui les portaient fièrement dans le pli de leurs casquettes.

Sur la rive, Ode à ses côtés, Vincent contempla longuement la rivière dévaler sous les saules pleureurs. Il écoutait les bruits un peu obscènes de l'eau qui entrait et sortait des trous de rats creusés dans la berge. Le vent tourbillonnait, courbant les saules d'un côté, puis de l'autre. Vincent détestait le vent. Le sirocco desséchant d'Afrique lui donnait des migraines et les rafales glacées de la mer du Nord lui rappelaient les couloirs humides du pensionnat en hiver.

Portant sa prise empalée sur sa branche, Vincent retourna au moulin se rappelant Serge et son goût pour la truite. Depuis quelques jours, les traits de son oncle lui paraissaient flous et les intonations de sa voix de plus en plus lointaines. Les branches jaunies d'un saule traînaient dans la rivière. À mi-chemin, la pluie commença à tomber.

L'eau ruisselait sur son visage ; ce n'était pas le froid mais la solitude qu'il ressentait. Il avait envie de rire, d'entendre de la musique et par-dessus tout d'être avec Nicole. Ragondin l'avait accusé de mal se connaître, un reproche qui l'avait troublé. Il avait dix-neuf ans, il était amoureux d'une jolie fille et il essayait de percer le mystère d'un cauchemar dans lequel son oncle avait été assassiné. Qui était-il en effet ? Le bâtard d'un officier allemand ? Le fils presque adoptif d'un comte français ? Pourquoi Dieu, cette entité autoritaire au pouvoir absolu de prodiguer le bien et le mal, avait-il décidé de faire de son existence une série de deuils et d'incertitudes ?

Vincent s'arrêta, ouvrit les vannes et regarda l'eau se déverser d'une rivière dans l'autre. La pluie oblique lui martelait la tête. La canne dans une main et la truite dans l'autre, il eut soudain envie de danser. Il ferma les yeux, leva le pied gauche, puis le genou droit à hauteur de sa poitrine, lentement d'abord, puis de plus en plus vite.

Il posa sa canne et son poisson et se mit à danser au rythme d'une valse de Chopin que la comtesse avait travaillée au piano l'été de la mort de Roland pour un concert qui n'avait jamais eu lieu. La cadence s'accélérait vers la fin. Il chantait et dansait en claquant des mains, enivré par le vent et la pluie, tournoyant sur lui-même, le corps en feu sous ses vêtements. Ode le regardait l'air perplexe, puis elle décida de participer. Elle se mit à courir autour de lui et à sauter en aboyant. Vincent lui aussi sautait ; il s'agenouillait et se déhanchait comme les gitans à la foire du village. Il n'y avait personne pour le déranger et rien pour l'arrêter ; seule la musique comptait. Quand la valse se termina dans sa tête, il cessa de chanter mais continua de danser au rythme du vent et de la pluie. Il était vide de pensées et d'émotions, sans mémoire, aveugle à son entourage et seul avec lui-même. Ode le regardait, épuisée, la langue pendante.

À l'autre bout de la clairière, un tourbillon de fumée montait d'un toit de chaume. Il se figea sur place, haletant. Qu'était-il arrivé ? Puis il fut pris de terreur. Sa maison brûlait.

Chapitre 19

Ode sur les talons, Vincent courut jusqu'au moulin qu'il s'attendait à voir la proie des flammes. Mais au lieu d'un brasier infernal, il trouva Adorée pelotonnée dans un fauteuil devant un grand feu de cheminée. Ode se précipita vers elle, se mit à renifler ses pieds, puis sa robe et enfin lui lécha la main. Vincent s'appuya contre le chambranle de la porte. Il était essoufflé et son cœur battait fort. En voyant l'affolement sur son visage, Adorée se mit à rire.

« Mon Dieu ! tu m'as fait peur, dit-il, se sentant soudain faible.

— Tu danses comme une chèvre, dit-elle en caressant Ode. Tu as une nouvelle amie ?

— Un cadeau de Nicole. Qu'est-ce que tu fais là ? Où est ta voiture ?

— Garée derrière, sous les arbres. Entre, tu es trempé. Viens te sécher auprès du feu. » Elle prit la tête d'Ode entre ses mains et se mit à lui parler comme à un bébé.

L'eau ruisselait le long de ses cuissardes ; Vincent se souvint de sa truite et de sa canne à pêche. Il partit les chercher et à son retour trouva Ode couchée aux pieds d'Adorée.

« Tu veux boire quelque chose ? demanda-t-il en déposant le poisson dans l'évier.

— Pas tout de suite. »

Le ventre blanc de la truite avait pris une teinte jaunâtre et sur son dos les marques rouges s'étaient ternies. Charnue et ferme au toucher, elle devait bien peser un kilo. Il la lava à grande eau et l'espace d'un instant le poisson parut reprendre vie.

« Ça t'ennuie que je sois là ? demanda Adorée.

— Bien sûr que non, dit-il en s'essuyant les mains avec un torchon. Tu dînes avec moi ? »

Elle acquiesça de la tête. Vincent ouvrit le poisson, introduisit deux doigts dans les ouïes et tira vers le bas. Des centaines de petites crevettes grises tombèrent de son ventre laiteux, elles semblaient danser dans l'eau de l'évier. Il glissa l'ongle de son pouce sous la bande sombre proche de l'arête dorsale et l'eau tourna au rouge. La chair sous les arêtes translucides avait la couleur du saumon.

Lovée dans le fauteuil, un châle rouge sur les épaules, les jambes repliées, Adorée le regardait vider la truite. Ses cheveux étaient maintenus par un serre-tête doré.

« Je t'ai apporté une baguette et des gâteaux. » Elle regarda autour d'elle. « Dieu que cet endroit me manque ! » Elle parlait d'une voix basse et ses yeux bruns étaient pleins de nostalgie. Vincent compris pourquoi Serge l'avait préférée à toutes les autres. Il lui embrassa le sommet de la tête.

« Ça m'inquiète de te savoir seul ici, dit-elle.

— Ragondin est avec moi pendant la journée et Ode me tient compagnie la nuit. Je vais voir comment va se passer l'hiver.

— L'hiver ?

— La nuit, mes souvenirs tournent aux cauchemars. Et l'hiver n'est qu'une longue nuit. » Il versa dans deux verres le fond d'une bouteille de vin rouge et s'assit en face d'elle sur le rebord de la cheminée.

« Tu devrais demander au comte de te redonner ta chambre au château. Je suis sûre qu'il le ferait volontiers », dit Adorée.

Vincent lui expliqua que ses relations avec le comte avaient changé depuis qu'il habitait le moulin. De plus, il avait désormais la charge du domaine et il voulait faire tout ce qu'il pouvait pour remplir au mieux les responsabilités qui avaient été celles de Serge.

Tandis qu'il continuait à lui parler de ses devoirs vis-à-vis du comte et de ses obligations de garde-chasse, Adorée souriait du ton sérieux de sa voix. « Est-ce que danser sous la pluie fait partie de tes obligations ? » demanda-t-elle d'un ton taquin.

Vincent haussa les épaules et sentit la chaleur du feu. Il se leva et se mit à marcher de long en large devant la cheminée. Il avait l'impression que de la buée s'échappait de ses vêtements mouillés. Il lui parla de Monsieur, de la récompense offerte par le syndicat à Paris, de ses efforts et de ceux de Ragondin pour retrouver les meurtriers. Elle l'écoutait, les mains sur les genoux. Les flammes se reflétaient dans ses yeux. Elle dit à Vincent que la veille Maurice Corneille était passé la voir à la boutique. La police n'avait toujours rien trouvé.

« Ils ne trouvent jamais rien.

— Maurice m'a dit que, s'il n'avait pas plu ce jour-là, les assassins seraient déjà sous les verrous.

— Les humeurs de la nature offrent toujours de bonnes excuses. Mais franchement je ne fais pas mieux qu'eux. Tout ce que j'ai réussi à faire, c'est de me mettre à dos le père Ménardeau, Labrissé, Auverpois et même le comte. » Il prit une bûche dans le panier d'osier à côté de la cheminée et la mit dans le feu qui flamba de plus belle. La chaleur traversa son pantalon mouillé et il éternua.

« Je vais préparer le dîner, dit Adorée.

— Non, c'est moi qui vais le faire, rétorqua Vincent en la suivant dans la cuisine.

— Pas cette fois-ci. Tu ferais mieux de prendre un bain avant d'attraper un rhume. »

Vincent fit une grimace derrière son dos. C'était mot pour mot ce que sa mère lui disait quand il était enfant. « Tu veux que je prenne un bain pendant que tu fais la cuisine ? Pas question !

— Et pourquoi ?

— Parce que la baignoire, c'est ça. » Il montra du doigt la bassine en émail près du comptoir où Adorée allait préparer le repas.

« Je sais, dit-elle en souriant doucement.

— Je vais juste me sécher et me changer.

— Pas de bain, pas de dîner. » Elle vissa le tuyau d'arrosage au robinet d'eau chaude.

« C'est mon poisson.

— Pas si je l'emporte avec moi. » Elle lâcha l'extrémité du tuyau dans la bassine et ouvrit le robinet. « Qu'est-ce qui te prend ? Qu'est-ce que tu crois que je vais te faire ? » Elle mit les mains sur ses hanches. « Tu as passé la nuit dans mon lit. Tu n'y as rien perdu, que je sache ?

— Je n'avais rien à perdre, s'indigna-t-il en rougissant. Je ne suis pas puceau ! » Il sortit sous la pluie et rapporta du garde-manger un bouquet de persil, des citrons, de la crème et des pommes de terre rouges.

« C'est presque prêt, dit-elle en lançant une savonnette dans l'eau. Vas-y. Je ne regarderai pas. » Elle brossa les pommes de terre et les jeta dans une casserole d'eau bouillante.

Vincent savait qu'elle continuerait de le harceler jusqu'à ce qu'il cédât. De plus il avait froid ; un bain chaud lui ferait du bien. Il lui tourna le dos, ôta ses cuissardes, puis ses vêtements. L'eau était brûlante. Il resta debout dans la bassine, plié en deux face au mur opposé.

« Qu'est-ce qui ne va pas ? demanda Adorée.

— Je suis en train de m'ébouillanter », répondit-il en la regardant par-dessus son épaule.

Elle éclata de rire. « N'oublie pas de te laver la nuque. Tu en as besoin.

— Nom de Dieu ! » gémit-il, et il s'assit. Il frotta le

savon entre ses jambes jusqu'à ce que l'eau fût trouble et qu'il ne vît plus le fond. Il sentit la chaleur monter le long de son corps et vit la buée se coller aux carreaux au-dessus d'Adorée. Elle hacha le persil, en fit un petit tas qu'elle poussa dans un coin de la planche à découper, rinça le poisson, le plaça sur le ventre entre deux rangées de pommes de terre et ajouta un bon morceau de beurre. Elle disposa des tranches fines de citron sur les flancs de la truite, puis examina la planche à découper comme un peintre étudie sa palette. « Je suis prête », dit-elle.

La rondeur voluptueuse de ses hanches contrastait avec la vivacité de ses mains. Vincent se boucha le nez, plongea la tête sous l'eau, se rinça les cheveux et refit surface. « Je vais me laver, dit-il, alors s'il te plaît ne regarde pas. »

Elle se retourna vers la cuisinière et il se mit debout. Pendant qu'il se savonnait elle entonna gaiement une chanson de Brassens dans laquelle on effeuillait la marguerite. Elle s'arrêta quand il se rassit et alla chercher une bouteille de vin blanc au garde-manger. Vincent sortit du bain, se sécha, alla chercher dans la commode près de son lit des vêtements propres qu'il enfila rapidement. Dehors le vent avait forci et projetait la pluie contre le moulin. Vincent tisonna le feu et s'assit dans un fauteuil. Il se laissa envahir par la chaleur et s'endormit.

L'odeur de crème et de vin blanc le réveilla une demi-heure plus tard. Il se sentait congestionné. Le côté de son corps exposé au feu transpirait alors que l'autre était glacé. Il se leva et suivit un courant d'air qui venait de la cuisine où Adorée avait entrouvert la fenêtre. Il se rendit compte avec consternation qu'il venait d'attraper un rhume. Il s'approcha de la cuisinière ; Adorée vérifiait la cuisson de la bête. « Ne la fais pas trop cuire, dit-il, en piquant une pomme de terre de son couteau.

— T'inquiète pas, je m'y connais, dit-elle en lui tapant doucement sur la main. Les poissons c'est comme les hommes : je les aime bien faits, fermes et frais. » Vincent fit une grimace qu'elle n'était pas censée voir mais qu'elle surprit tout de même. Elle le fixa droit dans les yeux. La truite continuait de mijoter dans le four.

« Espèce de petit puritain », dit-elle en lui pinçant la cuisse. Il se plia en deux.

« Arrête ! » dit-il en riant. Mais elle recommença et pour la faire arrêter il la coinça contre le comptoir, une jambe entre les siennes. Elle se détendit et il regarda par la fenêtre au-dessus de sa tête, dans l'obscurité de la nuit. Il pensa à la rivière et à quel point le corps de Nicole lui avait semblé différent. Alors que celui de Nicole était souple et énergique, celui d'Adorée était doux et vulnérable.

Il sentit quelque chose de chaud sur sa gorge ; il baissa les yeux et entrevit la langue d'Adorée. Il se sentit durcir. Adorée se mit à rire. « Tu es un vrai bouc », dit-elle, en s'écartant de lui.

Elle prit une cuillère en bois et ouvrit le four. La truite nageait dans le beurre et la crème. Elle la goûta, regarda Vincent, fit une moue gourmande et mit le poisson dans un plat. Les tranches de citron étaient caramélisées. Adorée déposa le plat sur la table, incisa le poisson des deux côtés de l'arête dorsale, retira la peau argentée, dégagea un filet et le servit à Vincent avec les pommes de terre saupoudrées de persil. Elle lui dit de commencer, puis détacha la grosse arête de la chair rosé et se servit. Le bruit du vent, l'odeur de la crème et la présence d'Adorée lui donnaient l'impression que la pièce avait rétréci. Vincent avait mal partout et se sentait fiévreux. Il frissonna, trempa un morceau de pain dans la sauce et le mit dans sa bouche déjà pleine de poisson. Il avala le tout à l'aide d'un grand verre de vin.

« Parle-moi de Nicole, dit-elle.

— Elle veut que j'aille la voir à Paris, mais elle a emmené son fiancé américain en Bretagne. Je ne la comprends pas.

— Peut-être qu'elle t'aime et qu'elle ne veut pas que tu le saches, dit Adorée en secouant la tête. Ou alors elle t'aime et ne le sait pas elle-même. Le résultat est le même. Ou encore, elle pense peut-être que tu t'angoisses trop et que tu ne sais pas t'amuser. Si c'est le cas, elle te le dira. Finis ton poisson. »

Il ne pensait pas être anxieux et il était certain que Nicole ne pouvait pas l'aimer et être avec Éric en même temps.

« Est-ce que tu es amoureux d'elle? demanda Adorée d'une voix qui lui semblait lointaine.

— Non ». Il mentait. Il sentit la fièvre lui monter à la tête.

« Et moi, est-ce que tu m'aimes?

— Bien sûr.

— C'est vrai. J'oubliais », dit-elle d'une voix taquine. Elle se leva, s'assit sur ses genoux et lui épongea le front avec sa serviette. « Tu te rends malade à force d'être sérieux tout le temps ! »

Il tenta de la repousser mais elle lui passa les bras autour du cou. Il se laissa faire et se rendit compte à quel point le contact de son corps lui était agréable.

« Bon, d'accord, je retire ce que j'ai dit, dit Adorée en souriant. Tu n'es pas sérieux, tu as de la fièvre. » Elle l'embrassa sur la bouche ; ses lèvres avaient le goût des pommes de terre au beurre.

« Tu sens l'eau de la rivière », lui dit-elle. Elle essaya de le faire boire au goulot de la bouteille. « Bois !

— Je n'en veux plus, dit-il en se détournant. Je vais être malade.

— Mais si. Vas-y, bois. Ça va te faire transpirer. » Il renversa la tête en arrière et laissa le vin couler dans sa gorge. La pièce se mit à tourner autour de lui.

Elle prit son visage entre ses mains et l'embrassa de nouveau. Il sentit les murs se refermer sur lui et n'entendit plus le vent siffler ou la pluie tomber sur le toit ; seule comptait la présence d'Adorée. Quand il eut l'impression que son cœur se confondait avec le sien, elle demanda : « Dis-moi la vérité, Vincent : est-ce que tu as déjà couché avec une femme ?

— Non », répondit-il, la joue posée sur son épaule, trop fatigué pour mentir. Il imagina que son haleine effleurait ses seins par l'ouverture de son corsage.

— C'est bien ce que je pensais. Viens », dit-elle en se levant. Elle le prit par le poignet : « Je vais m'occuper de toi et de la vaisselle et du feu et de tout le reste. Mais d'abord il faut que je te mette au lit. » Il la suivit sans résister.

Elle l'aida à se déshabiller et s'assit à côté de lui. Il ferma les yeux et laissa son corps s'enfoncer dans le matelas. Adorée essuya la sueur sur sa poitrine avec une serviette éponge et lui chanta à mi-voix des chansons dont il ne comprenait pas les paroles. Il s'endormit et quand il ouvrit les yeux il était sous les draps, nu et frigorifié. Elle était toujours assise près de lui. Le vent s'était un peu calmé et la pluie battait moins fort contre le moulin. Il comprit que le plus gros de la tempête était passé.

« La fièvre est tombée, dit-elle en lui caressant le front. Comment te sens-tu ? »

Il tira la couverture à lui. « Qu'est-ce qui s'est passé ?

— Tu as pris un coup de froid et je t'ai mis au lit. Tu t'es endormi et le vin a fait le reste. »

Elle lui caressa la poitrine et Vincent se souvint de mains douces qui le déshabillaient. « Est-ce que tu veux que je me mette sous la couverture avec toi ? demanda-t-elle en le regardant. Pour te réchauffer, bien sûr. »

Il hocha la tête. Son visage lui paraissait flou comme s'il avait été peint sur l'eau. « J'imagine que tu veux que je me déshabille moi aussi, dit-elle en déboutonnant son corsage. Et si je te faisais l'amour ? »

Quand elle fut dévêtue, Adorée se glissa sous les couvertures et se blottit contre lui. Il se tourna pour lui faire face. Son corps était doux et chaud contre le sien. Elle l'embrassa et le poussa gentiment sur le dos. Sa main descendit jusqu'à son ventre et il crut qu'il ne pourrait plus jamais reprendre son souffle. Puis elle le couvrit de son corps, se redressa sur les mains et le chevaucha. Il prit ses seins dans ses mains et connut une sensation de volupté qu'il n'avait encore jamais éprouvée. Adorée enleva son serre-tête et se pencha pour l'embrasser, puis elle le prit dans sa main et le guida jusqu'à elle.

« Maintenant que tu es dans le ventre d'une femme, dit-elle le visage caché derrière un rideau de cheveux bruns, je vais te montrer comment lui faire l'amour. »

Pendant le long silence qui suivit leur étreinte, Vincent écouta le sang couler dans ses veines. Il écouta son corps et il écouta la respiration d'Adorée. Il la toucha du bout des doigts, huma l'odeur de sa peau et l'embrassa. Ils refirent l'amour et le refirent encore. Chaque fois Vincent se montrait plus audacieux et plus sûr de lui. Finalement elle se mit sur le dos; la sueur perlait sur sa lèvre supérieure et elle supplia : « S'il te plaît, ça suffit. » Il sourit.

« Tu es un bon élève, Vincent », admit-elle à l'aube quand il la laissa enfin se lever. Il tira la couverture sur ses épaules et sentit la chaleur du corps d'Adorée dans tous ses muscles.

Elle sortit Ode, s'habilla, fit du café et s'approcha

du lit avec deux tasses. « Je ne reviendrai pas, tu sais ? dit-elle, debout près du lit.

— Comment ça ? demanda-t-il, incrédule.

— Je voulais faire l'amour avec toi pour que tu saches comment ça doit être. Maintenant on est amis. Cette nuit est notre secret, mais je veux en rester là. On ne peut pas être à la fois amis et amants. »

Elle remit ses cheveux en ordre ; il remarqua qu'elle avait des traces de crayon aux coins des yeux et des rides de chaque côté de la bouche. Il détourna son regard et se sentit coupable. Vite, il se leva, l'embrassa et se remit au lit. « Je viendrai chez toi lundi et on en parlera. »

Elle hocha la tête, enfila son manteau et se dirigea vers la porte.

« Tu m'as rendue heureuse, Vincent », dit-elle en sortant. L'air froid envahit la pièce d'un coup et Vincent s'enfonça sous les couvertures.

Quand Ragondin revint du lac du Bois-Vert, le soleil était haut dans le ciel et Vincent dormait la tête sous l'oreiller. Ode l'accueillit à la porte. Ragondin entra dans la cuisine et nota dans l'évier la présence de deux assiettes et de deux verres. Il claqua la langue, et dit : « Ça sent la femme ici ! Ça sent très fort la bonne femme ! »

Il se dirigea vers le lit de Vincent, souleva les couvertures et y glissa la tête. « Je connais cette odeur. Ne me dis pas qui c'est. Laisse-moi deviner. »

Vincent s'assit. « Merde, Ragondin. Fous-moi la paix », dit-il en repoussant son ami.

Ragondin renifla, se frappa le front et s'exclama : « Madame Béton ! Tu t'es tapé la vieille Béton. » Il se roula sur le lit en riant aux éclats.

« Imbécile !

— Qui, alors ?

— Tu peux toujours chercher.

— Tu crois que je le sais pas ? » Ragondin dessina dans l'air des seins imaginaires. « Et ton oncle Serge aussi ; mais t'as encore un bon bout de temps avant de t'inquiéter de ça. Un coup de pot, non ? »

Vincent se demanda si le fait de cocufier un mort était un péché mais il savait aussi que ce genre de scrupule aurait amusé son oncle. Il s'aperçut que son rhume était guéri, enfila son pantalon et invita son camarade à se mettre au travail.

« Pas moi. J'ai passé la nuit au lac du Bois-Vert. » Ragondin s'allongea sur le lit de Vincent et croisa les mains derrière sa nuque. « Et j'ai du nouveau.

— Vas-y, raconte, dit Vincent en cherchant ses chaussures.

— J'ai vu une voiture.

— Labrissé ?

— Non. Essaie encore. »

Bien des années plus tard, Vincent devait avouer qu'à ce moment précis il avait senti quelque chose de désagréable et d'insaisissable, comme une araignée, descendre le long de sa nuque. Il s'assit sur le lit et regarda Ragondin sans ciller.

« Dis-moi qui c'est, dit-il l'air soucieux.

— On aurait dû s'en douter, dit Ragondin. La

voiture était celle de Gros-Louis. Titi était avec lui. Ils avaient un fusil. »

Les traits déformés par la rage, Vincent resta un long moment immobile et silencieux. Ode sentit qu'il se passait quelque chose de grave et alla se coucher sous la table de la cuisine. « Tu t'es approché d'eux ? » demanda-t-il enfin.

Ragondin suivit Ode dans la cuisine et se servit un verre de calvados. Il expliqua qu'il avait fait le tour de la voiture des frères Verdier et s'était avancé à quatre pattes dans le fossé jusqu'à la portière avant. Il avait vu les canons d'un fusil par la fenêtre quand Gros-Louis avait allumé une cigarette et entendu Titi déclarer qu'avec sa part de la récompense il irait se payer des putes à Paris.

Vincent sortit du moulin et alla s'asseoir au bord de l'eau. La tête dans les mains, il revécut l'incident du bistrot. Il s'était senti humilié dans son costume de garde-chasse qu'il avait si fièrement choisi ce matin-là. Il frémit à l'idée que les rires moqueurs des frères Verdier avaient sans doute été les mêmes que Serge avait entendus pendant qu'ils le traînaient vers sa mort. Ragondin avait raison. Pendant que Titi était à terre, il aurait dû lui casser la tête à coups de pied.

Vincent retourna au moulin et s'assit devant la cheminée. Ses mains tremblaient. Ragondin lui offrit un verre de calvados mais il l'avala de travers, toussa, et l'alcool lui ressortit par le nez. « Je vais les expédier en enfer », promit-il quand il retrouva sa voix.

Il se leva et contempla la rivière, sa rivière, par la fenêtre. Il était perdu dans ses pensées lorsqu'il sentit Ode s'asseoir à côté de lui. Sa colère irrationnelle se transforma lentement en résolution. Il repensa au fusil de Serge, un Darnes de calibre douze dont un choc avait écorné la crosse. Pour venger son oncle il allait devoir le retrouver, affronter les deux frères, puis les tuer. Il ne savait pas encore comment il allait s'y prendre.

Ragondin dit qu'il irait fouiller la ferme Verdier pour essayer de trouver le fusil pendant que Vincent serait à Paris avec Nicole. Il était sûr que les frères tenteraient à nouveau de piéger le cerf après la tombée de la nuit. Si le fusil de Serge était chez eux, il le trouverait, puis il attendrait le retour de Vincent au moulin.

« Et Étienne ?

— Titi et Gros-Louis ont leur propre appartement.

— Et la femme ? Elle va leur dire.

— Je n'ai pas le choix. Elle ne sort jamais.

— Et si elle ne te laisse pas entrer ?

— C'est une pute, non ? »

Le calvados et la nuit blanche au lac du Bois-Vert eurent raison de Ragondin ; il s'endormit dans le fauteuil. Vincent fit les cent pas entre la cuisine et le lit de Serge ; au bout d'une demi-heure Ode se mit à gémir. Que de mauvais souvenirs, que de cauchemars ! pensait-il. Et maintenant les frères Verdier, les deux hommes les plus dangereux du département, se révélaient les acteurs principaux de son dernier drame.

Vincent se sentit soudain terriblement seul. Il laissa Ode au moulin et prit la 2 CV pour se rendre à Bourneuil. Il voulait être avec quelqu'un en qui il avait confiance. À la boulangerie, on lui dit qu'Adorée était sortie déjeuner avec le docteur Jobard. Il se rendit au château.

Il avait beau être plus de midi, Robert de Costebelle se trouvait encore dans son lit en train de lire, lumières allumées et rideaux tirés. Il semblait fragile dans son pyjama de soie, son visage était aussi pâle que la lumière de sa lampe de chevet. Alarmé par son état, Vincent, debout au pied du lit, n'eut pas le cœur de lui communiquer la nouvelle concernant les frères Verdier.

« Chateaubriand avait raison, tu sais, lorsqu'il écrivait qu'à la fin d'une vie chaque jour est un adieu, dit le comte, inconscient du malaise de Vincent. Toutefois, contrairement à ce qu'on pense, notre existence sur terre, avec toutes les joies et tous les regrets que les années nous imposent, est un très long voyage. Si tu comptes les heures d'une vie au lieu d'en compter les années, celle-ci est prodigieusement longue. J'ai l'impression d'avoir vécu des siècles. » Pour la première fois depuis qu'il le connaissait, Vincent décela la résignation dans la voix du comte.

Le téléphone sonna : c'était Nicole. Après lui avoir parlé quelques minutes, le comte tendit l'appareil à Vincent. Sans le quitter des yeux il alluma une cigarette. En présence du vieil homme, Vincent ne pouvait s'empêcher d'être sur ses gardes ; il surveillait ses mots et retenait sa voix. Nicole s'en rendit compte ; elle le taquina et le cajola jusqu'à ce qu'il lui promît de ne pas rater le train de quatre heures.

Vincent dit au comte qu'il allait dîner avec Nicole à Paris et qu'il l'emmènerait ensuite au cinéma. Il ne parla pas de boîtes de nuit ou même d'aller danser. Quelque chose d'étrange était apparu dans les yeux du vieil homme, un regard dédaigneux que Vincent reconnut, un regard qu'il réservait à certaines personnes. « Tu n'es pas assez bien pour sortir avec ma fille », disait ce regard. Vincent décida de garder pour lui ce qu'il savait des meurtriers de Serge.

Il prit congé du comte. À la porte, il se retourna pour dire qu'il passerait le voir lundi après son week-end à Paris. Il vit que le comte Robert avait fermé son livre et l'observait à travers la fumée de sa cigarette. Vincent baissa les yeux et s'éloigna.

Chapitre 20

Les voyageurs qui partageaient avec Vincent le compartiment de troisième classe portaient tous les mêmes vêtements de couleur terne. Les hommes lisaient leur journal ou, résignés à la banalité du trajet, regardaient dans le vide. Les femmes se plaignaient à voix basse des difficultés d'élever leurs enfants et des problèmes de la vie quotidienne.

Vincent luttait contre la somnolence, redressant la tête chaque fois qu'il piquait du nez. Dans son demi-sommeil un incident lui revint en mémoire : il eut lieu un dimanche au pensionnat quand il travaillait dans une ferme voisine pour se faire un peu d'argent de poche. Ce matin-là, le fils du directeur et deux de ses camarades l'avaient surpris en train d'entasser du fumier. Le fermier et sa femme étaient à l'église et les trois garnements, fils de riches familles bourgeoises de la région, l'avaient encerclé. Chacun à leur tour, ils se mirent à le tourmenter, puis le fils du directeur lui donna un coup dans les côtes et le traita de *Sauerkraut*. Vincent le frappa comme il avait frappé Titi et, pendant que ses comparses s'enfuyaient, il le ramassa et l'enferma dans une cage à poules.

Le fils du directeur hurla menaces et insultes. Puis, quand il vit que Vincent n'avait pas l'intention de le relâcher, il se mit à le supplier. Pour le faire taire Vincent jeta du fumier sur la cage. En rentrant de l'église, la femme du fermier découvrit qu'un de ses chapons était mort étouffé dans la cage. Pour la dissuader d'appeler la police, le fils du directeur offrit à la fermière de lui rembourser son chapon. Vincent avait menacé de l'écorcher comme un lapin s'il s'avisait de souffler mot de l'affaire à quiconque.

Le vacarme soudain d'un train qui croisait le sien le fit sursauter. Le choc du bruit, le souvenir désagréable du pensionnat, sa nuit blanche avec Adorée, tout cela lui fit penser au fracas infernal de tôles broyées que sa mère avait dû entendre à l'instant de sa mort.

La moitié des passagers descendit à Versailles et une bouffée d'air frais entra dans le compartiment. Les platanes qui longeaient la voie avaient été taillés pour l'hiver et l'on apercevait le château par la fenêtre. Le prochain arrêt était Paris. Vincent alla aux toilettes, retira sa veste de velours et s'aspergea le visage d'eau froide. Il ajusta son pantalon gris et sa cravate noire, s'assura que ses souliers du pensionnat étaient propres et que ses papiers de garde-chasse étaient en sécurité dans son portefeuille. Quand il se regarda dans la glace, il vit que ses traits étaient tirés et que ses yeux avaient perdu ce que

Serge appelait « l'esprit de Pan ». Nicole va changer tout ça, pensa-t-il. Ce soir elle va m'emmener danser à Paris.

Elle était sur le quai et lui faisait signe de la main. Quand il sauta du train, elle courut vers lui et jeta ses bras autour de son cou. Le cortège des voyageurs s'écartait, puis se refermait derrière eux. La gare était remplie de passagers qui attendaient leur train de banlieue. Ils suivirent la foule qui descendait le grand escalier vers un hall brillamment éclairé et disparaissait derrière de lourdes portes de cuivre.

En jean et bottes de cuir à talons, Nicole était presque aussi grande que Vincent. Elle le prit par la main et ils remontèrent le boulevard Montparnasse. Il sentait sous ses pieds le cœur de Paris. La foule le rendait nerveux et il évitait de croiser le regard des passants. Nicole lui désignait les magasins, les restaurants et les plaques commémoratives sur les façades des immeubles. Profitant de leur jour de congé, les écoliers se poursuivaient sur le boulevard, bousculaient les gens, riaient et s'attardaient devant les pâtisseries. Assis les jambes croisées à la terrasse des cafés, de jeunes barbus en jean lisaient les journaux du soir et discutaient politique. Des hommes d'âge mûr s'entassaient au comptoir des bars pour boire et jouer au tiercé. Ils parlaient de leur travail, de femmes et bien sûr de politique. Des silhouettes sombres et courbées portant des cabas chargés de provisions et des baguettes chaudes à la main s'engouffraient à la hâte dans le métro. Un ciel jaunâtre s'attardait sur la ville

Nicole proposa de boire un verre au café du coin de la rue Saint-Jacques. Ils s'assirent à une petite table ronde et Vincent éplucha un œuf dur qu'il mangea avec sa bière. La lumière du néon donnait un ton verdâtre au visage du garçon en tablier blanc. Il laissa l'addition dans une soucoupe près du coquetier en plastique. L'éclairage lui rappelait celui de l'hôpital de Bourneuil.

« Je n'ai rien d'autre à me mettre », dit-il en passant ses doigts sur sa veste de velours. Il avait remarqué les costumes sombres, les manteaux longs et les écharpes élégantes négligemment nouées autour du cou des consommateurs qui l'entouraient.

« Tu es très bien comme ça, dit-elle. Mais si tu veux, Éric a laissé un blazer pour toi à l'appartement. »

La concierge de l'immeuble entrouvrit la porte de sa loge et inspecta Vincent. Son regard soupçonneux le suivit jusque dans l'escalier. Des rideaux blancs et une moquette bleue égayaient le petit deux-pièces de Nicole, ainsi qu'une jardinière de chrysanthèmes jaunes posée sur la table basse devant le canapé. Les murs couleur crème étaient vieux d'un siècle.

Seule et indépendante pour la première fois, Nicole parlait avec enthousiasme de sa vie à Paris. Elle lui raconta l'histoire de son quartier, les étudiants qui habitaient l'immeuble et les restaurants vietnamiens où l'on pouvait déjeuner pour mille francs. Après lui avoir servi un Cinzano, elle se mit à marcher de long en large, remettant inutilement les choses en ordre, lui montrant des photos de ses parents avec elle à New York. Une photo encadrée du président Kennedy assis devant son bureau ovale était accrochée au mur.

Confortablement installé sur le canapé, Vincent était soulagé de ne plus être dans la rue. Il n'avait l'intention de parler de l'affaire Verdier qu'après le dîner mais Nicole, qui s'était éclipsée pour se changer, reparut dans une robe de chambre moulante en coton blanc. Il ne put s'empêcher de penser à ce qu'elle portait dessous.

Troublé, il laissa échapper : « Je sais qui a tué Serge. »

Elle s'assit à côté de lui et, lorsqu'il eut fini de lui raconter l'histoire des frères Verdier au lac du Bois-Vert, elle lui demanda s'il avait prévenu la police. Quand il lui répondit par la négative, elle voulut savoir s'il en avait informé son père.

« J'allais le faire, et puis j'ai changé d'avis.

— Mais tu n'as pas le droit de lui cacher ça, dit-elle levant les bras au ciel exaspérée.

— Quand je lui ai dit que je venais te voir à Paris et qu'on allait sortir ensemble, il m'a regardé comme si j'étais un paysan.

— Et alors ? dit-elle en élevant la voix. Il fallait le lui dire quand même ! » Sa robe de chambre glissa sur son épaule, révélant un sein parfaitement enveloppé de dentelle noire. Il se déplaça vers l'autre bout du canapé.

« Je ne suis obligé de parler à personne ! dit-il fermement. Serge était mon oncle. C'est à moi de venger son meurtre.

— Nom d'un chien, Vincent, après tout ce que

ma famille a fait... » Elle baissa les yeux et frappa le canapé de la main. Ses cheveux tombèrent sur son visage, cachant sa colère. Vincent se leva.

« Pourquoi faut-il qu'on me rappelle sans arrêt tout ce qu'on a fait pour moi ? Qu'est-ce que je suis censé faire ? Lécher le cul de ma tante parce qu'elle m'a nourri pendant trois mois après la mort de ma mère ? M'incliner devant le sceau de ta famille pour toutes les années que j'ai passées au château à travailler ? Et je suppose que je devrais ramper à tes pieds pour l'honneur que tu me fais en me recevant ici ? » Ses mains commencèrent à trembler.

« Merde ! » continua-t-il. Il enfonça ses poings dans les poches de son pantalon. « Après que ta mère eut donné mon poney à cette bonne femme à Paris, François m'a prévenu que ta famille dispensait sa générosité comme Ménardeau sa foi : vous ne donnez que pour reprendre plus tard. »

Nicole le regardait, les yeux remplis de larmes. Elle courut à la salle de bains et ferma la porte. Le silence s'installa dans l'appartement. Dehors, Paris s'éveillait à la nuit et les rues parlaient un langage que Vincent ne comprendrait jamais. Il se leva et regarda par la fenêtre qui donnait sur la rue Saint-Jacques. La ville jouissait, vibrait de ses sons, de ses lumières, de ses rires et de ses larmes. Mais Vincent ne pensait qu'à une chose : chaque fois qu'il sentait qu'il allait enfin devenir membre de la famille Costebelle, l'un d'entre eux s'empressait de le reléguer au rôle de serviteur.

Elle sortit si doucement de la salle de bains qu'il

ne l'entendit pas s'approcher de lui. Il eut à peine le temps de se retourner qu'elle était dans ses bras.

« Excuse-moi, dit-elle, je ne voulais pas gâcher notre soirée ensemble. C'est que tu n'arrêtes pas de me faire peur. Autrefois c'était mon frère. Maintenant c'est toi. Toutes ces histoires de tueries me rappellent Roland et ces expériences abominables qu'il faisait dans son laboratoire. » Elle leva les yeux et il aperçut des taches d'or flotter derrière ses larmes. « Depuis que je suis rentrée à Merlecourt on n'arrête pas de se disputer. J'ai horreur de ça. »

Sa lèvre inférieure tremblait. Vincent posa ses mains au creux de ses reins et la serra contre lui. « Je ne pensais pas ce que je disais, dit-il. Ton père est le père que je n'ai jamais eu. »

Nicole resta contre lui, longue et soyeuse. « Je t'aime, dit-elle, tu fais partie de la famille, Vincent. »

Il brûlait de l'embrasser sur la bouche et de la porter jusqu'au lit mais il n'osa pas.

Ils allèrent à Montparnasse et dînèrent sous le dôme de La Coupole, entourés de chapiteaux peints par les artistes du cru. L'argenterie, les pieds chromés des tables, le plastique des banquettes : tout brillait. Sur fond de conversations passionnées se détachaient les éclats de rire, le choc des assiettes les unes contre les autres et le claquement incessant de semelles ferrées.

Le garçon leur apporta un plateau de fruits de mer où, sur un tapis d'algues et de glace pilée, les belons et les crevettes, les palourdes, les minuscules bigorneaux, les oursins et les langoustines étaient élégamment disposés. Il écarta les verres pour faire place au plateau et dit d'un ton enjoué : « Bon appétit les amoureux ! » Sur une petite table ronde reposaient des citrons coupés en quartiers, une corbeille de pain et du beurre dans un pot de grès.

Ils burent très vite une bouteille de muscadet afin d'effacer ce qui restait de leur dispute et en commandèrent une deuxième pour saluer l'arrivée du turbot poché à la crème. Au dessert, Vincent se mit à parler comme s'il venait de retrouver sa voix après cinq années de silence.

Il lui parla des raids nocturnes que Roland et lui avaient effectués sur le village, lui raconta des histoires du domaine, du pensionnat ; certaines anecdotes étaient drôles, d'autres peu flatteuses. Il avoua même l'avoir espionnée par le trou de la serrure quand elle prenait son bain, bien qu'il eût été trop jeune pour apprécier ce qu'il voyait. Il ne réfléchissait pas à ce qu'il disait : il vidait son cœur. Nicole riait, heureuse, les joues en feu. Il insista pour payer ; addition et pourboire vidèrent pratiquement son portefeuille.

Il avait plu pendant qu'ils dînaient et la chaussée luisait sous les voitures. Ils marchaient en se tenant par la taille ; leurs longues enjambées rattrapaient et dépassaient les autres promeneurs. Le reste du monde n'existait plus pour eux : la ville avec ses agents de police, ses clochards accrochés à leur litre de rouge, ses étudiants qui s'attardaient devant les cinémas et ses amants qui s'embrassaient sous les portes cochères. La pluie avait balayé les trottoirs et le ciel dévoilait ses étoiles. Les rues de la capitale étaient bleues.

Nicole agita la main devant le judas d'un club privé et un homme blond en smoking les laissa entrer. Elle montra à Vincent le restaurant et le bar du rez-de-chaussée. Par un escalier en colimaçon, ils arrivèrent dans un deuxième bar où la musique était forte, les lumières tamisées et où les tables disparaissaient dans l'ombre au-delà de la piste de danse.

Bien que Nicole ait passé la soirée de la veille au club, ses amis l'accueillirent comme si elle rentrait d'un long voyage. Autant Vincent se sentait déplacé, autant sa compagne était dans son élément. La jeune femme allait de table en table, le présentait à tout le monde, échangeait des compliments, éclatait de rire et passait la main dans ses cheveux. Les hommes se levaient; certains lui baisaient la main, d'autres l'embrassaient sur les deux joues. Tous serraient la main de Vincent, le regard amusé. Un mince Italien aux cheveux noirs, un mouchoir de soie sortant de la poche de sa veste, chuchota des mots étrangers à l'oreille de Nicole. Elle rougit et Vincent dut se retenir pour ne pas le gifler.

Il sentait les regards des amis de Nicole et regretta d'avoir refusé d'échanger sa veste de velours contre le blazer d'Éric. Quand ils eurent fini de saluer l'assemblée, ils s'installèrent à une table libre contre un mur. Quatre amis de Nicole ne tardèrent pas à les rejoindre : une jeune femme et trois hommes de petite taille élégamment habillés. Vincent oublia immédiatement leurs noms. Gêné d'être grand, il s'enfonça dans les coussins de la banquette pour ne pas les dominer.

« Nicky nous dit que vous êtes très fort dans votre profession », déclara l'un des jeunes gens. Il portait des lunettes à monture d'acier et ses cheveux étaient plaqués en arrière. Nicole bavardait avec la fille. Les trois hommes regardaient Vincent ; ils attendaient une réponse. Il ne savait pas quoi dire.

« Qu'est-ce que vous faites exactement ? demanda le plus énergique des trois, un brun avec un long nez et un visage anguleux.

— Mon travail, répondit Vincent sans rire, consiste à protéger des Parisiens le domaine du comte de Costebelle. » Il sourit. Leurs visages ne montraient aucune réaction.

Déconcerté par leur manque d'humour, il continua : « Je m'occupe du gibier, je pourchasse les braconniers, je... » Il se rendit compte qu'ils ne l'écoutaient pas. Il s'empara de son verre, se haïssant autant qu'il haïssait le lieu où il se trouvait.

« Viens, dit Nicole, profitant d'une pause dans la conversation pour le prendre par la main. Allons danser. »

Vincent se leva pour la suivre dans le labyrinthe des tables et des visages animés. Au moment où il écartait une chaise, il entendit un des garçons dire à toute la table : « Nous employons deux gardes en Sologne. Comme ça, quand l'un d'eux nous vole, l'autre s'empresse de le dénoncer. »

Puis il entendit la fille : « Nicky s'encanaille, ce

soir. » Vincent se retourna. Elle rougit et détourna les yeux.

Au bord de la piste il s'arrêta pour regarder les danseurs. Ils tournaient sur eux-mêmes, se déhanchaient et donnaient des coups de poing dans l'air, leurs pieds s'agitant comme des essuie-glaces. Des éclairs de lumière jaillissaient du plafond. La musique était si forte que personne n'éprouvait le désir de parler.

« Attends, dit Vincent quand Nicole essaya de l'attirer sur la piste. Je ne sais pas comment faire.

— Regarde-moi, c'est facile », dit-elle.

« Merde de merde ! » grogna-t-il entre ses dents. Nicole l'entraîna dans la foule des danseurs. Il essaya de toutes ses forces de l'imiter.

Les danseurs chantaient « Be bop a Lula » en français avec le plus grand sérieux. Il tenta de sourire à Nicole mais oublia ses pieds et dut recommencer. Son visage était en feu, son estomac gargouillait et sa veste lui semblait aussi lourde qu'une couverture de cheval. Nicole fit un geste de bienvenue et Vincent vit qu'Éric venait de s'installer à leur table et les observait. Il sentit son cœur se serrer.

Nicole tournait et ondulait au rythme de la musique pendant que Vincent suait à grosses gouttes. « Ça suffit ! » s'exclama-t-il avant même que la chanson fût terminée. Ils quittèrent la piste et regagnèrent leur table.

Après lui avoir serré la main, Éric lui conseilla d'enlever sa veste. « Vous allez mourir de chaleur, là-dedans », dit-il en ôtant son blazer pour le mettre à l'aise.

Courtois et plein de bonne humeur, Éric commanda un magnum de Dom Pérignon. Il posa des questions à Vincent sur la chasse qui venait d'avoir lieu, s'efforçant de le détendre et de dissiper sa gêne. Nicole renoua la conversation avec son amie tout en les surveillant du coin de l'œil. Éric dansa avec elle à deux reprises. Il lançait ses bras dans tous les sens, éloignant les autres danseurs. Vincent était au comble du désespoir ; Nicole s'amusait comme une folle et elle lui avait à peine parlé depuis qu'ils étaient arrivés.

Quand elle s'excusa pour se rendre aux toilettes, Vincent resta seul avec les autres. Éric se retourna immédiatement et se mit à parler finances avec son voisin, laissant Vincent assis, ses grandes mains entre les jambes, attendant le retour de Nicole. Il passa en revue les danseurs, les serveurs, les jolies femmes attablées avec des messieurs élégamment habillés. Il faisait semblant de s'intéresser à des conversations auxquelles il ne comprenait rien et riait en même temps que les autres. Il hochait la tête et souriait mais il avait le cœur gros. Il sentait que tout le monde autour de la table se moquait de lui et il les haïssait autant qu'il haïssait les frères Verdier. Il se demanda comment Nicole avait pu l'emmener dans un endroit pareil et l'y laisser tout seul.

Il se surprit à regarder ses voisins de son mauvais œil, son œil allemand, un signe de danger imminent. Attendre ainsi lui devint insupportable. Il savait qu'il allait faire quelque chose qu'il allait regretter. Il se leva brusquement et partit sans se retourner.

Il espérait la trouver dans l'escalier ou à la sortie mais il ne la vit nulle part et se retrouva seul dans la rue en compagnie d'un ivrogne qui avait perdu les clefs de sa voiture. Qu'elle aille au diable, pensa-t-il, et l'Amérique aussi, ce pays qui lui avait fait oublier les bonnes manières. Il étudia le plan de Paris à l'entrée d'une station de métro, longea quelques rues désertes et attrapa le train de minuit pour Bourneuil.

Chapitre 21

Depuis leur enfance, Nicole avait toujours pris le parti de Vincent contre celui du reste du monde, mais après cette soirée parisienne il se sentit abandonné et la colère fit place au chagrin. Ces dernières nuits il avait rêvé d'elle telle qu'elle lui était apparue sur le pont, souriante et bronzée, belle comme une fleur de printemps. Dans le train du retour, alors que défilait un paysage noir de terres labourées et de forêts fugitives, il conclut que Dieu ne se souciait pas de ses rêves. Peut-être ne se souciait-Il de rien.

À l'aube il se réveilla en sueur. Il avait rêvé que Roland avait greffé le visage de Titi sur le sien. Il se leva, ouvrit la porte et regarda Ode courir vers la rivière. Un couple de poules d'eau s'envola pour aller se nicher dans la berge opposée. Il vit le vélo de Ragondin appuyé contre le mur et inspira profondément pour se libérer des cruautés de la ville. Les hirondelles brodaient le ciel pâle.

Il rentra, jeta une bûche sur le feu, leva la tête vers

le pigeonnier et demanda à Ragondin de le réveiller une heure plus tard. Il se coucha ; les draps retenaient encore le parfum du corps d'Adorée.

Après son incursion chez les Verdier la nuit précédente, Ragondin était revenu au moulin. Il adorait dormir dans le pigeonnier et, lorsque Vincent l'appela, il ouvrit l'œil vers la lucarne et aperçut les couleurs grises de l'aurore. Il referma aussitôt les yeux et fit semblant de dormir. Une heure plus tard, lorsqu'il traversa le jardin en rentrant des toilettes, Ode le suivait. Elle sortait de la rivière, le poil raidi par la gelée matinale.

Il fit revenir deux morceaux de lard, les piqua avec une fourchette et les posa sur une tranche de pain. Quand il eut fini de manger il s'appuya, rassasié, contre le dossier de sa chaise et raconta sa soirée à Vincent.

« Je me suis pointé vers neuf heures chez Salomé. » Il essuya son assiette avec un morceau de pain et se lécha les lèvres.

« Salomé ?

— Ne m'interromps pas, dit Ragondin en levant la main. Comme je disais, je suis arrivé un peu avant neuf heures avec deux bouteilles de vin. J'ai frappé, elle a ouvert et quand elle a vu le pinard, elle m'a fait entrer. J'en ai eu pour dix mille francs.

— Jamais je n'aurais pu faire ça », dit Vincent. Il secoua la tête et fit la grimace.

Ragondin lui donna un coup de poing dans le bras. « Bien sûr que t'aurais pas pu ! » railla-t-il. Il se mit en garde comme un boxeur, attendant la réplique de Vincent. « Tu es un garçon bien élevé qui ne couche qu'avec les femmes aux sous-vêtements propres, comme Adorée. Moi je me saoule la gueule, je baise ce que je trouve et après je dis merci. Sûr que Salomé c'est pas Brigitte Bardot. Mais c'est une femme. L'important c'est qu'elle soit tombée ivre morte après la deuxième bouteille et que j'aie pu tranquillement visiter la baraque. »

Ragondin expliqua comment il avait découvert le fusil de Serge à la cave derrière un tonneau de cidre. Sa description correspondait exactement à celle de Vincent. Avant de partir, il l'avait attaché sous le lit de Gros-Louis. La seule chose qui le contrariait, c'était que le père Verdier l'avait vu entrer dans la maison. Il avait l'impression que le vieil homme l'avait observé du début jusqu'à la fin.

« Tu sais, dit Ragondin, Salomé n'est pas une mauvaise fille. Je crois que sa mère a dû la bercer trop près du mur quand elle était bébé. Et non, au cas où ça t'intéresse, c'était pas terrible ! Elle sentait les tripes. Faudra me rembourser. »

Vincent sortit son portefeuille et lui donna tout l'argent qui lui restait.

Il se rendit au château avant le déjeuner et trouva le comte dans la bibliothèque en train de feuilleter *Le Rouge et le Noir*.

« Alors, Vincent, dit le vieux gentilhomme en posant le livre sur son bureau, comment s'est passée ta soirée parisienne ?

— Pas bien, monsieur. Je n'aime pas la ville. Les gens sont trop brillants pour moi.

— Balivernes! Les Parisiens sont peut-être plus instruits mais ils n'ont aucun sens pratique. Comment allait Nicole? Êtes-vous sortis après le dîner?

— Oui, chez Castel, pas très longtemps. Mais on ne peut pas dire que j'aie fait bonne impression. Ses amis sont élégants et très à la page.

— L'habit ne fait pas le moine. Ce sont des gens qui font la moue pour faire bien, si tu vois ce que je veux dire.

— Je vois très bien, monsieur, dit Vincent en riant. Ils font la moue et parlent du bout des lèvres parce qu'ils se croient supérieurs aux autres. La plupart des femmes qui dansaient chez Castel faisaient la moue. Je vous avoue, monsieur, que j'étais bien content de rentrer. »

Le comte avait l'air satisfait et Vincent était sûr que sa soirée manquée avec Nicole y était pour quelque chose. Mais peu lui importait. Il était désormais conscient des limites que lui imposaient ses origines; il était seul dans la vie et savait qu'il n'échapperait jamais à sa condition sociale.

« Me permettez-vous, monsieur, de tirer quelques canards en fin d'après-midi? J'aimerais entraîner Ode, dit-il.

— Vas-y, et si tu en tues plusieurs, donnes-en un à François. Je le partagerai avec Nicole. Elle m'a téléphoné. Elle arrive ce soir.

— Je suis heureux qu'elle soit rentrée en France », dit Vincent pour faire plaisir au comte. Au fond de lui-même il regrettait qu'elle ne fût pas restée à New York où, pensait-il, elle était à sa place.

« Moi aussi, répondit le comte. Sa présence me remplit le cœur de souvenirs. »

Il alluma une cigarette et enchaîna, les yeux tournés vers le passé. « Quand j'étais jeune, je ne pensais qu'aux filles. Ensuite, je ne pensais qu'à l'argent Maintenant que je suis vieux je voudrais finir ma vie avec grâce. » Le comte fronça les sourcils et déplaça quelques papiers sur son bureau. « Quand tu auras terminé tes études, Vincent, et que le service militaire t'aura appris à creuser des tranchées, je veux que tu reviennes ici pour aider Nicole. Les domaines comme celui-ci se transmettent d'une génération à l'autre et Merlecourt ne signifie rien s'il n'est pas rempli d'enfants, de rires et de musique. » Il fit une pause et regarda les reliures de cuir sur les étagères : « J'ignore si elle va épouser cet Américain, mais ça ne change rien. Pour administrer Merlecourt il faut un homme qui ait la confiance des gens du pays.

— J'agirai selon vos désirs, monsieur le comte », dit Vincent le nez baissé. Il savait très bien qu'après la disparition de Robert de Costebelle, son statut de bâtard allemand lui ferait perdre toute crédibilité aux yeux des villageois.

« Ça n'a pas l'air de t'enchanter. »

Vincent hésita, ne sachant comment répondre. « Oh non! monsieur. C'est simplement que depuis toujours ma vie n'a été qu'une série de tragédies. D'abord ma mère, puis Roland et maintenant Serge

Quand vous parlez de mort, de succession et d'héritage, et que vous me demandez d'aider Nicole à gérer Merlecourt, je vois venir de nouvelles catastrophes.

— Je regrette que tu aies tant perdu si jeune, mais ta volonté de vivre sera un atout pour toi dans l'avenir, dit le comte avec bienveillance.

— Excusez-moi, monsieur, mais sans vouloir être insolent, vous oubliez que les villageois me considèrent comme un Allemand, un Boche qui n'a survécu que grâce à votre gentillesse et à votre générosité. Ils ne me feront jamais confiance.

— Cesse de chercher l'approbation de tout le monde, Vincent. Tu sous-estimes tes capacités. Les villageois étaient tous impressionnés par ta façon de diriger la chasse. Et moi aussi. Si les rabatteurs avaient envie de te voir échouer, ils n'en ont rien montré. Ce que le village attend du domaine, c'est avant tout un homme à poigne, capable de diriger les affaires du château. Le gagne-pain des habitants de Merlecourt en dépend. Et crois-moi, pour eux, c'est leur gagne-pain qui compte. »

Vincent avait décidé de ne pas parler au comte des frères Verdier ou du fusil de Serge de peur que son patron n'appelât la police. Il tenait à régler lui-même le sort des assassins. Il se retourna pour partir.

« Vincent, interpella le comte en éteignant sa cigarette. Au sujet des meurtriers de ton oncle. La police finit toujours par attraper les criminels. Vis donc ta vie, pas celle des morts. »

Les yeux de Ragondin s'animèrent à la perspective de manger du canard. Vincent décida de se rendre à l'île en voiture; il dit à Ragondin d'emprunter le chemin qui longe la rivière et de le rejoindre une fois qu'il aurait choisi son affût. Il savait que tous les colverts levés par son camarade allaient faire un ou deux grands cercles au-dessus de la vallée avant de plonger dans les eaux mortes entre le pont et la rive. C'est là qu'il les attendrait avec Ode.

Ragondin se frotta les mains en pensant au dîner. Il dit à Vincent qu'il lui donnerait vingt minutes pour se mettre en position. « Et pour l'amour du ciel, ne rate pas ton coup! » ajouta-t-il, le regard vorace.

Vincent traversa le pâturage et approcha l'île à angle droit. Les arbres morts qui entouraient le champ se dressaient comme les gréements de navires abandonnés. Attentive aux moindres gestes de son maître, Ode se tenait prête. Le soleil se cachait derrière une brume orangée et les cris des canards s'élevaient en amont du pont. Vincent savait qu'une fois levés les canards ne reviendraient pas. Il décida de prendre ce qu'il pouvait avant que Ragondin n'intervînt.

« Reste là », souffla-t-il à l'oreille de la chienne avant de passer sous la clôture.

Alourdie par le froid, la rivière couleur de cendre suivait son cours. Elle contournait les hauts-fonds et bien d'autres obstacles rendus invisibles après la montée des eaux. Vincent s'était toujours représenté les ruisseaux comme les veines de la planète, les rivières ses artères et les lacs ses yeux. Caché derrière un écran de jeunes arbres, il attendit que les canards se taisent, puis se leva.

Cinq colverts, deux mâles et trois femelles, se retournèrent ensemble pour le regarder, hésitèrent un instant, tendirent leur cou vers le ciel et s'envolèrent dans un fracas de cris et de froissements d'ailes. Vincent les mit en joue et tira.

Il abattit deux oiseaux du premier coup : une femelle atterrit sur le ventre, la tête hors de vue, un mâle tomba sur le dos et resta les yeux fixés sur ses palmes orange. Il tira de nouveau et le cou vert de l'oiseau s'allongea lentement dans la rivière. Le courant entraîna les corps sous le pont.

Parce que c'était la première fois qu'Ode lui rapportait du gibier, il prit le temps de la féliciter avant de se diriger vers la pointe de l'île. Un vol de canards se dessinait contre un ciel sombre. Il s'accroupit entre deux jeunes saules suffisamment écartés l'un de l'autre pour lui ménager une ouverture sur la rivière. Ode s'assit près de lui. Une cane isolée rebondit sur la surface de l'eau à la rencontre de son propre reflet. Vincent la mit en joue mais il était trop tard : elle était déjà hors de portée.

Sept autres colverts arrivèrent de la direction du moulin, volant à hauteur des arbres. Ils survolèrent l'autre extrémité de l'île, disparurent brièvement, reparurent au-dessus du champ et piquèrent droit sur Vincent, volant au ras de l'eau en ordre serré comme une escadrille d'avions de chasse. Fasciné par les battements synchronisés des ailes, Vincent se laissa momentanément distraire par le spectacle et manqua une cane qui passait directement au-dessus des arbres. Il abattit néanmoins le dernier colvert de la formation qui tomba comme une pierre.

À l'appel de son nom, Ode sauta dans la rivière et nagea à contre-courant. Elle perdit le canard de vue, leva la tête, le retrouva et repartit dans la bonne direction. Sa queue traçait un sillage à la surface de l'eau Quelques instants plus tard, Vincent vit l'eau s'enfler entre la poitrine de la chienne et le canard. Un bouillonnement indiqua à Vincent qu'Ode tenait l'oiseau dans sa gueule. Il l'observa avec plaisir, fier qu'elle fût capable d'aller lui chercher son dîner dans la partie de la rivière où le courant était le plus fort. C'est alors qu'il s'aperçut que, pour la première fois depuis la battue, il n'avait pensé ni à Serge, ni à Nicole, ni au comte. Il n'avait même pas pensé aux Verdier. Son seul souci était de faire rôtir le canard, d'en couper des tranches minces et roses et de boire le bordeaux que Serge gardait pour de telles occasions.

Sur le chemin du moulin il retrouva un Ragondin excité. « On va se régaler ce soir ! s'exclama-t-il quand il vit les canards aux poings de Vincent.

— Porte celui-ci au château. Je te retrouve au moulin, dit Vincent en lui tendant un des canards.

— Est-ce qu'on a des navets ? demanda Ragondin, anticipant le repas.

— Mais oui, mon enfant !

— Doux Jésus, patron, s'exclama Ragondin en

faisant démarrer la voiture, je sais pas ce que je préfère, un colvert ou une pucelle. »

Vincent flambait les canards dans la cheminée lorsque Ragondin rentra. Il s'assit à la table de la cuisine, se servit un verre de vin et remit à Vincent une petite enveloppe.

Celui-ci déplia la feuille blanche : « Retrouve-moi au château à neuf heures ce soir. Monte dans ma chambre et ne fais pas de bruit. » En guise de signature, il y avait un petit dessin représentant un visage de jeune fille aux cheveux longs qui ressemblait à Nicole.

« Merde ! dit Vincent. Elle veut me voir.

— La patience est toujours payante, mon ami. Maintenant mangeons. La viande rouge te donnera de l'énergie. L'endurance est ce qui sépare l'homme de l'enfant.

— Je n'ai plus faim.

— Et moi alors ? répondit Ragondin, décontenancé par le rapide changement d'humeur de Vincent. Je crève de faim.

— D'accord. Je vais te cuire les canards mais d'abord je vais prendre un bain.

— Pourquoi ?

— Parce que je pue, Ragondin.

— Et alors ? »

Après avoir pris son bain et fait cuire les oiseaux, Vincent n'avait toujours pas retrouvé son appétit. « Il faut que tu sois complètement cinglé, dit Ragondin. Il n'y a pas une femme au monde plus savoureuse qu'un bon canard. »

Vincent éteignit les phares de la voiture, se gara dans l'allée de chênes menant à la cour et avança vers le château dans l'obscurité. La tête lui tournait à l'idée de se retrouver seul avec Nicole dans sa chambre. Il monta l'escalier de service dans l'aile la plus éloignée des appartements du comte et, arrivé au troisième étage, alluma la lumière. Il s'avança silencieusement dans le couloir étroit jusqu'à la chambre de Nicole. Son cœur battait à se rompre.

Elle l'attendait sous un lustre de cristal, les pieds nus sur un épais tapis bleu. Elle portait une robe de chambre ivoire, les cheveux rassemblés en chignon derrière la tête et un collier de petites perles autour du cou. Contre le mur, en face de la porte, se trouvait une coiffeuse dont le jupon descendait jusqu'au sol. Des animaux en peluche s'entassaient sur une commode près d'un grand miroir. Son lit s'enfonçait dans une alcôve sous un baldaquin de brocart. Rien n'avait changé dans cette chambre depuis qu'elle y avait vécu enfant. Elle s'approcha si près de lui que le bout de ses pieds buta sur les chaussures de Vincent.

« S'il te plaît, excuse-moi pour l'autre nuit. J'avais retrouvé des amis qui arrivaient d'Amérique. J'ai bavardé avec eux dans le restaurant du haut et j'ai perdu la notion du temps. Quand je suis revenue Éric m'a dit que je m'étais absentée une heure. Je ne m'en étais pas rendu compte. C'était mal élevé de ma part et je te demande pardon. »

Vincent ne répondit pas. Il resta immobile, les bras

le long du corps, l'air plus vexé qu'il ne l'était en réalité. Les cheveux de Nicole sentaient le shampooing et ses épaules étaient saupoudrées de talc.

« Je suis parti parce que j'étais prêt à partir. Pas du tout à cause de toi », prétendit Vincent.

Elle enfouit son visage dans sa chemise et se mit à pleurer. Surpris, il se détendit et lui caressa le dos. Elle jeta les bras autour de son cou et murmura : « Je t'aime. » Elle l'embrassa sur la bouche et il goûta le sel de ses larmes.

« Viens », dit-elle en l'entraînant dans l'alcôve. La lampe de chevet projetait un rond lumineux sur le tapis. Elle se mit en tailleur sur son oreiller et il s'assit près d'elle. Un ours en peluche était dans le coin, calé entre le mur et le traversin.

« Quand j'ai regagné notre table Éric m'a dit que tu avais quitté le club. J'ai pleuré et ça ne lui a pas plu. Il a dit des choses idiotes sur tes chaussures et la façon dont tu tenais ton verre. Je l'ai traité de grossier personnage. » Elle regarda Vincent, cherchant son approbation et sourit.

« Qu'Éric et Paris aillent au diable, dit-il, en se demandant pourquoi elle avait fait allusion à ses chaussures. Il est là-bas et nous sommes ici, tous les deux. »

Ils se regardèrent un long moment sans rien dire. Vincent sentit sa respiration s'accélérer.

Elle lui prit la main et dit : « Si on jouait ?

— À quoi ? demanda-t-il en souriant.

— Pourquoi pas au docteur ?

— Bonne idée, dit-il d'une voix qu'il ne reconnaissait pas.

— La dernière fois qu'on s'est dit au revoir, on était trop jeunes et trop timides pour s'embrasser, tu te souviens ? »

Elle libéra ses cheveux. Puis elle ouvrit sa robe de chambre, le tissu de soie pâle glissa le long de son corps et s'arrêta à la taille. La lueur de la lampe de chevet révélait la peau satinée de ses seins. Vincent se débarrassa de ses vêtements aussi vite qu'il put, tirant les jambes de son pantalon par-dessus ses chaussures. Il trébucha, sauta à cloche-pied pour essayer de s'en libérer. Quand il fut nu, il s'allongea près d'elle. Elle se mit sur le dos en riant :

« C'est la première fois que je vois un garçon comme ça.

— Ah bon ? dit-il en se couvrant avec le drap.

— Oui, dit-elle lui caressant la poitrine. Il m'est arrivé de sentir un garçon en dansant avec lui et en l'embrassant, mais comme ça c'est la première fois.

— Je croyais...

— Quoi ? dit-elle en prenant avec précaution le drap entre le pouce et l'index. Tu croyais que je couchais avec Éric ? Eh bien tu vois, c'est faux et je ne coucherai pas avec toi ce soir non plus. Tu me le promets ? » Elle regarda sous le drap, puis vers lui.

« Je te le jure. » Peu importe, il aurait juré n'importe quoi.

Ils jouaient et ils s'embrassaient et se touchaient ; Vincent craignait que le comte qui dormait à l'étage en dessous ne finît par les entendre. La chambre de François se trouvait directement au-dessus de celle de Nicole mais Vincent savait qu'il ne dirait rien. Nicole ne paraissait pas s'en soucier et son rire perlé le faisait frémir. Quand leurs caresses devenaient trop intimes, elle riait de ce même rire pour cacher son émoi, mais chaque fois ses yeux la trahissaient et Vincent avait toutes les peines du monde à tenir sa promesse.

Au milieu de la nuit elle lui ordonna de faire le poirier. À son tour, il lui demanda de danser pour lui sur le tapis bleu pendant qu'il restait assis sur le lit à l'admirer. Elle se moquait de son regard émerveillé. Plus tard, elle lui fit des compliments qui le firent rougir. Au cours de cette longue nuit, Nicole retrouva une pièce du puzzle qu'il avait perdue quand la mort était entrée dans sa vie pour la première fois. Elle la lui rendit avec amour.

« Demain matin je cueillerai une rose du jardin pour me rappeler cette nuit », dit-elle.

Il ne se lassait pas de toucher ses cheveux, d'en faire jouer les reflets devant la lumière. Le corps de Nicole était long et souple, et quand elle le touchait c'était sans timidité. « Je t'aime depuis le premier jour où je suis arrivé au château avec ma mère, dit-il avant l'aube. J'avais cinq ans. Tu étais avec Roland sur le pont et tu es venue m'embrasser. »

Elle le regarda dans les yeux et lui chuchota à l'oreille : « Ce soir, je viendrai au moulin. Tu me cuisineras quelque chose de bon, puis tu me prendras dans tes bras et plus tard... » Elle s'arrêta et se détourna. Il la vit rougir et il sut que ce soir ils feraient l'amour.

Vincent caressa son visage et promena ses grandes mains le long de son corps. Il la touchait avec autant d'ardeur qu'il avait touché Adorée. Elle respirait de plus en plus vite et prononçait des mots qu'il entendait pour la première fois. Il caressait ses seins humides. Quand il sentit qu'elle était sur le point de l'accepter, il retira ses mains et dit : « Je t'ai attendue toute ma vie. Je peux t'attendre un jour de plus. »

Ils s'embrassèrent et firent des projets pour l'après-midi. Vincent et Ragondin allaient suivre la chasse en vélo, elle les rejoindrait avec la 2 CV pour déjeuner.

« J'aime t'aimer, Vincent, dit-elle en le regardant s'habiller.

— Je déposerai la voiture demain matin », dit-il en attachant ses lacets. Nicole tira le drap sur son nez et il l'embrassa sur les paupières. Avec un oreiller dans les bras, elle avait l'air de bercer un cygne. Il se dirigea vers la porte et quitta la chambre, puis le château, aussi discrètement qu'il y était entré.

Chapitre 22

Sur la route du retour, encore ébloui par les images de Nicole et par une nuit qu'il n'aurait pas osé espérer, Vincent ne vit pas le soleil se lever. À la porte du moulin, il s'arrêta pour savourer l'arôme du café fraîchement passé. Tout lui semblait poésie. Ragondin, remarquant l'expression de satisfaction sur le visage de son camarade, murmura qu'il vendrait son âme pour passer une nuit avec la jeune maîtresse du château. Quand il lui demanda des détails, Vincent se contenta de sourire et de se verser une tasse de café.

Envieux et modérément vexé d'être tenu à l'écart des enchantements de la nuit de son ami, Ragondin revint brusquement aux Verdier.

« Depuis le temps, ils ont dû découvrir que le fusil de Serge a disparu le soir où j'ai rendu visite à Salomé, dit-il. J'imagine qu'ils ne vont pas tarder à me tomber dessus.

— Ça me donnera une bonne excuse pour les descendre », dit Vincent avec moins de conviction qu'auparavant. Il beurra une tranche de pain et la trempa dans son café. Quand il eut fini de manger, il se dirigea vers le lit de Serge, s'assit dessus et ôta ses chaussures. « Tant que le fusil est chez eux, on a la preuve qu'il nous faut pour les faire coffrer.

— Ils diront qu'ils l'ont trouvé au bois Robert, répondit Ragondin. Ou qu'ils l'ont acheté à un gitan.

— Peut-être mais d'après le Code Napoléon, si la police a l'intime conviction qu'ils ont commis un crime, ils seront considérés comme coupables. Ce sera à eux de prouver leur innocence. Avec leurs antécédents et le fusil de Serge en leur possession, on leur tranchera la tête, c'est sûr. Allons chez eux demain matin au lever du soleil. Ils seront crevés après la chasse. Je veux qu'ils se réveillent avec mon flingue dans la gueule.

— Ce serait un exploit de taille !

— D'ici là, s'ils se pointent pendant que je fais la sieste...

— Quoi ?

— Tu leur fais sauter la tête !

— Merci, dit Ragondin. Je m'en réjouis d'avance. »

Au XIXe siècle, pendant le règne éphémère de la maison d'Orléans, plusieurs douzaines de chiens suivis d'une légion de cavaliers envahissaient en permanence la vallée de Merlecourt à la recherche de sangliers, de cerfs, de chevreuils et de lièvres. Les cavaliers, connus sous le nom de chasseurs du diable, massacraient le bétail pour le sport, bastonnaient les paysans pour s'amuser et violaient les filles de ferme pour le plaisir. Bien qu'en 1963 les bonnes manières et un certain décorum eussent remplacé cette sauvagerie, il était évident que, pour les habitants de la vallée, dès que les trompes sonnaient le découpler, seul comptait courre un beau cerf.

Vers le milieu de la matinée de gros cumulus s'attardèrent au-dessus de la forêt, voilant le soleil. Une cinquantaine d'hommes et de femmes bavardaient dans l'herbe qui s'étendait entre les chenils de Labrissé et le pavillon de chasse. Certains, comme Maurice Corneille et Étienne Verdier, étaient depuis des années boutons de l'équipage. D'autres touchaient un salaire, tels Titi et Gros-Louis qui transportaient la meute et ramassaient les chiens perdus.

Vincent et Ragondin traversèrent les bois qui entouraient le pavillon et gagnèrent le parking rempli de voitures, de camionnettes et de remorques. Les lads arrivaient tout juste à hauteur du garrot des chevaux qu'ils faisaient sortir à reculons de leurs vans. Ceux-ci avaient été brossés et pansés pour la circonstance, les selles cirées et resplendissantes. Les initiales et les armes de leurs propriétaires étaient brodées sur des couvertures bleu roi et bordeaux, couleurs de l'équipage. Elles reposaient comme des tentes sur le dos des montures.

« Hé ! les gars, vous devriez bouffer plus de viande de cheval, ça vous ferait grandir, railla Ragondin.

— Va te faire foutre ! lança l'un des lads.

— Faites gaffe, dit Ragondin en feignant d'être sérieux. Vous avez la tête juste à la hauteur de leurs culs. »

Aux chenils, Labrissé salua Ragondin de la tête mais ignora Vincent. Le piqueur avait séparé en deux la meute de soixante chiens. Dans leur fougue, ils lançaient leurs corps dégingandés contre le grillage du chenil et se piétinaient les uns les autres. Leurs pattes étaient grosses comme des rondins de chêne. En avril, en fin de saison, il ne leur resterait plus que leurs grandes oreilles et la peau sur les os.

L'équipage de Haute-Normandie, tel était son nom, avait pour président Émeric Duclos. Homme sec et nerveux d'origine méditerranéenne, il avait mauvais caractère. À onze heures, les dix-sept boutons et leurs invités sortirent du pavillon et formèrent un demi-cercle dans la cour pavée près des chenils. C'était le rendez-vous de chasse habituel. Parce que cette chasse avait lieu avant la messe de la Saint-Hubert, les hommes étaient vêtus de vestes de sport en tweed ou de couleur sombre. Plus tard, au mois de novembre, ils porteraient la longue veste couleur bleu roi et bordeaux, la tunique de l'équipage. Les hommes étaient chaussés de hautes bottes de cuir noir et certains avaient accroché à leur ceinture brodée le fourreau d'une dague affûtée. Les plis de leurs cravates blanches étaient maintenus par des dents de cerfs montées en broche. De nombreux cavaliers portaient une trompe en bandoulière. Les membres de l'équipage accueillaient courtoisement la foule des spectateurs et serraient la main des habitués.

Au centre du demi-cercle, à côté de son époux, madame Duclos se tenait droite et fière. Elle était vêtue de jodhpurs couleur crème, de bottes noires, d'un chemisier blanc, d'un foulard aux couleurs vives et d'une veste courte en tweed brun. Ses cheveux blonds étaient retenus sur la nuque par une résille. Impatients de voir la chasse commencer, ses yeux gris ne cessaient d'aller et venir entre son mari et la foule.

Étienne était assis sur une chaise pliante, Sébastien Moulin debout à ses côtés. Il expliquait au directeur d'une coopérative de céréales et à quelques piliers du bistrot comment dresser les jeunes chiens pendant l'été en les accouplant avec des chiens plus vieux et déjà entraînés. Dans un coin de la cour, devant la maison de Labrissé, Corneille et trois gardes-chasse de propriétés voisines se concertaient pour éliminer une harde de sangliers qui déterrait les betteraves dans les champs en bordure de la forêt. La cour des chenils était le théâtre des cérémonies et le lieu de réunion des inconditionnels de longue date ; ceux-ci s'échangeaient des coups de chapeau et leurs titres de noblesse, soit par respect, soit pour plaisanter. Les hommes du village portaient des vareuses de velours ou de toile et des bottes de caoutchouc. Les femmes aisées étaient en loden et chapeau de feutre ; les femmes du village portaient d'amples manteaux, des chandails tricotés et des bonnets de laine.

L'objectif commun de tout le monde, riche ou pauvre, était de célébrer les rites de la chasse à courre depuis la quête des valets de limiers jusqu'à l'hallali et la mise à mort à l'arme blanche. La journée se terminerait alors par deux cérémonies aussi importantes que la chasse elle-même : la curée au cours de laquelle les chiens dévorent la dépouille de l'animal vaincu, et celle des « honneurs du pied » où le maître d'équipage présente solennellement le pied droit du cerf levé et tressé à une personne jugée digne de le mériter. Ces traditions historiques, nées d'antiques croyances religieuses, sanctifiaient l'événement.

Labrissé et ses valets de limiers, tenant leur cape à la main, faisaient face à la foule et se préparaient à faire leur rapport. Dès l'aurore ils avaient fait le bois, parcourant la forêt avec, en laisse, un chien de meute vieilli mais de bon nez. Leur devoir était de rembucher les animaux et de les reconnaître au pied. Lorsque Labrissé et ses hommes se rassemblèrent, la foule se tut.

Duclos commença par souhaiter la bienvenue aux membres de l'équipage, aux invités et aux suiveurs. Puis il leur souhaita une bonne saison et se tourna vers Labrissé. Un par un, les hommes se présentèrent et rendirent compte de leurs découvertes.

« J'ai une troisième tête à la reposée dans une enceinte au nord des bois du Village, dit fièrement le premier d'entre eux.

— Rien de mon côté, admit un deuxième en piétinant sur place.

— D'après le volcelest je pense qu'un bon cerf a sauté la route du château », dit un troisième.

Enfin, Labrissé confirma la rumeur qui courait parmi les spectateurs : « Monsieur est rembuché dans le bois qui entoure le lac du Bois-Vert, dit-il. Le cerf s'est battu. J'ai compté neuf biches dans sa harde. » Le piqueur était tendu, le regard intense et concentré.

Duclos remercia les hommes et se retourna vers l'assistance. « J'ai entendu dire, dit-il, le visage sombre, que certains Parisiens qui osent se dire chasseurs ont mis à prix la tête de Monsieur. Je voudrais qu'ils sachent que si ces rumeurs sont vraies et que je découvre leur identité, je me ferai un plaisir de les fouetter, chacun à leur tour. Je proclame ceci haut et fort à titre de mise en garde. »

Duclos rappela ensuite à son auditoire que les chiens n'étaient pas au mieux de leur forme et annonça à contrecœur qu'ils allaient attaquer au lac du Bois-Vert. « Monsieur sera surpris que nous l'attaquions le premier jour de chasse. »

Tout le monde s'était douté que Duclos allait poursuivre le fameux cerf. Depuis des années, l'animal était sa joie et sa bête noire. Le manque d'entraînement des chiens en début de saison lui fournissait une parfaite excuse en cas d'échec. La foule se dispersa et se rendit au lac à deux kilomètres du rendez-vous. Les frères Verdier en tenue de cheval, le bouton de cuivre de l'équipage épinglé au revers de leur vareuse, rassemblèrent la moitié de la meute et l'embarquèrent à l'arrière de la fourgonnette.

Labrissé sortit le reste des chiens du chenil et, en compagnie d'Émeric Duclos, les emmena dans une allée étroite interdite aux voitures. Les chiens se dispersaient, puis se regroupaient derrière le maître d'équipage au claquement de son fouet. Trois cavaliers et Étienne debout en face d'eux levèrent leur trompe et entonnèrent *Le Départ pour la chasse.*

Une file de voitures cahotait sur le chemin dont les ornières avaient été durcies par trois jours de gel. Adorée et le docteur Jobard agitaient la main en passant. Surexcité, Ragondin fouettait son vélo avec sa casquette pour aller plus vite et dans un moment d'audace s'agenouilla sur la selle. Sa roue se coinça dans une ornière, buta contre un tronc d'arbre et il s'étala dans les buissons.

Le lac du Bois-Vert se situait à la rencontre de quatre chemins orientés aux quatre points cardinaux. C'est là que les suiveurs et les invités descendirent de leurs voitures en silence. Duclos arriva droit sur sa selle, les yeux fixés devant lui. Il souleva distraitement sa toque pour saluer l'un ou l'autre tandis que les chiens restaient en position derrière lui.

Dans la matinée, Labrissé avait laissé sur le bord de la route une brisée de fougères, de branches de pin et de chêne pour marquer le volcelest de Monsieur. Le piqueur retenait son cheval; quand les chiens approchèrent, il ôta sa toque et d'un geste les encouragea sur la voie. La meute s'engagea dans la forêt, suivie de Duclos. Le reste des cavaliers prit place autour de l'enceinte d'attaque en observation silencieuse. Un chien aboya, puis un autre. Puis ce fut le silence. Serrés les uns contre les autres, les spectateurs attendaient que Monsieur se déharde.

« Tu es passé à la boutique dimanche? » demanda

Adorée en s'approchant de Vincent. Elle portait un manteau de cuir marron et des bottes noires.

« Oui, et après je suis allé à Paris », dit Vincent. Le souvenir d'Adorée en train de le chevaucher lui revint brusquement.

« Alors, tu l'as vue ? » demanda-t-elle d'un ton espiègle.

Il acquiesça de la tête : « Je l'aime. »

Ils marchaient côte à côte dans une allée recouverte d'un tapis de feuilles jaunes. Adorée lui ébouriffa les cheveux. « Tu le lui as dit ?

— Oui.

— Et qu'est-ce qu'elle t'a dit ?

— Qu'elle m'aime aussi.

— Sans blague, dit-elle, surprise. Elle t'a dit ça ?

— Bien sûr qu'elle me l'a dit. Plus d'une fois, même.

— Vous avez fait l'amour ?

— Ça ne te regarde pas.

— Allez, insista-t-elle, tu peux bien me le dire.

— Certainement pas.

— Je vois, dit-elle en ramassant une feuille. Est-ce que le comte est au courant ?

— De quoi ? Qu'on s'aime ? Ça m'étonnerait. Mais il le saura bientôt.

— Ça ne va pas lui plaire.

— Je m'en fous. »

Du fond des bois leur parvint soudain le récri des chiens sur une voie. Vincent sursauta, prit la main d'Adorée et courut jusqu'au carrefour. Ragondin qui discutait avec les frères Verdier se précipita sur son vélo.

La sonnerie insistante d'une trompe signalait *La Vue*. Quatre biches sautèrent de l'autre côté de l'allée, le cou tendu en avant. Une seconde trompe plus distante sonna la royale. La foule se dispersa en vélo et en voiture dans toutes les directions, essayant d'anticiper le premier saut de Monsieur. Ragondin s'arrêta à la voiture de Jobard, ouvrit galamment la portière pour Adorée et s'inclina jusqu'à terre.

Vincent et Ragondin suivirent les frères Verdier dans une allée. Ragondin montra à Vincent l'endroit où il les avait trouvés quand il était à Paris. Un soleil blanc tentait de percer les nuages.

« Titi veut que je le paie pour avoir couché avec Salomé, dit Ragondin le sourire en coin.

— C'est plutôt eux qui devraient te payer.

— C'est ce que je lui ai dit. » Ragondin se mit à rire. « J'ai appris ce matin qu'avant la chasse Gros-Louis a accusé publiquement son père d'être entré chez lui sans sa permission. Étienne a fait comme s'il ne comprenait pas et quand il s'est retourné pour partir, Gros-Louis l'a poussé violemment dans le dos. Il l'a fait tomber, Corneille a tout vu et c'est lui qui a conduit Étienne chez le docteur Jobard. Jobard lui a dit qu'il avait une côte fêlée et devrait rester chez lui. Si c'était pas l'ouverture de la chasse, Étienne ne serait pas là. Corneille m'a dit que, pendant qu'il était par terre, il a menacé de casser la gueule de ses fils. Titi s'est bien foutu de lui. »

Si la foule des témoins s'inquiétait de l'état de Monsieur après quinze jours de rut, leur crainte se révéla injustifiée. Pendant plus de deux heures le cerf traîna quarante chiens, vingt-cinq cavaliers et cinquante spectateurs d'un bout à l'autre de la forêt pour finalement revenir à son enceinte de départ. Écoutant son instinct, Ragondin persuada Vincent d'abandonner leurs vélos sur le bas-côté de la route pour suivre une obscure coulée qui menait à une clairière à quelques centaines de mètres de là. Une pie lança son cri rauque; au moment où ils se cachaient derrière un gros chêne, ils virent le cerf courir vers eux. Une lumière argentée remplissait la clairière entourée de bouleaux. Monsieur sortit du sous-bois, s'arrêta et fit face au vent. Son cou était enflé par le brame et sa ramure magnifique s'élevait vers le ciel comme les mains de Dieu. De la vapeur s'échappait de son pelage et ses flancs étaient noirs de sueur. Ses yeux ne reflétaient néanmoins ni fatigue ni frayeur.

L'aboiement solitaire d'un chien séparé de la meute leur parvint à travers les arbres. La voie du grand cerf venait d'être décelée. Indifférent à tout danger, Monsieur se glissa tranquillement dans les bois, revint immédiatement sur ses pas et s'arrêta à l'endroit même où Vincent et Ragondin l'avaient vu face au vent. Un instant plus tard il fit, sans effort apparent, un bond de trois mètres vers l'autre bout de la clairière et disparut.

Les deux amis se regardèrent.

Le chien arriva peu de temps après, la truffe au sol.

Il s'arrêta à l'endroit où Monsieur était passé, suivit sa piste dans le bois, réapparut presque aussitôt, lâcha un long appel de frustration et prit le contre, repartant par où il était venu. Vincent et Ragondin sortirent du bois en silence et se dirigèrent vers leurs vélos.

Labrissé et Duclos avaient fait le tour du lac et guidaient maintenant la meute plus avant dans le bois. Les spectateurs s'étaient éparpillés sur plusieurs kilomètres de routes et d'allées. Ils étaient installés sur des couvertures au pied des arbres et déjeunaient. De leurs paniers d'osier, les bourgeois fortunés sortaient, soigneusement enveloppés, pâtés d'oie, camemberts, biscuits et champagne, ainsi que des gobelets d'argent et des assiettes de porcelaine. Les villageois, eux, se délectaient de litres de rouge, de cidre du pays, de cornichons, de fromages et de sandwiches au jambon. La longue traque et le froid avaient stimulé les appétits. Ragondin sourit en montrant à Vincent des voitures qui paraissaient vides mais rebondissaient sur leurs amortisseurs.

La lassitude succéda à l'excitation de la matinée. Monsieur s'était volatilisé. Quelques cavaliers moins passionnés et la plupart de leurs convives perdaient leur enthousiasme, échangeaient des plaisanteries ou même faisaient la sieste à l'arrière de leur voiture. Sur les chemins et les routes qui menaient au lac du Bois-Vert s'alignaient les voitures garées, les vélos et les chevaux attachés aux arbres. Les femmes distribuaient le café, les gâteaux secs et le calvados.

Vincent savait que tôt ou tard un soleil noir se

lèverait et jetterait une ombre funeste sur le cerf mythique. Par un froid après-midi d'hiver, les chiens l'acculeraient suffisamment longtemps pour que Labrissé ou Duclos lui plongeât une dague dans le cœur. La nouvelle se propagerait dans la vallée et, au pavillon, ce serait la fête. Plus tard, après que la nappe de Monsieur eut été rabattue et que les chiens se furent jetés sur sa dépouille, même le chasseur le plus endurci porterait le deuil du grand cerf dans son cœur. Certains croyaient que, en déjouant toutes les manœuvres des hommes et des chiens pendant tant d'années, Monsieur avait volé l'âme de ceux qui le chassaient. D'autres pensaient que celui qui tuerait Monsieur hériterait de ses pouvoirs. Quelques veneurs, comme Étienne et Corneille, espéraient avec ferveur que Monsieur ne connaîtrait jamais l'hallali et mourrait simplement de vieillesse.

Titi et Gros-Louis avaient remplacé les chiens fatigués et ramassé ceux qui s'étaient égarés. La chasse en était à sa quatrième heure et le manque d'entraînement de la meute était évident. Les frères vinrent se joindre à Corneille, Vincent et Ragondin qui se reposaient sous un arbre. Gros-Louis offrit sa fiole de calvados et ses opinions :

« Ça fait longtemps qu'il s'est taillé, dit-il en parlant de Monsieur.

— Les chiens sont crevés, répondit Corneille. » Il s'essuya la bouche et tendit la fiole à Ragondin.

Un chien à robe marron et blanche trottait vers

eux, oreilles et testicules agités. Titi l'appela, lui passa son fouet autour du cou et le tira jusqu'au camion.

« J'en ai encore une vingtaine comme ça qui traîne, dit Gros-Louis en indiquant la forêt d'un air dégoûté. Ces putains de chiens sont paumés d'ici jusqu'à Rebours. Avant d'les retrouver on va y passer la nuit. »

Le froid de l'automne, le manque de sommeil et l'envie réprimée de se battre avec les deux frères avaient vidé Vincent de toute son énergie. Il s'enfonça dans le bois sous prétexte d'aller pisser et s'assit sur une souche. Il remarqua à peine les champignons qui couvraient sa base. Il savait que le moment était venu d'en finir avec cette histoire et de parler au comte de son amour pour Nicole. Il ferma les yeux et se représenta Serge étendu dans son cercueil, voué désormais à servir d'engrais au muguet.

Chapitre 23

Le vent du nord s'était levé, chassant les nuages qui avaient assombri la vallée ; il soufflait en rafales de plus en plus fortes et soudain le ciel se découvrit. Gavés de nourriture et de vin, les chasseurs répartis en petits groupes battaient la semelle et s'essuyaient le nez du revers de la main. Certains somnolaient à l'abri du froid dans leur voiture, ignorant madame Duclos qui galopait dans les allées avec frénésie, s'appliquant à projeter une image à laquelle personne ne prêtait attention.

Adossés au tronc d'un orme à l'abri du vent, Vincent et Ragondin regardaient les frères Verdier qui tenaient leurs assises près du camion des chiens. De loin, Vincent reconnut le bruit du moteur de la 2 CV et se leva. La voiture approchait vite, cahotée par les ornières, forçant les piétons à sauter dans les fossés.

« Nom de Dieu, dit Ragondin, elle va renverser quelqu'un ! »

Vincent agita le bras et la voiture s'arrêta. François

ouvrit le battant de la vitre et son long visage d'oiseau surgit : « Vincent, le comte veut te voir immédiatement, dit-il.

— Où est Nicole ? demanda Vincent en fouillant du regard l'intérieur de la voiture. Que se passe-t-il, François ?

— T'occupe pas ! Mets ta bécane dans le coffre et monte, qu'on puisse y aller. » Ragondin plaça le vélo de Vincent à l'arrière de la 2 CV. La roue avant sortait du coffre ouvert.

« Je te retrouve tout à l'heure, ne les lâche pas », dit Vincent en faisant un signe de la tête en direction des Verdier.

Dans le rétroviseur extérieur, il regarda s'éloigner les cavaliers et la foule de spectateurs. Ragondin lui fit un signe hésitant de la main. Vincent se doutait qu'il s'agissait de sa relation avec Nicole. Du fond de la forêt, la voix de Labrissé se répercuta d'arbre en arbre.

« Taïaut ! Taïaut ! » Le piqueur avait trouvé Monsieur et encourageait les chiens à reprendre la voie. Vincent sortit la tête et vit les gens, les chevaux et les voitures se disperser dans toutes les directions. La clameur de la meute diminua. Un chien perdu traversa la route. François freina brutalement pour l'éviter. Vincent eut envie de sauter de la voiture en marche et de retourner à la chasse, d'oublier ce qui l'attendait au château.

« François, qu'est-ce qui se passe ?

— Je suis pas trop sûr.

— Comment ça, t'es pas trop sûr ? » Vincent

interrogea le visage du majordome mais il n'y vit que tristesse.

« Ils se sont disputés dans la bibliothèque il y a une heure. C'était terrible. Nicole est montée dans sa chambre en pleurant et quelques minutes plus tard, le comte m'a demandé d'aller te chercher. » François se retourna et dit : « Je vous ai entendus cette nuit.

— Ce que t'as entendu ne te regarde pas », dit Vincent avec une fermeté qui le surprit. Il pensait à son entretien avec le comte et se demandait si Nicole serait présente. Comment allait-elle réagir si le comte lui interdisait de le voir ? Au fond de lui-même il savait déjà la réponse : jamais elle n'irait à l'encontre des volontés de son père

« Elle est partie ! » s'exclama Vincent quand ils traversèrent les douves. La Sunbeam de Nicole n'était plus dans la cour. Il se tourna vers François, cherchant une explication, mais le majordome secoua la tête, rangea la voiture et, en silence, se dirigea vers les quartiers des domestiques.

Les rideaux de la bibliothèque étaient tirés. Seule la lampe de bureau éclairait la pièce obscure. Assis à sa table de travail le comte semblait vieux, gris et voûté. Sa main droite reposait sur le manuscrit de ses mémoires ouvert devant lui. Vincent tenait sa casquette à la main ; il attendait, le sang battant contre ses tempes. Le silence avait la qualité de la nuit où le moindre son prend de l'importance. Le comte prit une page de son manuscrit et leva son regard sur Vincent.

« Je suppose que tu sais pourquoi je t'ai convoqué.

Après ce qui s'est passé la nuit dernière, il est indispensable que je te parle de certaines choses concernant ta vie. » Il parlait lentement, sans quitter Vincent des yeux.

« Tout d'abord je veux que tu comprennes que je ne peux ni ne veux vous donner ma bénédiction, à Nicole et à toi. Ni maintenant, ni plus tard. C'est impossible.

— Monsieur, il faut que je vous dise... » Vincent s'approchait du bureau.

« Écoute-moi d'abord. Tu parleras après. »

Le comte montra quelques pages du manuscrit et continua : « Ce sont mes mémoires. J'ai commencé à les écrire après la guerre de quatorze et j'espère les terminer bientôt. Bien que le moment ne soit pas celui que j'aurais choisi, je me vois contraint de t'en lire quelques passages. »

Mais Vincent ne s'intéressait qu'à Nicole. « Je l'aime, monsieur. J'aime Nicole. » Les mots lui avaient échappé.

Le comte se pencha en avant et ses yeux sortirent de l'ombre. Enfoncés dans leurs orbites, ils étaient soulignés de larges cernes. Son visage était pâle et révélait la même fatigue que celle qu'il avait accusée au cimetière, à l'enterrement de Serge. « Je te crois, Vincent. Mais ton amour pour Nicole ne peut pas être celui que tu désires. Assieds-toi, et écoute-moi.

— Mais vous ne comprenez pas, Nicole m'aime, elle aussi, dit Vincent d'un ton ferme. On quittera Merlecourt s'il le faut. »

Le comte regarda Vincent et reconnut la force de

sa passion. Mais lorsqu'il répondit, sa voix était empreinte d'une immense tristesse : « J'ignore si c'est la volonté de Dieu ou la force du destin ou simplement le hasard mais la nature suit toujours son propre chemin. Si vous êtes destinés à être ensemble, vous le serez. Mais pas avec ma bénédiction. Je ne puis vous l'accorder.

— Est-ce que votre bénédiction est importante pour Nicole ? » Vincent savait qu'il était déplacé d'interroger le comte, mais c'était plus fort que lui.

« Nicole est en colère et elle souffre. Elle prétend vouloir retourner en Amérique et ne plus jamais me revoir ni remettre les pieds à Merlecourt. Je la crois pour le moment. C'est une jeune femme pleine de volonté qui, nous le savons, n'en fait qu'à sa tête. Mais je crois qu'avec le temps elle changera d'avis. C'est à Merlecourt qu'elle est chez elle. Ses racines sont ici. »

D'un mouvement de tête, le comte indiqua le canapé et Vincent s'y assit, les coudes sur les genoux et la tête dans les mains. Le vieux gentilhomme mit ses lunettes et montra une page à Vincent.

« J'ai écrit ceci à Londres, le premier septembre 1943 », dit-il

Vincent voulait lui dire que l'histoire de sa vie ne l'intéressait pas, que seule Nicole lui importait.

« "Sans doute est-il présomptueux de ma part de penser que ma présence ait pu affecter la vie des gens de mon village, commença le comte. Néanmoins, j'espère que les visites quotidiennes que je faisais aux habitants de la vallée n'étaient pas vaines.

C'était la guerre et il était de mon devoir de m'occuper d'eux. Au début, j'étais motivé par ce que je considérais être une obligation morale. Et aussi par un sens bénin de l'autocratie ; je voulais que le village ressente ma présence, que tous sachent que j'étais là pour eux s'ils avaient besoin de moi. Je crois que dans une certaine mesure j'y ai réussi. Très vite, cependant, mes raisons d'agir changèrent du tout au tout. À mon sens des responsabilités civiques succéda la quête d'un désir. Des raisons personnelles inspiraient désormais mes visites et je savais que tôt ou tard je regretterais les conséquences de mes actions, et ce jusqu'à la fin de ma vie." »

Il regarda Vincent par-dessus ses lunettes. « Ce que j'ai écrit en 43 n'est pas vrai, Vincent. Je veux que tu te souviennes de cette conversation et que tu saches que je n'ai pas de remords pour ma conduite de cette époque et que je n'en ai jamais regretté les conséquences. »

Vincent, qui n'écoutait pas la lecture du comte, mais réfléchissait à ce qu'il dirait lorsque celle-ci serait terminée, fut surpris par son regard. « Pas de danger que je l'oublie, cette conversation ! » dit-il entre ses dents.

Le comte hocha la tête, rajusta ses lunettes et continua : « "Je ne sais quand elle a commencé à me suivre mais je l'apercevais souvent cachée derrière un arbre, sous un porche, au coin d'une rue... partout. Je connaissais son identité, bien sûr, mais quand je rendais visite à ses parents, elle n'était pas là. Je ne lui avais adressé la parole qu'une seule fois : c'était dix ans plus tôt lors de sa première communion.

« "Ma femme et mon fils étaient en Angleterre et j'étais flatté et charmé par l'attention de cette ravissante jeune fille de dix-sept ans dont les grands yeux bruns me suivaient partout. Elle était plus intelligente que les autres filles de la région et gracieuse comme une biche. J'aurais dû mettre un terme à cette folie mais, sans qu'un mot de part et d'autre ne soit prononcé, notre partie de cache-cache se prolongea pendant des jours. Plus l'Occupation s'installait en France et au château, plus j'étais épris. Sa présence était désormais plus importante pour moi que les visites aux villageois, visites qu'il m'arrivait d'écourter pour être seul avec mon ombre évanescente.

« "Un après-midi, après m'avoir suivi depuis Rebours à sa distance habituelle, elle disparut. Sans hésiter, je revins sur mes pas pour la chercher et je la trouvai en train de cueillir des fleurs au bord d'un champ de luzerne. Quand elle m'aperçut, elle me fit un signe de la main et s'enfonça dans l'herbe haute, là où plongeaient les hirondelles.

« "Je m'assis près d'elle au milieu de ce champ vaste comme un océan, retenant mon souffle, attendant qu'elle m'adressât la parole. D'une voix qui était aussi naturelle et fraîche que les fleurs qu'elle tenait, elle me tourna le dos et dit : 'Brossez-moi les cheveux, voulez-vous ?'

« "Ce jour-là je suis tombé amoureux. Amoureux d'une fille qui, je l'ai su très vite, était terrifiée par odieuse présence de la guerre et par l'incertitude de l'avenir. Elle ne désirait qu'une chose : être aimée et rassurée par un homme en qui elle pouvait avoir confiance. L'Occupation avait bouleversé sa vie. Elle prenait mes visites au village pour de la bravoure et mes relations avec les Allemands pour du pouvoir. Bien qu'elle ne me l'ait jamais dit, mes caresses la calmaient et mes paroles lui rendaient confiance en la vie. Elle tomba amoureuse de la notion de gratitude et moi de son innocence." »

Le comte s'arrêta dans sa lecture. Vincent le regarda tourner une douzaine de pages. Il lut en silence pendant quelque temps, puis rabaissa ses lunettes sur son nez et leva les yeux.

« Nous y voilà. Tu m'écoutes, Vincent ?

— Oui, monsieur », répondit Vincent, partagé entre une curiosité soudaine pour l'histoire du comte et son désir de défendre ses sentiments pour Nicole.

« "J'aurais dû en rester là et prévoir que nos chemins ne pouvaient se croiser que brièvement. Plus je devins exigeant, plus elle s'éloigna de moi. Je pense que, m'ayant conquis, elle eut vite fait de découvrir la faiblesse de mon caractère et donc la fragilité de notre liaison. Si j'avais eu vingt ans, je l'aurais accablée de promesses. Mais je n'avais pas vingt ans, ni même trente ans, et j'ai appris depuis lors que les femmes, même très jeunes, reconnaissent ces faiblesses chez les hommes. Ainsi je la perdis comme je l'avais trouvée. Un jour elle disparut et quarante-huit heures plus tard je partais pour l'Angleterre." »

Le comte reposa les pages sur son bureau, ôta ses lunettes et leva les yeux. « Vincent, dit-il d'une voix grave et mesurée. La jeune fille que j'ai aimée cet été-là était ta mère. »

Vincent ne cilla pas, décidé à ne pas éviter son regard. La pendule de la cheminée sonna quatre heures au moment même où le comte dit : « Vincent, tu es mon fils. »

Vincent fixa l'homme assis en face de lui. Au bout d'un moment, son image se dissipa et fit place à la vision d'une ombre oblique projetée sur une mer de verdure au milieu de laquelle un homme élancé brossait les cheveux de sa mère. Elle avait deux ans de moins que lui aujourd'hui. Si jeune, pensait-il, et si belle. Il les imaginait amoureux ensemble dans les bois, dans les champs, au château, et dans cette même pièce où il se tenait assis.

D'un seul coup, toutes les années d'humiliations, conséquences de son statut de bâtard allemand, se dissipèrent. L'espace d'un instant, son cœur se combla de joie. Il se sentit léger et libéré du poids de la honte. Mais il ferma les yeux et vit le comte dans la nursery du château, Nicole sur les genoux. Puis lui revinrent les images de ce que Nicole et lui avaient failli faire la nuit précédente et la promesse de ce qui devait se passer entre eux ce soir même.

Plus tard, il se rendrait compte que sa passion pour elle avait commencé de s'éteindre à l'instant où le comte avait prononcé le mot « père ». Rien ni personne ne pouvait changer le fait que Nicole était sa sœur. « J'ai une question, monsieur, dit-il en se levant. Est-ce que vous m'auriez dit tout ceci si ma rencontre hier soir avec Nicole n'avait pas eu lieu ? »

Le comte referma le manuscrit et le poussa de côté. « Non. Je ne voulais rien te dire avant tes vingt et un ans. »

Vincent s'avança vers les étagères et caressa le dos des volumes médicaux qui déclenchaient l'ouverture du passage souterrain. « Alors ce secret, ce mensonge qui pendant toutes ces années m'a coûté le respect des gens du pays, sans parler de mon amour-propre, cela ne vous a pas dérangé ? Seulement le jour où vous avez imaginé que je couchais avec ma sœur ? Peut-être cela explique-t-il pourquoi vous m'avez laissé traiter de bâtard sans jamais prendre ma défense ? Cela explique-t-il aussi pourquoi vous avez pu me renvoyer dans ma famille où j'ai failli mourir de chagrin ? Et plus tard, en pension où j'ai enduré les insultes et le mépris de mes camarades de classe. Pensiez-vous que j'accepterais tout cela comme un homme parce que je suis votre fils ?

— Pense ce que tu veux, Vincent, dit le comte en allumant une cigarette, mais tu n'aurais pas connu Nicole, ni Roland, ni l'environnement dans lequel tu as grandi si tu n'avais pas été de mon sang. Tu as vécu une bonne vie et ton avenir sera encore meilleur. J'ai cru agir au mieux, sans anticiper un seul instant ce qui est arrivé entre toi et Nicole. Si j'y avais pensé, je t'aurais mis au courant plus tôt. C'est peut-être de ma faute et certainement j'en suis désolé, mais je ne peux pas changer le passé. Je ne peux que l'expliquer et espérer que tu trouves la force de l'accepter. »

Le comte s'appuya contre le dossier de son fauteuil et son visage s'estompa dans l'ombre. La lueur de sa cigarette se fit plus rouge. Vincent s'étonnait de ce que la voix du comte ne fût pas celle d'un homme tourmenté par sa conscience, implorant le pardon. Où étaient donc le remords, le regret ? Au contraire, il parlait d'un ton ferme, comme si l'aveu qu'il venait de faire à Vincent l'absolvait des péchés de son passé.

Vincent se retourna vers la frêle silhouette tassée dans son fauteuil. Il pensa à la mort de Roland, aux rumeurs de son adoption et aux nuits qu'il avait passées à s'imaginer qu'il serait un jour un membre de la famille Costebelle. Que sa vie aurait été différente si, à l'époque, le comte lui avait dit la vérité !

« Vous dites souvent que l'honneur est tout ce qui vous reste, dit Vincent, en s'approchant du bureau. Était-ce honorable de me laisser croire que j'étais le fils d'un Allemand, d'un Boche, de ce peuple qui a pillé notre pays, occupé votre château ? Est-ce que l'honneur est une denrée réservée à certains et pas à d'autres ? » L'indignation le prit à la gorge : « L'homme qui m'a vraiment appris le sens de l'honneur est mort propre, comme la terre qu'il a protégée au prix de sa vie.

— Assieds-toi, Vincent », dit le comte en s'avançant pour écraser sa cigarette. Vincent obéit comme il aurait obéi à ses professeurs, les pères jésuites.

« Ces mémoires racontent les choix que j'ai faits et reflètent les sentiments que j'éprouvais envers ceux qui m'étaient, et qui me sont toujours chers. À ma mort, Nicole et toi lirez ces pages et vous comprendrez alors, j'espère, les raisons pour lesquelles je ne t'ai pas parlé plus tôt de ta mère. » Il marqua une pause, puis continua : « Tu es couché sur mon testament, Vincent. Ton héritage t'assurera une vie confortable. » Le comte s'appuya contre le dossier de son fauteuil et une fois encore disparut dans l'ombre

Vincent sentait la colère monter en lui. Pensait-il qu'une part d'héritage allait effacer le passé? Croyait-il que l'argent rachetait toutes les offenses?

« Expliquez-moi, monsieur le comte, dit Vincent en se levant pour partir. Qu'est-ce que ça vous faisait de voir ma mère travailler comme femme de chambre? Était-ce votre mauvaise conscience qui vous a poussé à l'engager? Est-ce que vous lui avez jamais parlé de votre fils? Est-ce que la comtesse était au courant?

— Ça suffit, Vincent, dit le comte. Je ne permettrai à personne de m'interroger sur ce ton, pas même toi. Je te demande de me pardonner de t'avoir caché des événements importants de ta vie. Je le regrette infiniment. Mais je ne regrette aucun de mes actes et je n'en demanderai pardon à personne. Je t'aime, j'ai aimé ta mère et elle m'a aimé l'espace de quelques jours, il y a de cela bien longtemps. Je n'ai pas à me justifier de ce souvenir. En fait, il m'est précieux. »

Vincent se retourna pour partir mais le comte leva la main. « Attends. » Sa voix devint plus douce Il chercha le regard de Vincent « Bien sûr que ta mère et moi parlions de toi. Elle savait que je m'occuperais toujours de toi; Serge aussi. Tous deux connaissaient mes intentions à ton égard et ils étaient d'accord pour que tu ne saches rien avant ta majorité ou ma mort. » Il s'arrêta et posa ses mains sur le manuscrit « J'ai autre chose à te dire, et je veux que tu écoutes attentivement J'aime Nicole de tout mon cœur. C'est ma fille mais elle a le caractère de sa mère : elle est têtue et c'est une enfant gâtée. Elle est également capricieuse et capable de t'abandonner comme un de ses animaux en peluche. C'est difficile à imaginer, je sais, mais quand tout sera rentré dans l'ordre, tu auras gagné une sœur. Et je t'assure que l'amour d'une sœur vaut celui de toutes les maîtresses du monde. »

Vincent ne voulait pas d'une sœur. Il voulait Nicole telle qu'il l'avait désirée la nuit précédente

« Qu'est-ce qu'elle dit de tout ceci ?

— Qu'elle me hait. »

Vincent se retourna et se dirigea vers la porte. Baudelaire était rangé à côté de Villon; Rimbaud à côté de Chateaubriand. Il demanda au vieil homme caché dans l'ombre : « Qui suis-je ?

— Tu es Vincent Lebuisson, dit le comte.

— C'est bien ce que je pensais » Vincent ferma la porte derrière lui.

Chapitre 24

Vincent tenait d'une main le volant de la 2 CV et du revers de l'autre essuyait les larmes qui coulaient sur son visage. « Et merde ! Je ne veux pas être son fils ! cria-t-il en donnant un coup de poing sur le tableau de bord. Qu'est-ce que je t'ai fait mon Dieu pour que tu me traites de la sorte ? » hurla-t-il par la fenêtre.

Il longea le jardin d'eau, passa devant la tombe de Jules, puis devant le sanglier de bronze. Quelques instants plus tard, il traversait le pont qui menait au moulin. La Sunbeam de Nicole était garée sous le platane. Elle sortit du moulin en courant. Elle appelait son nom. Il descendit de voiture et la prit dans ses bras. Au moment où leurs corps se touchèrent, elle se mit à trembler et se dégagea.

« Non, dit-elle, ce n'est plus possible. » Mais elle s'approcha de lui à nouveau. Il repoussa les mèches de cheveux qui recouvraient son visage humide.

« Nicole, Nicole », murmura-t-il. Il essaya de l'embrasser mais elle se détourna.

« Je t'en prie, Vincent. Il ne faut même plus y penser. » Elle se pencha en arrière et le regarda dans les yeux en secouant la tête. « Mais comment je vais faire pour cesser d'être amoureuse de toi et commencer à t'aimer comme un frère ? » Elle cacha son visage sur son épaule. « J'ai l'impression qu'on m'arrache la moitié de mon cœur.

— Je ne veux pas d'une sœur, dit-il en la serrant contre lui. Je veux te couvrir de baisers et toucher ton ventre et tes seins.

— Mon Dieu ! Vincent, c'est de l'inceste ! » Elle le repoussa de nouveau et le regarda, les sourcils froncés.

Il contemplait la beauté de son visage et pour la première fois décela dans ses traits une ressemblance avec les siens. Il en fut frappé et se demanda comment, pendant toutes ces années, ils ne s'étaient jamais reconnus dans les yeux de l'autre.

« Reste ici avec moi, dit Vincent en lui prenant la main. Juste un peu.

— Je ne peux pas rester seule avec toi maintenant, dit-elle les larmes aux yeux. Rien que de penser à hier soir, ça me fait un drôle d'effet. Tu es mon frère ! »

Il sut à cet instant qu'elle ne changerait jamais d'avis. L'amour qu'elle lui portait explorait déjà d'autres latitudes. Il la sentait s'éloigner et commencer à accepter l'inévitable lien de parenté qui désormais serait le leur.

« Comment le comte a-t-il pu nous cacher la vérité ? demanda-t-il.

— Tu veux dire notre père, Vincent, dit-elle avec vigueur. Robert de Costebelle est notre père. »

Ils se tinrent enlacés un moment, s'efforçant de démêler le mystère de leur existence. Un sentiment de découragement les envahit et la grisaille de la réalité absorba les derniers vestiges de leur désir.

« Vincent, dit-elle enfin, je sais que je ne devrais pas te l'avouer mais je me souviendrai toute ma vie des heures que nous avons passées ensemble la nuit dernière et quand je voudrai penser à quelque chose de beau, c'est à toi que je penserai. » Elle l'interrogea du regard; elle voulait s'assurer de leur innocence.

« Moi j'y pense maintenant, dit-il en la cherchant des yeux. Je ne sais pas comment penser à toi autrement. »

Vincent vit sur son visage le désarroi se dissiper et faire place à la volonté. Dans sa faiblesse à lui, elle puisait son courage et il se sentait abandonné.

Elle lui mit les bras autour du cou et l'embrassa sur la joue. « Il faut apprendre à s'accepter comme frère et sœur. On a une longue vie devant nous. » Il la tint dans ses bras mais ne chercha pas à la retenir lorsqu'elle s'éloigna et se dirigea vers la Sunbeam. Elle démarra et se pencha par la fenêtre. Des larmes coulaient sur ses joues. Elle pleurait.

« Peut-être qu'après tout ce que notre père a fait n'est pas si terrible que ça. Nous sommes enfin la famille dont tu as toujours rêvé. »

Il suivit la voiture des yeux jusqu'à ce qu'elle ait disparu derrière les arbres et ferma la portière de la 2 CV d'un coup de pied. Il donna un autre coup, plus fort, et se mit à hurler. Lorsqu'il s'arrêta de crier, il avait le visage congestionné et la gorge en feu. Il entendit Ode aboyer à l'intérieur du moulin et la rejoignit.

Il s'assit par terre à côté de sa chienne, réconforté par l'amour simple et la chaleur qu'elle lui apportait. Il écouta les bruits familiers de la rivière et du vent dans les arbres, puis regarda la tête de sanglier au-dessus de la cheminée, les fauteuils usés, les livres sur l'étagère au-dessus du lit de Serge et son propre fusil debout dans un coin de la cheminée.

« Mon héritage », dit-il tout haut.

Ode s'éloigna de lui et se posta devant la porte, les oreilles dressées.

« Qu'est-ce qu'il y a, fifille ? » Il se leva pour aller ouvrir la porte et Ode se précipita vers les vannes. Il entendit la trompe de monsieur Duclos sonner *La Rentrée au chenil* La mélodie descendait de la forêt, du haut de la colline. Une fois de plus, Monsieur lui avait échappé.

Vincent avait la tête qui tournait. Il sentit la nausée lui monter à la gorge, courut à l'évier, se prit la tête entre les mains et regarda avec un certain détachement les images de son passé disparaître dans le trou d'évacuation. Il vit Serge raide et nu sur une dalle de marbre, la comtesse serrant dans ses bras la tête de Roland près du bassin et sa mère momentanément éclairée par l'œil de cyclope du monstre d'acier. Quand il regarda par la fenêtre, il crut voir Serge et Jules. Il fit couler l'eau froide, se rinça la bouche et regarda de nouveau : Ode et Ragondin couraient vers le moulin.

« Monsieur est au bois Robert, cria Ragondin. Viens vite !

— Pour quoi faire ? dit Vincent qui voulait qu'on le laissât tranquille.

— Qu'est-ce qui te prend ? demanda Ragondin, incrédule. Tu m'as pas entendu ? Monsieur est sur la propriété ! »

Ragondin s'empara de la bouteille de vin qu'il trouva sur la table de la cuisine et en but le tiers d'un seul trait. Une bourrasque de vent leur apporta le bruit distant d'un coup de feu. Ils se regardèrent.

Vincent empoigna son fusil et ils se précipitèrent dehors. « Tout à l'heure j'ai entendu sonner la rentrée au chenil. Qui a bien pu tirer ? Labrissé ? Duclos ? » Le vent froid s'engouffra dans sa veste et lui glaça la peau.

« Je te l'ai dit ! Monsieur a semé la meute. » Avant d'ouvrir la portière de la voiture, Ragondin se retourna vers Vincent. « Les chiens l'ont perdu dans les collines au-dessus de la rivière. Mais Titi et Gros-Louis ont deviné qu'il irait au bois Robert. C'est eux qui ont dû tirer. »

Ragondin monta dans la voiture ; il jurait et agitait les bras. Ode sauta à l'arrière. Vincent passa les vitesses et conduisit aussi vite que la 2 CV le permettait.

« Où étais-tu passé ? demanda Ragondin en le regardant. Oh ! la la !, mais qu'est-ce qui t'arrive ? On dirait que tu vas dégueuler.

— C'est déjà fait. Nicole est partie.

— Ah! merde! Quand François est venu te chercher, j'ai su que quelque chose n'allait pas. C'est moche.

— Ça tu peux le dire, dit Vincent soudain résigné. Qu'est-ce qui s'est passé dans la forêt après mon départ?

— La meute a débusqué Monsieur avec quatre biches et un daguet. Ils ont surgi d'un marécage près du lac. Une fois que Monsieur a mis le daguet sur pied, il a couru avec pendant vingt minutes, cherchant à le livrer aux chiens et quand la meute a eu la voie des deux cerfs bien imprégnée dans la truffe, il s'est volatilisé. Les chiens ont pris le change mais Titi et Gros-Louis ont pigé le truc et sont allés l'attendre sur la colline. Je les ai vus pendant que Monsieur traversait la rivière à la nage et filait à travers champs vers le bois Robert. Ils sont entrés dans le domaine par le grand portail, alors j'ai pris le raccourci par Rebours pour venir au moulin. Ils ont dû attendre que Duclos sonne *Le Retour au chenil* puis se sont servis du fusil de Labrissé, celui qui reste en permanence dans la fourgonnette.

— Nom de Dieu! J'aurais dû être là avec toi! »

Vincent prit le layon conduisant au chêne abattu au bord du champ où Serge avait été assassiné. Le soleil se couchait sous les nuages, le paysage s'effaçait. Vincent se gara près des arbres et ils descendirent de la voiture.

« Attends! Attends une minute, dit Ragondin en empoignant le bras de Vincent. Qu'est-ce qu'on va faire ? On peut quand même pas leur arriver dessus et commencer à tirer !

— S'ils ont tué Monsieur, c'est exactement ce que je ferai. » Vincent chargea le fusil et se dirigea d'un pas vif vers l'orée du bois, Ode au pied.

« Au moins, laisse-moi passer devant », dit Ragondin en essayant de le retenir par la veste. Vincent s'arrêta et se retourna : « D'accord, vas-y, je te couvre. »

Le vent tourbillonnait dans les arbres, étouffant le bruit de leurs pas sur les feuilles. Dans la lumière entre chien et loup, le sous-bois prenait la couleur du canon de son fusil. Dans la volière, un faisan poussa un cri rauque : Vincent sentit la peur au creux de son ventre.

Ils entendirent leurs voix avant de découvrir la camionnette garée au centre du rond-point. Les deux frères s'injuriaient. Enfermés à l'arrière de la fourgonnette, les chiens grondaient et se bousculaient, excités par l'odeur douceâtre des entrailles et du sang. Par-dessus le capot, Vincent aperçut la tête du cerf au pied d'un jeune arbre à deux mètres dans la forêt. Les bois gigantesques de l'animal se confondaient avec les branches. Sa langue pendait au coin de sa bouche, rose et grotesque. Monsieur était mort.

Ragondin imaginait le fléchissement des membres du cerf au moment où la balle l'avait touché et Titi en train de lui plonger la lame de son couteau entre les vertèbres jusqu'à ce que sa tête tombât lentement comme une branche pourrie

Les frères dépeçaient la carcasse, les bras ensanglantés jusqu'aux coudes. Un des chiens de la meute aboya ; Vincent rassura Ode de la main mais il était trop tard, elle se mit à aboyer à son tour. De la camionnette provint alors un vacarme infernal. Les Verdier se retournèrent. Gros-Louis s'empara de son fouet, s'approcha, tenant dans sa main gauche le cœur de Monsieur.

Ragondin, ivre de rage à l'idée de la mort du grand cerf, surgit de sa cachette, hurlant de toutes ses forces : « Fils de pute, qu'est-ce que vous avez fait ? »

Vincent restait derrière le camion, attendant son tour le cœur battant.

« Alors, petit bonhomme, ça t'a plu, la chasse ? » demanda Gros-Louis en ricanant. Il montra le tas de boyaux gisant sur la peau de la bête près de la carcasse. « Tu te rends compte, après toutes ces années, après tous ces chasseurs qui sont venus de tous les coins de France, c'est moi et Titi qu'on l'a eu. Qu'est-ce que tu dis de ça ? »

Gros-Louis fit serpenter le fouet pour l'amener devant lui et leva en riant le cœur de Monsieur au-dessus de sa tête. « J'ai quelque chose pour toi, dit-il à Ragondin. Quelque chose qui va te donner des forces. Comme ça, la prochaine fois que tu baiseras ma femme, elle se plaindra pas.

— Attends ! » dit Titi en contournant son frère. Les yeux fous, il agitait frénétiquement son couteau de haut en bas. « Laisse-moi faire, Louis. C'est moi qui vais le saigner.

— Pas question, grogna Gros-Louis en le repoussant. Il est à moi ! On dira aux flics qu'on l'a surpris en train de tuer Monsieur avec le fusil de Serge. » Sans détacher son regard de Ragondin, il serra le cœur de Monsieur dans sa main ; le sang coulait sur son visage. « Tu vois ce qui t'attend, petit macaque difforme. » Il jeta le cœur au sol.

« Allez, Louis, laisse-moi faire », bafouilla Titi. Ses traits étaient déformés par la frustration.

« Ferme-la. Tu le découperas après. C'est le sang qui te fait bander. Qu'est-ce que ça peut te foutre qu'il soit mort ? Y aura toujours du sang. » Gros Louis avança et claqua son fouet. Le son se répercuta dans la forêt comme un coup de fusil.

« D'accord, mais vas-y lentement », dit Titi en se léchant les lèvres.

Vincent sortit à son tour de sa cachette, leva son arme et poussa la sûreté. Gros-Louis se voûta et Titi s'accroupit derrière lui. Les chiens cessèrent d'aboyer. Le silence s'abattit sur la clairière comme si on avait posé un couvercle sur la forêt. Ode était assise et regardait.

Le crépuscule tombait de branche en branche. Quand il fit place à la nuit, les yeux de Monsieur s'éteignirent. La seule preuve tangible de sa présence était les émanations qui se dégageaient de sa carcasse.

« Lâche le couteau, Titi, et mets-toi à plat ventre devant ton frère », dit Vincent. Comme Titi hésitait, Vincent lui braqua son fusil sur la tête. « Crois-moi, je me ferai un plaisir de te péter la cervelle si tu ne fais pas ce que je te dis. » Titi jura, s'assit par terre et jeta son couteau devant lui. Ragondin le ramassa et alla chercher une torche électrique dans le camion

« Qu'est-ce que tu vas faire ? demanda Titi.

— T'occupe pas. À plat ventre, j'ai dit, les mains dans le dos. »

Ragondin revint avec la torche et projeta le faisceau lumineux d'un frère à l'autre

« À ton tour, Louis, dit Vincent. Mets-toi à genoux et attache les poignets de Titi avec ton fouet. »

Gros-Louis s'exécuta. Il se retourna, regarda Vincent et fit une grimace. Vincent s'approcha et appuya sur son front le bout du canon de son fusil. « Tourne-toi, dit-il.

— Va te faire foutre !

— Vas-y, frangin, te laisse pas faire ! » hurla Titi.

Ragondin s'agenouilla près de Gros-Louis, posa sur sa joue la lame du couteau dont la pointe reposait sur l'aile de son nez. « T'as intérêt à faire ce qu'il te dit. »

Gros-Louis grogna et lui cracha à la figure. Ragondin tira le couteau vers lui et le sang se mit à couler. Gros-Louis jura et se retourna. Ragondin l'attacha avec sa ceinture et noua ses lacets à ceux de son frère.

Les deux amis s'assirent dans la fourgonnette, Ode installée entre eux deux. Un soupçon de lumière éclairait encore le rond-point. Mais dans les bois où la tête de Monsieur reposait sur un tapis de feuilles, il faisait nuit noire. Vincent baissa la vitre et écouta les grognements et les jurons des deux frères. Ils se tordaient et roulaient dans tous les sens pour essayer de se libérer.

« Et maintenant, qu'est-ce qu'on fait ? demanda Ragondin en se roulant une cigarette.

— Maintenant, tu rentres au moulin.

— Comment ça ? Tu t'imagines que je vais partir maintenant, au point où on en est ? Sûrement pas. » Ragondin alluma sa cigarette et se tourna vers son camarade.

Vincent n'avait pas de projet précis ; il avait eu beau rêver de venger son oncle, il ne s'était jamais vu appuyer sur la détente.

« Je n'ai pas le choix Ragondin, il faut que je les tue. Mais pas avec toi ici. Rentre.

— T'es dingue ou quoi ? C'est fini ! Y a plus rien à faire, sauf de les livrer aux flics. » La cigarette tremblait entre ses lèvres.

Vincent ne répondit pas. Il ne savait plus ce que le code de l'honneur lui commandait. Tout ce qu'il savait, c'était que le comte n'avait pas tenu son rang et qu'il ne voulait pas agir comme lui. Était-il plus honorable d'exécuter les assassins de son oncle que de les remettre à la police ? Aux yeux de Serge, cela n'aurait fait aucun doute. Mais son oncle aurait-il voulu qu'il les tuât et finît en prison à cause de lui ? Vincent s'agitait sur son siège.

Jamais il ne pourrait tirer sur les deux frères attachés et allongés par terre. Il aurait dû le faire plus tôt quand ils étaient sur le point de tuer Ragondin. Merde de merde, pensa-t-il. Il haïssait ses propres limites, ses faiblesses. Il aurait voulu être Serge.

Ragondin écrasa sa cigarette et laissa tomber son menton contre sa poitrine. Les vitres de la camionnette s'embuaient peu à peu. Il ne dit rien pendant un bon moment, puis se retourna vers Vincent.

« Je t'ai aidé depuis le début. J'ai pisté Monsieur jusqu'au lac du Bois-Vert, j'ai trouvé le fusil chez les Verdier, j'ai suivi Monsieur jusqu'ici pendant que tu dégueulais dans l'évier. Tu crois pas que tu me dois quelque chose ?

— Fais-moi confiance, Ragondin.

— Allez. On appelle Corneille.

— Moi, je reste ici. Vas-y toi. Appelle-le.

— Si j'y vais, tu me jures de ne pas les flinguer ? »

Vincent regarda par la fenêtre, loin des Verdier et de Monsieur, loin de tout ce qui lui était arrivé depuis sa nuit avec Nicole Ce qu'il désirait plus que tout, c'était d'être seul, il voulait faire la paix avec son passé et assumer les événements du présent. Il était las de parler et las d'écouter. Il ne voulait qu'une chose : être seul chez lui avec Ode.

« D'accord, je te le jure. » Il regarda les frères allongés par terre. Il savait que, s'il les tuait, Nicole ne le lui pardonnerait jamais.

Ragondin avait atteint la lisière du bois lorsqu'il entendit Vincent sortir du véhicule. Il s'arrêta et écouta la voix de Gros-Louis.

« Ça fait déjà une heure qu'on est par terre, disait-il d'un ton suppliant. On est gelés, Vincent, et on a mal. Allez, mon vieux. On est allés à l'école ensemble, bon sang ! Je regrette pour Monsieur. Il vaut beaucoup d'argent. Tu peux tout prendre pour toi mais détache-nous, nom de Dieu!

— Et Serge? Raconte-moi un peu comment il est mort? » dit Vincent en braquant la torche électrique sur les deux frères.

Gros-Louis ne répondit pas. Le sang de Monsieur s'était coagulé dans ses cheveux. Celui de la coupure administrée par Ragondin continuait de couler. Vincent lui donna un coup de pied à la tête, un peu comme celui qu'il avait donné à Ragondin des années plus tôt, mais plus fort. Cette fois, il le fit sans aucune honte. Gros-Louis grogna. Titi roula sur le côté et, les yeux exorbités, regarda droit dans la lumière de la torche.

« Attends un peu, hurla-t-il. Je te jure sur la tombe de ma mère que la prochaine fois que je te vois, je t'arrache les yeux. »

Vincent prit la tête de Monsieur par les bois et la plaça sur le capot de la fourgonnette. Il la disposa de façon à ce que les yeux morts et opaques de l'animal regardent droit sur les deux frères. Puis il posa la paume de sa main sur le front de Monsieur et fit avec son pouce un petit signe de croix entre les yeux.

Il sursauta en entendant s'ouvrir la portière de la fourgonnette. Quelqu'un alluma les phares et les braqua sur les deux frères. Soudain tout le rond-point fut éclairé. Étienne Verdier ferma doucement la portière. Il tenait d'une main le fusil de Labrissé et de l'autre sa trompe de chasse.

« Papa! Sors-nous d'ici! » cria Titi.

Étienne regarda chacun de ses fils l'un après l'autre, le visage sans expression. Il secoua lentement la tête. « Ce que vous ne savez pas, dit-il sans la moindre émotion, c'est que j'étais au travail, la nuit où vous avez tué Serge. Ça fait des semaines que je vis avec l'horreur de votre crime. Je vous revois encore en train de le traîner à travers les chaumes, sa main coincée dans la portière de la voiture. Depuis, il n'y a pas un instant où je n'entends pas vos rires mêlés à ses cris et ne prie Dieu pour que la police vous arrête. » Il se tourna vers Vincent.

« Je regrette de ne t'avoir rien dit, à toi ou à la police, dit Étienne. J'arrivais pas à me résigner à dénoncer mes fils mais j'avais tort. Terriblement tort. Pardonne-moi. Maintenant qu'ils ont tué Monsieur, je suis aussi responsable de sa mort.

— Qu'est-ce que tu fais ici ? demanda Vincent.

— J'ai un devoir à remplir, dit Étienne d'une voix grave.

— Espèce de vieux gâteux cinglé ! cria Titi.

— J'ai entendu ce que tu disais tout à l'heure, Vincent, dit Étienne. Sache que je t'aurais jamais laissé les tuer et gâcher ta vie. » Il posa sa grande main calleuse sur l'épaule de Vincent. « Il vaut mieux que tu partes à présent. » La lune trouva une ouverture dans les nuages et projeta une lumière argentée sur la cime des arbres.

Avec précaution, Étienne posa par terre sa trompe et son fusil et s'approcha des restes de Monsieur. Raide et grimaçant de douleur, il souleva la peau de l'animal dans laquelle se trouvaient les entrailles.

Celle-ci n'était pas facile à manier; elle lui échappa au moment où il arrivait auprès de ses fils. Le vieil homme se laissa tomber à genoux et plongea ses mains dans les intestins du cerf.

Vincent regardait, fasciné. Les entrailles paraissaient encore chaudes, presque rassurantes. Il ferma les yeux. Il se sentait bizarre et un peu excité. La puanteur des excréments l'arracha à sa transe. Gros-Louis regarda avec terreur Étienne ramasser l'estomac de Monsieur et le jeter sur le visage de Titi.

« Arrête, vieux fou ! hurla Titi.

— Laisse-moi seul avec eux, Vincent. Va retrouver Ragondin », dit Étienne sans quitter ses fils des yeux.

L'estomac du grand cerf enveloppa le visage de Titi, puis glissa et s'étala, tremblant et énorme près de sa tête. Titi hurla et essaya de s'en éloigner. Il haletait. Les deux frères se débattirent l'un contre l'autre, culbutèrent pour s'écarter de l'organe gris et informe, et se retrouvèrent l'un sur l'autre. Étienne ramassa le reste des entrailles et les jeta sur ses fils, poignée par poignée. Quand il eut terminé, il les couvrit jusqu'au cou de la peau du cerf.

Vincent s'enfonça dans les bois, hors de la lumière des phares. Ragondin le rejoignit; Ode vint s'asseoir à côté d'eux. Soudain les actes d'Étienne prirent tout leur sens. C'était le prélude à la curée. Verdier allait livrer ses fils à la meute. Les chiens qui avaient chassé le grand cerf allaient dévorer les hommes qui l'avaient tué.

« Papa, pourquoi tu fais ça ? implora Gros-Louis.

— Parce que vous me dégoûtez. Vous avez

précipité la mort de votre mère et profané sa mémoire en installant une putain sous son toit. Vous valez encore moins que la merde que je vous jette à la tête. »

Titi toussait et crachait en secouant la tête : « D'accord, d'accord ! Je m'excuse, papa, mais arrête... je t'en supplie. » Gros-Louis se retourna sur lui-même et par mégarde poussa son frère dans les entrailles du cerf. Titi se mit à hurler et ne s'arrêta plus.

Étienne alla chercher le fouet de Titi dans la cabine du camion, se rendit à l'arrière, souleva le loquet et laissa sortir les chiens. La remorque déversa un flot de robes brunes et blanches.

La meute se rua sur la peau du cerf, mais Étienne l'arrêta d'un claquement de fouet. De la truffe à la queue, les chiens tremblaient d'excitation. Titi continuait à hurler. Étienne contrôla les chiens et les plaça en demi-cercle derrière lui. La voie de Monsieur qu'ils portaient avec eux depuis la matinée les rendait fous. Les plus acharnés se mirent à hurler. Sous les ordres d'Étienne, ils contournèrent la camionnette et s'arrêtèrent non loin de ses fils. Gros-Louis suppliait son père tandis que la meute grondait d'impatience, prête à charger.

Quand la voix des frères Verdier fut noyée sous la fureur des chiens et que le chant de la mort emplit la forêt, supplantant tout autre bruit, Étienne ferma les yeux, leva sa trompe et sonna les premières notes de *La Curée.* Puis il tira lentement la peau de Monsieur, s'écarta pour lâcher les chiens et recommença à sonner.

L'un à côté de l'autre, Vincent et Ragondin regardaient la meute se déchaîner. Ils voyaient la silhouette de la tête de Monsieur avec ses grands bois se détacher contre le clair de lune. Les cris humains faiblirent et bientôt seul le bruit de la curée emplit la forêt. Quand elle fut achevée, Vincent appela Ode mais elle refusa de bouger et resta tapie au sol en gémissant. Les deux amis se retournèrent et s'enfoncèrent dans les bois. Ils attendaient le coup de feu qui prendrait la vie d'Étienne. Quand il retentit à travers les arbres, Vincent sentit Ode derrière lui et sa truffe froide et humide contre sa main.

Épilogue

Un matin de février 2002, une femme en manteau de loden vert traversa le pont de bois qui menait au vieux moulin. La nuit précédente avait été particulièrement froide et les planches de chêne étaient couvertes de verglas. Des nappes de brouillard montaient de la rivière et elle en émergea comme une apparition. Les cloches du village carillonnaient, conviant les paroissiens à la messe du dimanche.

Il l'accueillit à l'entrée du moulin. Elle posa sa joue froide contre la sienne. En franchissant la porte, elle lui dit l'avoir entendu tirer dans les bois près de la ferme et s'être décidée à venir plus tôt. Il l'aida à enlever son manteau. Elle leva les yeux vers son visage buriné par le soleil et porta la main à sa nuque pour vérifier l'emplacement du chignon qui retenait ses cheveux auburn.

Elle s'approcha de la cheminée pour profiter de la chaleur du feu. Il suivit la trace légère de son parfum et admira la plénitude de ses hanches. Elle n'aimait pas les transformations que les années avaient fait subir à son corps mais lui, au contraire, y voyait l'épanouissement de sa féminité.

« Tu es semblable à un grand vin, dit-il.

— Et lequel, d'après toi ? répondit-elle d'un air complice.

— Champagne, bien sûr. La Grande Dame.

— Et toi ?

— Un vieux cahors rugueux. »

Il la laissa devant le feu et retourna à la cuisine où il venait d'éplucher des échalotes.

« Veux-tu un café ? »

Elle accepta d'un mouvement de tête et le rejoignit devant l'évier. Elle prit dans sa main l'un des pigeons qu'il avait tués le matin même derrière la ferme Verdier. Elle regarda l'oiseau en caressant la poitrine duveteuse du bout des doigts.

« Cette nuit j'ai rêvé que Roland déterrait mon chien pour le disséquer, dit-elle. Il y a quarante ans de cela... et pourtant j'ai l'impression que c'était hier. » La tête du pigeon glissa entre ses doigts ; un grain de maïs enrobé d'une bulle de sang tomba de son bec.

« Oh ! merde ! », dit-elle en lâchant l'oiseau.

Il lui tendit un torchon, ramassa le pigeon dont il redressa le jabot d'un coup de pouce ; la poche remplie de graines se déplaça d'un côté à l'autre ; l'oiseau s'était gavé ce matin-là en prévision du long voyage vers ses quartiers d'hiver au Maroc. Elle s'assura que sa robe n'était pas tachée, puis elle se détendit pendant qu'il allumait le fourneau et mettait l'eau à chauffer.

Bien qu'elle fût venue des centaines de fois au moulin, elle en faisait toujours le tour pour revoir tout ce qui lui rappelait leurs années passées ensemble. Elle commença par la tête du grand cerf royal dévorée par les mites, accrochée au-dessus de la cheminée ; son regard se posa ensuite sur l'album des photos de Merlecourt rangé dans la bibliothèque, puis sur les lunettes posées sur une étagère à côté d'un exemplaire des *Contes de la bécasse* de Maupassant. Sur le mur au-dessus de la table étaient accrochées des photos encadrées de Serge Lebuisson, de leur père et de Ragondin Artaban. Comme chaque fois, ses yeux s'arrêtèrent sur une photo en noir et blanc de deux jeunes gens se tenant par l'épaule. Elle posa son doigt sur la punaise qui fixait la photo au mur et sourit. Ils riaient, pleins de l'enthousiasme simple et naturel de la jeunesse, inconscients du fait que leurs oreilles décollées ressemblaient à des feuilles d'artichaut.

« Tu as de ses nouvelles ? demanda-t-elle.

— D'après le cachet de la poste il m'écrit toujours des Pyrénées. Il dit qu'il va venir au printemps. »

Dans la tasse de porcelaine qu'il réservait à ses visites, il lui servit son café et ajouta du lait et du sucre.

« Ragondin est amoureux de la montagne ! dit-elle, l'air étonné.

— Il dit qu'en décembre le soleil peint la neige en bleu mais que les hivers sont froids... Un peu comme toi.

— C'est toujours ce qu'il a pensé de moi, dit-elle

— Pas vraiment. Il écrit que nous lui manquons, toi, moi, et la Normandie.

— J'ai mal dormi hier soir », dit-elle. Elle n'avait pas envie de parler de Ragondin. « Ça t'ennuierait que je me repose avant le déjeuner ?

— Bien sûr que non. J'aime te regarder dormir. »

Il ajouta du calvados à son café et pensa à la chasse du matin. Les pigeons qui rentraient des champs volaient bas, rasant les arbres au-dessus du brouillard. Il les avait attendus sur une plate-forme construite en haut d'un chêne. Il avait visé les yeux et en avait abattu quatre.

« Ils sont durs comme de la pierre, dit-elle en appuyant son doigt sur un oiseau.

— Ils ne le seront plus une fois braisés avec les échalotes. Va dormir. Je te réveillerai quand le déjeuner sera prêt. »

Elle s'allongea sur le lit. Son visage de camée se dessinait parfaitement sur l'oreiller blanc. Il se détourna et regarda par la fenêtre où l'Eure coulait sous le pont. Pendant des siècles la rivière avait charrié la terre noire des champs labourés ; aujourd'hui s'y ajoutaient l'herbe coupée des terrains de golf et les déblais des futurs parcours.

Trois ans plus tôt, elle avait vendu le château et sept cents hectares de terrain à une multinationale. La vente avait remboursé les dettes contractées pendant vingt ans de socialisme et d'impôts élevés. Tout ce qui restait de l'ancien domaine était la ferme Verdier restaurée où elle vivait et le moulin qu'il avait reçu en héritage.

Le premier étage du château servait aujourd'hui de club et de restaurant, les étages supérieurs avaient été transformés en bureaux. Pendant la semaine, le bruit des camions et des bulldozers grondait dans la vallée.

Lors de sa dernière visite, Ragondin les avait suppliés de le rejoindre à la montagne. « Là-bas, disait-il, le vent dans les arbres est pur et les soirs d'été les filles dansent dans les prés à la belle étoile. » Mais elle ne voulait pas quitter la terre sur laquelle elle avait vécu pendant un demi-siècle. Quand elle avait refusé, ce à quoi tous deux s'attendaient, Ragondin n'avait pas insisté.

Il pluma deux oiseaux et la regarda dormir avec tendresse. Elle respirait paisiblement. Il sourit en voyant sur son visage endormi, après toutes ces années, celui de la jeune fille rêveuse d'antan.

Quand elle se réveilla, elle lui dit qu'elle avait rêvé de leur père et de leur frère, et de l'île où ils jouaient quand ils étaient enfants.

Ils déjeunèrent ; les pigeons étaient aussi tendres qu'il l'avait promis Elle leva son verre en hommage à sa cuisine ; son sourire avait une beauté énigmatique. Ils prirent le café. Plus tard, il la raccompagna jusqu'aux vannes où il l'embrassa sur les deux joues. Il la regarda traverser le pont et s'éloigner.

Photocomposition C*MB* Graphic
44800 Saint-Herblain

Impression réalisée par

BUSSIÈRE

GROUPE CPI

à Saint-Amand-Montrond (Cher)
pour le compte des Éditions France Loisirs
en octobre 2004

N° d'édition : 41731. — N° d'impression : 044372/1.
Dépôt légal : août 2004.

Imprimé en France